賣酒求夫 1

何田田 著

風 文創 654

目錄

自序 …… 005
第一章 …… 007
第二章 …… 017
第三章 …… 029
第四章 …… 041
第五章 …… 053
第六章 …… 063
第七章 …… 073
第八章 …… 087
第九章 …… 097
第十章 …… 105
第十一章 …… 113
第十二章 …… 121
第十三章 …… 129
第十四章 …… 139
第十五章 …… 149
第十六章 …… 159
第十七章 …… 169
第十八章 …… 179
第十九章 …… 191
第二十章 …… 199
第二十一章 …… 209
第二十二章 …… 221
第二十三章 …… 233
第二十四章 …… 243
第二十五章 …… 253
第二十六章 …… 261
第二十七章 …… 271
第二十八章 …… 283
第二十九章 …… 293
第三十章 …… 303

自序

何田田

《賣酒求夫》是田田創作的第二本穿越文，其中女主角的名字，就是我基友的小名，被我借過來用在了書中，嘿嘿。

我在創作這個故事的時候，碰巧遇到了人生中最大的坎坷。一次感冒時，我後背疼痛不已，去醫院檢查卻被告知是結核性胸膜炎，而且胸口有積水。當下我只覺得人生都是黑暗的，怎麼也想不到自己竟會得了這樣的病。

多虧了醫術精湛的醫生，以及對我關愛有加的親人、朋友，是他們的鼓勵還有陪伴，讓我度過了那段極難熬的日子。

這段日子以來，我都是一邊調養身體，一邊寫作。許是精力不夠充沛，筆力亦不甚完美，在寫作的過程中，經常會為了一個情節琢磨半天，有時心中明明知道接下來應該寫哪個部分，思路卻莫名卡上半天，甚至好幾天。

說到《賣酒求夫》這個故事，女主角主要是透過釀酒的手藝，來解決家中困境，又因為賣酒而遇到寵愛她的男人，最後也因為酒，活出了不一樣的精彩人生。

女主角的性格是堅強的，勇於面對困難；是大膽的，不畏懼旁人的風言風語；又是體貼的，在面對自己的親人時，能夠為他們考慮周全；同時，她也是溫柔的，在愛人面前小鳥依人，全心地信任他，當他在外面拚搏，她便留在家裡等待，做好他的後盾。

我一直認為，作為女人，應該自立，一個人也能活得精彩；可一旦遇到了對的人，更要有「百鍊鋼化為繞指柔」的本事，這樣生活才會更加溫馨和諧。

所以在我筆下的女主角，都沒有太多金手指的設定，而是透過自己的努力，過上美好生活。女主角或許沒有指點江山的本事，卻能與她的男人白頭偕老。

田田沒想到自己的作品，能有機會被臺灣讀者看見，希望你們能喜歡。

最後謝謝編輯、謝謝狗屋出版社，為我提供一個創作的平臺。

第一章

流水鎮地處交通要塞，寬闊的大街上，行人熙熙攘攘；兩旁高樓聳立，開了一家接一家的酒樓，裡面傳來種種酒客的吆喝聲，讓這個小鎮顯得特別的熱鬧繁華。

忽然，一家酒樓門前，傳來一陣不小的呵斥聲。「走、走，快點離開，別站在這裡擋道！」

行人被這突如其來的聲音驚了一下，扭頭朝那酒樓看過去，只見一個穿著粗布衣裳的小娘子站在那裡，衣裳明顯已經洗得有些發白，上頭還有好幾個補丁，一看就是窮人家的小娘子，難怪那小二的態度會如此差。

只見那小娘子懷裡還抱著一個酒罈子，難道是來打酒的？

「小二哥，你就讓我見見掌櫃的吧，我有點事想跟他談談。」小娘子清脆的聲音裡帶著一絲哀求。

「咱家掌櫃可不是阿貓、阿狗都能見的，快點走，不然別怪我不客氣。」小二的眼神裡充滿了嫌棄，揚起一手，示意她再不走，他就要打人了。

阿酒看著趾高氣揚的店小二，只得無奈地轉身，離開這家酒樓。

這是第幾家了？一次又一次被拒之門外，讓本來還有些信心的阿酒，一顆心逐漸冷了下來。

阿酒無力地在人群中走著。難道就這樣回去了？想起那個搖搖欲墜的家，她搖了搖頭。

不知走了多久，一陣酒香突然充斥在阿酒的鼻間，她猛地抬起頭，只見眼前是一間店鋪，上頭掛著「謝記酒家」的招牌，看來是一家專賣酒水的酒肆。

她眼前一亮，快步走進「謝記酒家」，來到櫃檯前。

「請問掌櫃的在嗎？」阿酒緊張地問道。

「這位小娘子，妳是要打酒嗎？想要什麼樣的酒？不是我吹噓，咱們『謝記酒家』裡的酒是最齊全，也最實惠的。」這個店小二倒沒有因為阿酒穿著破舊，就看不起她，而是熱情地介紹道。

「小二哥，我不是來打酒的，你們掌櫃的在嗎？我有點事想找他。」阿酒說完，忐忑地看著店小二，生怕他又像前幾家一樣，毫不猶豫地拒絕自己。

聽阿酒這樣說，小二上下打量了她一番，也不知道在想些什麼，雖然他臉上沒有了剛才的熱情，卻還算和顏悅色地朝她點了點頭。「妳等等，我去問問。」

阿酒聽了，激動地朝他點點頭，心底不由得冒出些許喜意。

「小娘子，掌櫃的讓妳進去。」小二很快就走了出來，面帶笑容道。

阿酒朝他露出一個感激的眼神，跟在他身後，朝裡面走去。

進去之後，只見一個三、四十歲的中年男子坐在那裡，面前還擺著一只酒杯。

見阿酒進來，中年男子只抬起頭看了一眼，視線便又落了下去。「聽說妳有事找我？」

阿酒來不及多想，就把懷裡抱著的酒罈，朝中年男子面前的桌上一放。「掌櫃的，請您嚐嚐這酒。」

掌櫃聽了，終於正眼看著她，臉上露出一個很是意外的表情。

阿酒見他沒有拒絕，就打開酒罈蓋子，朝那酒杯裡倒了一些酒。

掌櫃在阿酒打開蓋子時，臉上便露出一些笑意，等喝了一口那酒，笑意就更濃了。「這酒是妳家裡釀的？」

「是的。掌櫃的，您覺得怎麼樣？」阿酒心裡沒底，有些緊張地問道。

「嗯，不錯，比一般的酒更純，也更烈。」掌櫃接著又品了一口說道。

阿酒聽見這話，心裡平靜了不少。她對這罈酒還是有些信心的，只是不知道掌櫃會給什麼價錢？

她靜靜地站在那兒，看著掌櫃慢慢地品酒，沒再出聲。

「這酒確實是不錯……這樣吧，我出一兩銀子買下這一罈酒，如果妳家裡還有，可以再送來我這兒。」掌櫃放下手中的酒杯，低沈而緩慢地說。

阿酒暗暗換算了一下，以她這些日子的瞭解，一般酒水都是賣二十多文，而較好的能賣個五、六十文，如此算來，掌櫃給的價格還是不錯的。

只是這一罈酒是用普通三罈酒所提煉出來，而且想來現在整個流水鎮裡，應該也沒有這般高度數的酒。她緩緩地把酒罈蓋了起來，準備把酒帶回去。還是想想別的辦法吧。

「這價格已經很不錯了，想來妳也去了別家酒樓，肯定沒有見到他們的掌櫃吧？」掌櫃看著阿酒的動作，眼中露出精光，不緊不慢地說道。

「我這酒值什麼樣的價，想來掌櫃的心裡很清楚，既然掌櫃的沒有誠心，這生意不做也罷。」阿酒聽掌櫃這樣問，也不著急，只是不慌不忙地說道。

掌櫃明顯愣了一下。沒想到一個看起來不過十二、三歲的農家小娘子，居然有這樣的膽量，敢跟他討價還價。

這時候，從裡屋傳來了一聲不算大的乾咳聲，掌櫃頓時眼睛一亮，道：「小娘子，妳先等等。」說完，掌櫃就抱著那罈酒，進了裡屋。

阿酒雖然有些好奇裡面的人是誰，不過面上卻不顯，只是耐心等待著。

掌櫃過了好一會兒才出來，他出來的時候，臉上充滿笑容，然後有些不自然地看了阿酒一眼，問道：「小娘子，這酒是妳自己釀的？」

「嗯。」阿酒不明白他為什麼這樣問，卻是點了點頭。

「妳家裡還有這種酒嗎？」掌櫃問完就緊盯著她。

「沒有了。掌櫃的，這酒釀起來很是麻煩，我花了好大的功夫，才釀了這一罈。」想要賣得高價，當然要說得艱難些。

「這酒我出二兩銀子買下，只是有一個條件，以後妳只要釀出了這種酒，都得送到咱們這裡來。」掌櫃一臉精明地說。

阿酒聽了心中暗喜。這樣一來不但價格翻倍，而且以後的酒也不愁沒有人要。她馬上點點頭道：「既然掌櫃的這麼痛快，那就這樣說定了，我五天之後會再送酒過來。」

掌櫃笑著應了聲「好」，再次認真地看了阿酒一眼，只覺得她雖然穿著寒酸，但是那笑容卻讓人閃花了眼。他連忙從櫃檯裡拿出銀子，遞給了她。
阿酒喜孜孜地拿了銀子，便向掌櫃告辭，快步朝街上走去。
在路過一個包子鋪時，她花了十文錢，買了五個熱騰騰的包子，還順便在一旁的豬肉攤上買了一些肉。她這些天以來，還沒嚐過肉的滋味呢。
等阿酒回到村裡，天已經暗了下來，她的步伐不由得加快，只想趕緊回到家。雖然她來到這裡只有幾天，卻已經對這個貧寒的家有了牽掛。
一進到院子，阿酒便把手中的包子塞到迎向她的阿曲手中，然後迫不及待地做起了晚飯。只是她對這種用木柴生火的方式還不熟悉，一頓飯下來，弄得灰頭土臉的。
「阿爹怎麼還不回來？」阿酒見天色已晚，不由得擔心地喃喃自語。
沒想到她的話音剛落，就見阿爹扛著鋤頭進屋了。
阿酒把飯菜擺好時，才發現塞給阿曲的五個包子，居然一個也沒動過。
「阿姊，咱們一起吃。」似乎知道阿酒所想，阿曲小聲說道。
阿酒心裡頓時覺得暖暖的。這就是家人吧？這是她前世完全沒有過的體會。
前世她的父母整天忙著生意，把她交給爺爺照顧，而爺爺是酒癡，根本不管她，雖然豐衣足食，她卻很少感受到家人的關心。
現在雖然窮了點，卻有關心她的親人在，她一定會讓他們過上好日子的。
「我告訴你，今天我一定要把阿釀帶走。」第二天一早，阿酒就被一陣刺耳的說話聲給吵醒。

她一個激靈，爬起身來。這可是周氏的聲音，難道是要來把小弟給帶走？

阿酒搖醒睡在她身後的阿曲，叮囑了幾句，連鞋都顧不得穿就跑了出去。

只見在院子裡，周氏，也就是她的奶奶，用她粗糙的手抓著阿釀，而阿釀的臉色慘白，看來被嚇得不輕。

「阿娘，我的孩子我自己會養。」姜老二擋在門口，不讓周氏離開。

「你這個不孝子，要不是你小妹看你窮成這樣，要幫你養孩子，我才懶得管你。你小妹有心幫你，你居然還不感激？」周氏瞪大眼，恨恨地看著姜老二。

阿酒記得姜小妹嫁給了一個小地主，聽說她夫家是出了名的吝嗇，而且對佃戶十分苛刻，請來的長工還經常吃不飽，因此願意去他們家做事的人，也就越來越少。

姜小妹自己有一兒一女，但小兒子的身體一直不好，勉強養活到現在，想來她是怕小兒子有個什麼萬一，為了鞏固自己在地主家的地位，才打算領養阿釀。

阿釀是他們家兄弟姊妹中年紀最小的，如果長時間養在身邊，再加上嚴厲的管教，以後長成什麼樣子還不是姜小妹說了算。

再說了，如果她的小兒子平平安安長大，阿釀過去，不就是給那地主家添了個不要錢的長工？想到這裡，阿酒無法淡定了。

「說得這麼好聽，那怎麼不把大伯家的鐵牛和鐵柱送過去？」阿酒氣沖沖地說道。

「妳這個賠錢貨，大人說話哪有妳插嘴的地方，妳這個有娘生、沒娘養的，一點教養都沒有！」周氏指著阿酒罵道。

「娘，您快放開阿釀，咱們已經分家了。」姜老二氣得額頭上爆出青筋。

「分了家你就不是我兒子了？你這是翅膀硬了，想反了？我告訴你，我今天一定要把阿釀給帶走！」話一說完，周氏拽著阿釀就走。

「娘，您不能帶走阿釀。」姜老二伸手就想去拉阿釀。

「哎喲喂，老天爺啊，兒子竟然想打娘，這還讓不讓人活呀！」周氏見不少鄰里朝這邊走來，頓時大聲哭叫道。

阿酒暗道一聲「壞了」。自古以孝為天，要是讓別人誤會姜老二不孝，以後他們一家在村裡就抬不起頭來了。

她跑到姜老二面前，朝周氏站著的方向一跪，哭喊道：「阿奶，求求您了，不要帶走阿釀，反正阿奶已經把咱們一家給分出來了，咱們就算是餓死，也不會去求阿奶的，拜託您別帶走阿釀。」

圍在院子外頭的村民越來越多，大都對著周氏指指點點，卻沒有一個敢出頭。看來周氏在村裡早已惡名遠播，村民也不敢輕易惹她。

「二哥，你幹麼呢？你竟然敢打娘！」一個穿著細棉布衣裳、頭上插著一支金簪的女子，氣沖沖地跑了過來，對著姜老二就是一陣怒罵。

「老二，我告訴你，阿釀我今日必須帶走。」周氏見女兒來了，就更加堅定地說道，說完還伸出腳來踢阿酒。

阿酒的注意力都在周氏拽著阿釀的手上，只見阿釀的手已呈青紫色，卻沒想到周氏會朝她踢過來，她一下子就被踢開，撞在了院門的門檻上。

「阿姊、阿姊。」阿釀驚叫道，趁周氏手一鬆，他掙脫開來，跑到阿酒身旁。

「您是不是要咱們都死在您面前，您才甘心？」姜老二趕忙扶起阿酒，頓時悲從中來，看著他娘質問道。

周氏一愣，沒想到他會說出這樣的話，姜小妹聽見卻是不樂意了。「二哥，娘也是為你好，你以為我願意替你養孩子？那還不是看在你是我哥哥的分上。」

「我自己的孩子，我自己會養，不需要妳假好心。」姜老二冷冰冰地看著姜小妹。

「你、你真是冥頑不靈，你一個人能養三個孩子？你看看他們吃的是什麼、穿的是什麼，整個溪石村，就數你最窮了。」姜小妹盛氣凌人地看著姜老二。

阿酒的頭被撞得有些昏昏沈沈，聽姜小妹這樣說，她真替這個老實的爹感到心寒。就因為嘴拙，他竟被自己的親人這般欺負，甚至還打起他兒子的主意。

「老二，你要是不把阿釀交出來，我就跟你斷絕母子關係。」周氏看著額角流血的阿酒，又看著寸步不讓的姜老二，有些心虛了。

「周氏，妳又在鬧什麼？」外面傳來了一陣洪亮的聲音。

只見阿曲喘著粗氣跑來，身後還跟著村長。他一看見扶著門框的阿酒，小嘴一歪，便哭了起來。「阿姊妳怎麼了？阿姊妳沒事吧？村長來了，妳別怕。」

村長姜安國是個公正的人，又是姜氏的族長，在姜氏一族中威信很高。

阿酒就是擔心周氏會撒潑，方才早已讓阿曲去把村長請過來主持公道。

「村長，您來了。」周氏見村長來了，目光有些閃躲。

「剛才我好像聽妳說，想要跟姜老二斷絕關係？」姜安國問道。

「沒有、沒有，那只是氣話，沒這回事兒。」周氏知道，今兒個想要帶走阿釀，是不可能了。

一旁的阿酒咳了兩聲，阿釀也抬起滿是淚水的小臉，眼裡充滿委屈地看著村長。

「村長爺爺，阿奶說要把我送給小姑……」阿釀抽泣著說：「還把阿姊踢成這樣……」

「周氏，是不是有這回事？」姜安國聽了，眉頭一皺，聲音不大，卻充滿了嚴厲。

「我這不是看老二家的媳婦走了，他又受了傷，一個人帶三個孩子多辛苦啊？所以就想讓他妹妹幫幫他而已……」周氏低聲說道。

「姜老二是殘了，還是姜家沒人了？妳居然要將姜家的子孫去給外姓人養？」村長氣急敗壞地問道。

周氏縮了縮肩，可一旁的姜小妹卻不甘地道：「我替我哥養小孩，怎麼就不行了？」

「嫁出去的女兒就是潑出去的水，姜家的事還輪不到妳在這裡指手畫腳！周氏，姜家的子孫由姜家人說了算，妳若是要跟姜老二斷絕關係，正好我在，就幫妳作個證人吧。」姜安國冷冷地對周氏說道。

周氏聽了猛地抬起頭，忙搖著頭道：「村長，我這就回去，不用麻煩您了。」

姜安國看了看阿酒頭上的血跡，沈聲道：「妳打了人就想跑？拿錢來。」

「錢？什麼錢？」周氏兩眼一瞪就要罵人，可見村長緊盯著她，馬上認慫。「她這不是沒事了嗎？再說小孩子家家的，很快就好了，那錢就不用了吧？」

「妳要是不想給錢，讓我踢妳一腳也行。」姜安國面無表情地說。

姜小妹從懷裡掏出一點碎銀子，丟在阿酒面前，恨恨地看了她一眼，便拉著周氏走了。

阿酒看著周氏跟姜小妹灰溜溜地跑了出去，有些失望。如果真能跟周氏斷絕關係就好了。不過仔細想想，這個年代家族觀念重，要斷絕關係肯定沒那麼容易。

「安國叔，又麻煩您了。」姜老二歉疚地對姜安國說道。

「你的傷好了沒有？以後如果遇到什麼麻煩事，就來跟我商量商量，你娘確實太過分了些，只分這麼個破房子給你。不過，你就算不為自己著想，也要為了孩子著想啊。」村長語重心長地說道。

姜老二聽了，無言地低下頭。

姜安國看著他沈默的樣子，無奈地搖搖頭就走了。

村民們見沒有熱鬧可看，也都散了，只是聽他們小聲交談著。「這周氏也太過分了，這樣欺負姜老二，難道他不是親生的？」

阿酒見他們都走了，這才覺得自己頭暈得厲害。

周氏，這筆帳她記住了！

第二章

姜老二是個閒不住的，見家裡沒什麼事，就扛起鋤頭準備出去。

阿酒忙叫住他，把昨日賺的銀兩拿給他。

「阿酒，這些錢是哪兒來的？」姜老二知道家裡早就沒有餘錢了。

「阿爹，這是我昨兒個去賣酒得來的。」阿酒說道。

「不可能呀，妳爺爺一罈酒最多也只能賣到一百文……」姜老二懷疑地說。

阿酒只得把自己如何賣出高價的經過，跟他說了一遍，又說道：「那掌櫃的讓我過幾天再送一罈酒去，阿爹您先去買些酒回來吧。」

姜老二看了阿酒一眼，感覺熟悉中帶著陌生，不過還是順從地去買酒了。

流水鎮的人愛喝酒，因此溪石村的許多村民都會釀酒拿去賣，只不過釀出來的都是普通的米酒，也有少量的穀酒。它們都有一個共同的特點，就是度數不高，而且味道也不是很好，只有阿酒的爺爺姜二鬥所釀的酒，口感比較好。

可惜的是，姜家三個兒子都沒有學到他的本事，倒是阿酒從小就經常跟在姜二鬥後面，對釀酒的工序十分熟悉。不過阿酒是女子，而且這釀酒也不只是懂得工序就可以，所以在姜二鬥去世以後，姜家的酒坊就荒廢了。

姜家有三個兒子、一個女兒，姜老大是長子，周氏自然看重；姜老三嘴甜，整天哄得周氏笑呵呵；只有姜老二老實，嘴又拙，每天除了做事還是做事，後來他跟林氏成了親，林氏又是一個體弱的，就更讓周氏嫌棄。

林氏在生下阿釀沒幾年後，便撒手離開了，於是周氏把姜老二跟他的三個孩子當成奴才般使喚，每天不是打，就是罵，後來還是姜二鬥看不過眼，讓姜老二到酒坊跟他一起釀酒，順便把孩子們也帶到酒坊旁邊的茅屋去住，這才過了幾年舒心的日子。

只是沒想到，去年姜二鬥走了，姜老二一家只得又回到姜家大院。

周氏看他們一家子不順眼，每天都讓他們做最累的活，吃得卻是最差的。

姜家的條件在村裡還算是頭籌，有十來間土磚房，還有幾十畝地，只是這些都跟姜老二無關。

前些日子，姜老二幹活的時候受了重傷，郎中說他以後都幹不了重活，於是周氏跟姜家老大就迫不及待地把姜老二給分了出來，且就只分給他們三間茅屋、廢棄不用的破舊酒坊，還有幾畝旱地。

原主常年被周氏打罵，有些膽小怕事，可分家的時候見周氏做得太過，姜老二又一聲不吭，終於忍不住反抗了幾句，就被周氏推倒在地，暈了過去，再次醒來，她已經穿越到原主身上。

阿酒索利地收拾著酒坊，這裡久沒使用，已經十分破舊，到處都是灰塵，幸而釀酒的設備還算齊全。

「姊，咱們真的能釀出好酒嗎？」阿曲一邊幫著打掃，一邊問道。

「阿姊也不知道，不過爺爺教過我怎麼釀酒，咱們多試幾次，總會成功的。」她心中其實也沒有底，之前賣出去的那罈酒，是她來到這裡之後才胡亂試驗出來的。

前世她出生在釀酒世家，到她父母這一代，更是把酒廠規模擴展到最大化。她常年跟著爺爺生活，爺爺每年都會親手釀製各式各樣的酒，耳濡目染之下，她對釀酒的流程當然也十分熟悉。只是她對於酒這種東西，一直很討厭，認為是酒奪走了父母的注意力和關愛，所以她從來沒親自釀過酒。

現在卻不同了，這一世的阿爹木訥老實，又不能幹重活，弟弟也還年幼，就憑那幾畝旱地，怎麼能養活一家人？釀酒是他們唯一的出路，可不能有什麼閃失。

「阿酒，妳要的酒買回來了。」阿爹的聲音在院子裡響起。

阿酒從酒坊裡走了出來，見院中多了幾大罈酒，滿心歡喜，趕忙開始提煉蒸餾酒。若要在缺少專業工具的情況下提煉蒸餾酒，火候就顯得尤其重要。阿酒一點也不敢大意，很快她的臉上便掛滿了汗水。

姜老二緊張地在一旁看著，似乎也感覺到這些酒就是他們家的希望。

一眨眼，四天半過去，阿酒把冷卻了的酒裝入罈子裡，然後倒了一小杯給姜老二。「爹，您嚐嚐。」

姜老二接過酒，緩緩地喝了一口，發現口中的酒跟以往喝過的任何一種都不一樣，以前喝的酒很溫和，而現在這種卻特別辛辣，喝到肚子裡，竟像一團火一樣，全身馬上就熱呼呼的。

「好酒。」姜老二不會釀酒，但酒的好歹還是能分得出來，對阿酒的最後一點懷疑也沒有了。

「爹，明天您跟我一起去鎮上吧，順便買些糧食回來。」阿酒開心地說道。

因為要去鎮上，阿酒跟姜老二早早就起來了。

阿酒看著還在熟睡的兩個弟弟，有些不放心，便搖醒阿曲，讓他帶著阿釀去村長家。

「不用了吧，那太麻煩村長了。」姜老二說道。

「阿爹，您確定阿奶不會再來帶走阿釀？」阿酒盯著姜老二問道。

姜老二聽了，無言地點了點頭。

阿酒塞給阿曲幾個餅，又交代了幾句，這才放心地去了鎮上。

阿酒剛來到「謝記酒家」前，店小二就一臉笑容地迎上前來。「小娘子，妳來了啊，咱家掌櫃的都問了好幾次呢，快請進。」

「小娘子，妳終於來了。」阿酒剛進屋，就看到掌櫃笑著走了過來。

「我昨日才釀好酒，這不，今兒個馬上就把酒送過來了。」阿酒笑著說道。

她見掌櫃不停地打量著姜老二，忙介紹道：「這是我爹，姜有才。」說完又對姜老二說道：「阿爹，這就是我說的那位好心的掌櫃。」

姜老二自從進到店裡後，有些拘束，抱著酒罈子的手都有些發抖。他看著女兒跟掌櫃的有說有笑，頗感意外，心中卻有些驕傲。

掌櫃聽了，忙笑著說道：「原來是姜大哥，快請坐。」又指了指姜老二手中的酒罈，笑容滿面地道：「這就是新釀好的酒吧？」

阿酒接過姜老二手中的酒罈，放在桌上道：「正是呢，掌櫃的您嚐嚐吧。」

「那我就不客氣了。對了，我姓錢，小娘子不如喊我一聲錢叔吧，顯得親近。」掌櫃一邊笑咪咪地倒了一杯酒出來，一邊說道。

阿酒忙笑著說道：「錢叔好，我叫姜酒，家裡人都叫我阿酒，錢叔喊我阿酒就行。」

錢掌櫃聽了阿酒的話，笑容更是深了幾分。真是個精明的孩子，默默就拉近了關係。

「好，那以後就叫妳阿酒了。」錢掌櫃拿著酒杯站起來。「阿酒，妳在這等等，我進去一下，馬上就來。」

阿酒點點頭，想來錢掌櫃是要請示什麼人吧？

「這酒不錯，似乎比上次的還要好。錢叔，就按我交代你的去說吧。」屋裡傳來一個爽朗的聲音。

錢掌櫃聽見這話，笑意更濃，輕快地退了出來。

「阿酒，這種酒製作困難嗎？如果我需要大量的酒，妳能釀得出來嗎？」錢掌櫃和藹地看著她問。

「現在有些難，主要是我家酒坊目前的條件不允許，等過些時日就好了。」阿酒有些激動地說道。

錢掌櫃聽了，暗暗讚嘆公子料事如神，沈思了一會兒，說：「如果咱們謝家借資金給妳的話，大約多久能釀出一批酒？」

阿酒聽了心中一喜。有了錢，她就可以再請人做兩個蒸餾鍋，那樣的話，一天就可以蒸好幾罈酒出來，這般算下來，一天賺的錢可不少，阿爹也不用這麼辛苦了。

「阿酒……」姜老二擔心地低聲叫道。

阿酒看了一眼姜老二，看懂了他眼中的擔心，她輕輕地朝他搖了搖頭，然後對錢叔說道：「錢叔大概需要多少這樣的酒呢？」

「當然是越多越好。」錢掌櫃笑著說：「不過妳也不要急，能釀多少是多少。」

阿酒點了點頭。「這需要時間準備，我現在也不好確定一個固定的數量給您。」

「這不成問題，妳只要保證下次送來的酒，一定要像這次的一樣烈。」錢掌櫃提醒道。

「沒問題。」阿酒應了一聲，又開口問道：「錢叔，那酒的價格該怎麼算？」

「酒的價格嘛，我就按一兩五算給妳，不過妳只能賣給咱們一家。」錢掌櫃的語氣中帶著威脅。

阿酒暗想，果然是生意場上的老手啊！

她假裝沒聽出他話中的威脅，只是輕聲承諾道：「錢叔您大可放心，等以後我釀出別種酒，可以的話，也只賣給你們家，反正咱們家就只負責釀酒。」

錢掌櫃聽了阿酒的話，看了她一眼，便朝她點點頭，算是明白了她的意思。

兩人又商定了一些細節，並約定酒的價格先按一兩五算，至於以後，必須看酒賣得如何再另作調整。

阿酒雖然沒做過生意，但對於這些還是挺瞭解的，畢竟前世她也見過不少商場上的生意往來，明白他說得有理。

「行，那咱們最好是寫下文書。」等商定好之後，阿酒提出了要求。

錢掌櫃的目光再次落在她的身上，他沒想到一個鄉下的小娘子竟懂得這麼多，連要寫下文書都知道，真是不簡單。

錢掌櫃見阿酒雖然穿著破舊，卻有種特殊的氣質，不由在心中暗暗稱奇。他迅速拿來紙墨，按剛才的意思寫下了文書。

看著錢掌櫃那整齊的毛筆字，阿酒才意識到自己應該是不識字的。阿酒抬頭看了一眼姜老二，見他正疑惑地看著自己，她有些頭痛一會兒該怎麼跟他解釋？

阿酒接過錢掌櫃寫的文書，認真地看了一遍，然後在上面按了個手印。錢掌櫃又重新寫了一份，見阿酒在兩份文書上都按下手印，這才拿著兩份文書進到裡屋。

錢掌櫃出來時，遞給阿酒一份文書，上面多了三個蒼勁有力的字——謝承文。

拿著這份文書，阿酒有種塵埃落定的感覺，想來要維持生計是沒什麼大問題了。

阿酒和姜老二離開了謝家酒樓，在大街上逛著。

「爹，咱們去買一些糧食吧。」阿酒見前面有糧食店，馬上拉著姜老二走了進去。

只見這店鋪裡的糧食種類還挺齊全的，除了大米、小麥、高粱之外，就連玉米、小米也有，這讓她有些驚喜。如此一來，她想釀什麼樣的酒都行。

這裡的主食是大米，姜老二便去問了大米的價格，一石要八百文，阿酒見他沒有意外的表情，看來平時也是這樣的價格。

等店家把大米稱好，阿酒才知道，一石大約是一百二十斤，這樣算下來，一斤米大約要六文多。這裡的一文大約是前世的五毛錢，算起來也要三、四塊錢一斤，還真有些貴。不過想想，這時代的糧食產量不高，也就覺得正常了。

阿酒特別想釀酒，畢竟蒸餾的技術並不算難，指不定哪天就被別人給琢磨出來，那她就沒優勢了，但釀酒卻不同，口味可以多變。

阿酒買了一些高粱、小麥、糯米，還有玉米，這些都算雜糧，倒是沒有大米貴，不過加起來也花了一兩銀子。

糧食買太多，姜老二拿不回去，幸虧店家提供了送貨服務，只要自己出些車錢即可。

阿酒又去買了一些釀酒需要的東西，還買了一包糖，想到兩個弟弟，便又買了幾個包子，然後才離開鎮上。

好在他們家就住在村頭，離村裡還有些距離，中間又有一座小山丘隔斷了她家跟村裡的視線，否則要是被村民們看到他們今天買了這麼多糧食，傳到了姜家大宅去，周氏只怕又要找上門了。

整理好買回來的東西後，姜老二就急著要去接阿曲他們，阿酒連忙拿出半包糖，讓他帶去給村長。

沒一會兒，就聽到腳步聲還有阿釀的哭聲，阿酒跑出來一看，只見阿釀身上髒兮兮的，臉上充滿了委屈，不停地抽咽著。

「阿曲，這是怎麼回事？阿釀怎麼弄成這模樣？」阿酒板著臉問道。

「大伯家的鐵牛欺負人，他罵咱們是沒娘的孩子，還用石頭打阿釀。」阿曲回道，臉上充滿了不甘。

阿酒馬上怒了。在原主的記憶中，大伯家的兩個兒子都比阿曲大，他們在大伯母李氏的嬌慣下，可沒少欺負阿曲和阿釀，看來要想辦法教訓一下他們。

可她轉眼看見姜老二那一副打算息事寧人的樣子，就知道今天的事只能到此為止，不過來日方長，她就不信找不到機會。

阿酒看著兩個弟弟的委屈樣，忙拿出買回來的糖，一人分了兩顆哄著他們。

阿曲歡喜地把糖放進嘴裡，見阿酒沒吃，忙拿出一顆。「阿姊，妳也吃。」

阿釀見哥哥分出了一顆，他有些不捨地看了一下糖，還是走到阿酒面前。「阿姊，給妳。」

阿酒看著兩個懂事的弟弟，摸摸他們的頭，心裡暖暖的。

她前世沒有兄弟姊妹，圍著她的都是些虛情假意的人，可剛來到這裡時，她醒來只見他們兩張哭花的臉上充滿了關心。

她躺在床上休養的那幾天，只有她吃著大米飯，裡面還有雞蛋，弟弟們卻吃著稀飯配野菜。他們明明也很想吃大米飯，卻懂事地讓給她，這讓從小缺愛的她很感動。特別是知道自己吃的雞蛋，居然是姜老二用分家時得到的唯一一兩銀子去買來的，她心裡更是充滿了暖意，這也是她很快接受這個身分，努力賺錢的動力。

阿酒看著弟弟們臉上滿足的笑容，比自己吃到糖還要開心。

這時，外面卻突然傳來大罵聲。「有娘生、沒娘養的東西，竟敢打我兒子！阿釀你這個小崽子，看我不打死你！老二，你快出來說說理。」

這是李氏的聲音，看來惡人先告狀來了，阿酒馬上就要衝出去，姜老二的動作卻更快。

「老二，你說說，你家小崽子把我家鐵牛打成這樣，你說這筆帳該怎麼算？」李氏指著姜老二的鼻子罵道，她身旁站了一個胖乎乎的小子。

「鐵牛，你說是誰打你的？」姜老二氣憤地問道。

「還有誰打的？除了你家的那兩個小雜種，還會有誰？」不等鐵牛說話，李氏就迫不及待地罵了起來。

鐵牛卻是心虛地看了姜老二一眼，不敢說話。

「大嫂，請妳說話注意點。」姜老二氣得滿臉通紅，好半天才吐出一句話。

「我說錯了嗎？你看看，鐵牛穿的可是剛做的新衣，就這麼被撕破了，今天你要是不給個說法，我還就不走了！」李氏大聲叫道。

「大伯母，您家鐵牛欺負咱們家阿釀，咱們還沒去找您麻煩，如今您倒是倒打一耙，說咱們家阿釀欺負鐵牛了?!」阿酒怒叫道。

「妳這個小蹄子，分家後膽兒就肥了？竟敢跟老娘叫板，想挨揍是吧？」李氏見阿酒這樣說，馬上揚起了手。

這時一些看熱鬧的鄰居隨著李氏，圍在了阿酒他們的院子前面，阿酒眼睛一轉，馬上坐在地上哭了起來。「阿娘，您怎麼就走了呀？咱們現在是沒娘的孩子，誰都欺負，打人的倒成了有理的！」

鄰居們見阿酒哭了，又想到李氏平時在村裡的作為，頓時紛紛指責起李氏來。

「這不是明擺著欺負人嘛，就阿釀那身板，怎麼可能打鐵牛？就她這樣還敢說是人家的大伯母呢，哎！」

「就是，明眼人一眼就能看出來的事，還好意思在這裡叫囂。」

「我說阿釀好歹也是妳姪子，妳這樣做太過分了吧！」一個潑辣的聲音憤憤不平地說道。她是村裡姜五的媳婦，一直默默關照著姜老二家的幾個孩子，自然知道李氏過去就沒少欺負他們。

「妳還是先問清楚到底是怎麼回事吧，不要淨欺負老實人。」村民紛紛指責道。

「姜五嫂子，這關妳什麼事？妳沒看到鐵牛的衣裳都破了嗎？」李氏不甘示弱地回了一句，又指著姜老二道：「別在那裡裝可憐了，打了人就要賠。」

「我家阿釀沒有打鐵牛。」姜老二堅持道。

李氏趁姜老二一個不注意，拉過阿釀就要打，阿酒忙護住阿釀，而李氏也被村民們拉住。

「姜老大家媳婦，妳在這裡鬧什麼？」村長呵斥道。

「村長，您來得正好。您看看，我家鐵牛被人欺負成這樣，一件新衣裳都成破爛了，村長您一定要為咱們作主啊。」李氏見村長來了，委屈地指著鐵牛的衣裳，大聲告狀。

「鐵牛，你來說說是怎麼回事？」村長皺著眉說道。

「這是我不小心弄破的。」鐵牛說完，不安地看了李氏一眼，緊接著迅速低下頭。

圍觀的人聽了，紛紛「噓」了起來。這李氏不就是看姜老二一家老實，家裡又沒有女人，所以才有事沒事就欺負到他們頭上來嗎？

「你這個孩子亂說什麼？不要怕，說實話，村長會為咱們作主的。」李氏睜大眼說道。

「今天阿釀他們直到姜老二來接以前，可都是跟我家山子在一起的，妳家鐵牛還罵了阿釀，這都是山子跟我說的。」村長見李氏硬要把事情賴在姜老二家的孩子頭上，不由嚴厲地說道。

李氏頓時有種不妙的感覺，她瞪著鐵牛道：「你快說，這到底是怎麼一回事？」

「衣裳是我跟石頭打架弄破的。」鐵牛見事情敗露，乾脆大聲說道。

「我打死你這個死小孩，居然敢亂說話！村長，對不起啊，小孩子不懂事，我這就帶他回去。」李氏黑著臉，拉著鐵牛急匆匆地走了，自始至終都沒有再看姜老二一家。

第三章

「安國叔，進來坐坐吧。」姜老二有些忐忑地說道。

「我還有事要忙，就不進屋了。姜老二，你這屋頂趁早修一修吧，聽村裡的老人說，過幾天可能有大雨要來。」村長看著那破舊的茅屋，提醒道。

「謝謝安國叔，可如今咱們家連根稻草都沒有，怎麼修呀？」姜老二落寞地說。

「來我家拿一些吧……哎，真是作孽呀。」村長邊說，邊朝回家的路走了。

見沒人了，姜五的媳婦這才走到阿酒面前，愛憐地說道：「阿酒，嬸嬸給妳做了一雙鞋，明天來嬸嬸家裡拿。」

阿酒低頭看了看自己腳上露出腳趾頭的鞋，感激地看著她。「謝謝嬸嬸。」

記憶中姜五嬸經常幫他們做鞋，以前林氏身體不好，做不了女紅，就拜託她做，她也是林氏在村裡唯一說得上話的女人。

「姜老二，我家還有多餘的稻草，你有空再來拿，我順便喊我家姜五過來幫你弄一弄屋頂。」姜五嬸轉過頭對姜老二說道：「你啊，也要趕緊振作起來，不為自己著想，也要為孩子著想，你看看村裡哪個孩子像你家的一樣，吃不飽、穿不暖的。」

阿酒越跟姜老二相處，就越體會到，他不愛說話，但是對自己的孩子很疼愛，就像明明有很多話想問她，卻不說出來，只是默默地支持她，用自己的方式保護著他們。

姜老二正忙著把稻草編綁在一根根的木棒上，這樣放到屋頂上，才不會被風輕易吹走。

「姜老二，在家嗎？」外頭傳來姜五的聲音。

「姜五，你來了啊。」姜老二一聽是姜五來了，立刻迎上前去。

阿酒朝姜五看過去，只見他中等個子，穿著粗布衣裳，皮膚有些黝黑，看到她時笑了笑，一看就是個能幹又耿直的人。

「你嫂子說你家的屋頂要補一補，讓我過來幫忙。」姜五看著院子裡的稻草說。

「那就麻煩你了。」姜老二感激地看了他一眼。

「行了，趕緊動手吧。」姜五麻利地幫著做起事來。

花了一下午的工夫，屋頂總算是換完了，見姜五飯也不吃就離開，阿酒忙從酒窖裡搬了一罈子酒，讓阿曲給姜五送去。

弄好屋頂後，阿酒打算要把蒸餾鍋畫出來，好讓姜老二帶去鎮上，找一家比較好的鐵匠打製出來，這樣蒸酒才方便，也會快上許多。

她這時候才想起家裡沒有紙墨，只得讓阿曲去跟山子借一些回來。

有了紙墨，她開始按記憶中的樣子畫了個蒸餾鍋還有管子出來，畫好後，才讓姜老二拿去鎮上。

流水鎮的酒，一般都是以單一種的糧食來釀製的，而且都是小麴酒，她倒是想試試釀造大麴酒，那勢必得要先製麴，但製麴的工序比較繁瑣，需要挺長的時間，不過她不急，一切按步驟來就行。

首先是選製麴的原料。製麴是釀出好酒最關鍵的一步，阿酒買回來的糧食顆粒飽滿且新鮮，這樣製出來的麴塊才會不硬不軟、不黏不散。

等挑好原料後，接下來就是碎料。碎料也是很講究的，碎得太粗，製出來的麴胚不吸水，黏性也小，且不易成形；碎得太細，則黏性太大，其中的水分、熱度不好散發，容易引起麴的酸敗，所以碎料也是不簡單的。

忙碌了好一陣子，阿酒才碎好料，只見姜老二已經回來，院子裡多了幾大罈酒。

「爹，您去鎮上還買了酒啊？」阿酒有些驚訝。

「在村裡買酒不方便。」姜老二輕聲回道。

她真是大意了，只想著在村裡買酒比較近，卻沒想到要是讓人發現他們買太多酒，反倒會引起注意。「爹，還是您想得周到。」

「阿酒，妳這是準備自己釀酒？」姜老二看了一眼她碎好的料，皺眉問道。

「嗯，爹，我想試試。」阿酒盯著姜老二，認真地說道。

「妳想做就做吧。」姜老二張了張口，最終還是沒問出口。

阿酒心裡已經準備回答他的問題，卻沒想到他竟什麼也不問就支持她的做法，這讓阿酒心中感動不已。

「還有什麼需要準備的？」姜老二想起阿酒要他拿去給鐵匠做的那個古怪東西，不由問道。

「爹，麻煩您在這裡幫我砌個灶，以後咱們就在這裡蒸酒。」阿酒開心地說出了她的需求。

「行。」姜老二點點頭，開始幹起活來。

旁的事不用阿酒操心，她便繼續她的製麴大業，畢竟這是她頭一次製麴，一切都需要耐心摸索。

碎完料接下來就要加水拌料了，這一點更加重要。水要加多、加少，必須根據氣候和原料的粗細來決定，這需要一定的經驗，可阿酒卻是第一次親自操作。

她仔細回憶以前爺爺的動作，慢慢地加入水跟原料，因為全是手工操作，把她累得大汗淋漓。

「阿姊，讓我來幫妳吧。」阿曲看見她那辛苦的樣子，擔心地說道。

阿酒點了點頭，心想男孩子的力氣比較大一些，只要把訣竅告訴他，自己在一旁加料，讓他來拌料，倒是省力不少。等拌料拌得差不多，她捏起一塊看了看，看起來沒有氣孔和疙瘩，應該可以了。

接著是踩麴，這一步就需要準備一些東西，幸而有些東西平時釀酒也會用到，倒是不難找。阿酒讓阿曲幫著踩麴，她把要領跟他說了，並親自示範一遍。

阿曲的領悟力很高，等她弄好飯出來一看，只見他已經踩好幾個麴胚，都符合麴胚的要求——踩光、踩平、踩緊。

阿酒這次準備的料並不多，阿曲很快就踩完了，接下來就是培麴。先把麴胚放到潮濕溫暖的地方，之後要做的就是偶爾去翻麴，等過個幾十天，便要堆麴，而等麴真正製好，還需要一、兩個月的時間。

「阿酒，在家嗎？」是姜五嬸的叫聲。

阿酒忙打開院門，迎了出去。她很喜歡姜五嬸，雖然潑辣，卻很講理，最重要的是一直很照顧他們一家子。

「阿酒，不是讓妳去我家裡拿鞋嗎，怎麼都沒來？」姜五嬸從懷裡拿出一雙布鞋，鞋面是藍布的，上面還繡了幾朵小花，雖然不是很精緻，但針腳均勻，看起來十分結實。

「謝謝姜五嬸，進來坐坐吧。」阿酒感激地說道。

「不了，我還要去田裡忙活。這是妳三嬸給妳跟阿曲他們做的衣裳，她不好拿過來，所以託我帶過來。」說完，姜五嬸就把一個包裹塞進阿酒的懷裡，便轉身離開。

阿酒意外地看著手中的包裹，打開一看，只見一件碎花上衣，還有兩件深藍色的衣裳，雖然都是粗布的，但看得出來針腳十分精細，想來是花了一些工夫。

阿酒從原主的記憶中知道，三嬸是姜家大宅裡唯一的溫暖。

姜老三對姜老二一家不冷不淡，一般有事都不出聲，但三嬸自從嫁過來，就暗地裡幫著姜老二一家。以前林氏身體不好，三嬸也幫了不少忙，有時見原主他們吃得少，還會偷偷藏一些吃食，背著周氏、李氏給他們吃。

不過三嬸也是個命苦的，接連生了兩個女兒，周氏看她特別不順眼，幸而姜老三對她還算不錯。

阿酒忙把衣裳、鞋子收好。今天承了她們的情，以後一定要好好報答。

隔天，姜老二去鎮上把打造好的蒸餾鍋拿了回來，沒想到那蒸餾鍋竟跟她畫的一模一樣，倒是出乎她的意料。

這幾天阿酒用那蒸餾鍋蒸酒，除了第一罈因為沒有掌握好火候，讓度數低了很多之外，接下來蒸的酒就沒問題了。

掌握訣竅後，她每天蒸出來的酒更多了，雖然累，但看著一罈罈的酒堆在角落裡，她彷彿看到許多銀子飛過來，心情大好。

阿酒忙著蒸酒，沒注意外面的情況，等她終於把酒蒸好，走出酒坊時，才發現遠處的天空黑沈沈的，空氣也變得很悶熱，看來一場大雨就要來臨。

雖然已經換了屋頂，但那裂開的土坯牆不知能不能經得起這樣的風雨？

狂風暴雨一直持續了五天，他們的房子也在雨下到第三個晚上時倒塌了。總共才三間屋子，倒了一間，另一間用來當作灶房的屋子也垮了一半。

幸虧因為阿酒睡的那間屋子漏水太嚴重，那晚阿酒便帶著弟弟們擠到了姜老二的房間，要不他們全得被壓在牆底下。

後來那兩晚，阿酒都是心驚膽戰地度過，就怕有個萬一，連最後這間屋子也倒了。

「阿爹，怎麼辦？」阿酒焦急地問。雨好不容易停了，可他們也沒有了容身之處。

姜老二的眉頭皺得高高的。真是屋漏偏逢連夜雨，溫飽問題還沒解決，房屋又倒了！

「爹，要不咱們重新蓋幾間屋子吧。」阿酒懷裡還有二十兩銀子，這是錢叔借給她的資金，付完蒸餾鍋的錢後還剩下這些，應該夠蓋幾間土磚房吧？

「咱們沒有錢。」姜老二嘆著氣說道。

「阿爹，要不您去跟阿奶借借？」阿酒試探地問道。

本來她想就用懷裡的錢，但想著他們剛剛分家，周氏也就分了一兩銀子給他們，若才過了這些日子，他們就有錢建新屋，只怕到時又生是非。

姜老二沈思了一會兒，緩緩起身，往姜家大院的方向走去。

阿酒看著他那微駝的背影，明明才三十幾歲，看起來卻像是四、五十了，她心裡難受得很，對他這次去借銀子，不抱任何希望。

過了好一陣子姜老二才回來，他垂頭喪氣的，甚至不敢抬起頭來看阿酒，想來肯定沒有借到銀子，甚至還挨了頓罵。

阿酒對這樣的結果倒不意外，只是心疼地看著姜老二沮喪的樣子。「阿爹，既然阿奶不借，要不就用謝公子借給咱們的銀子吧？」

「不行，那銀子是妳要用來釀酒的，不能動。」誰知一向說話慢吞吞的姜老二，一口氣否定了她的提議。

阿酒有些驚訝地看著他，沒有想到他的反應會這麼大。

「等咱們把酒給他們送去，用賣酒的錢慢慢還就是了。」阿酒耐心地說。

姜老二搖頭。「這件事妳別管，那銀子不能動。」說完，他咬咬牙，又朝外面走去。

阿酒也無奈地搖搖頭，便忙著去把酒坊打掃出來。在還沒建好新房之前，只能在這裡煮飯，甚至要住在裡面。

阿酒熬了一鍋粥，眼看著天色已暗，還是不見姜老二回來，心中不由得有些著急，也對周氏更加不滿。怎麼會有這樣狠心又偏心的娘呢？

在阿酒的焦急等待下，姜老二終於出現在她的視線中，這次他的臉上終於有了一些些笑容。

「阿酒，村長答應借十兩銀子給咱們，咱們先蓋三間房，等以後有錢了再多蓋幾間。」姜老二迫不及待地說道。

阿酒聽完，露出了微笑。十兩銀子不多，想來阿爹說的三間是泥坯房，這跟她預想的有點不一樣，看來只能等以後賺到錢再蓋土磚房了。

第二天，阿酒家來了好幾個村民，他們都跟姜老二關係還不錯，看見那倒了的房子，眾人都嘆了口氣，然後你一兩、他一兩的把錢塞進姜老二懷裡。

「這些是咱們借給你的，你拿去蓋幾間好一點的房子吧。」他們說完就離開了，只留下站在原地還沒有反應過來的姜老二。

下午，阿酒正在整理東西，只見周氏衝了進來，不耐地叫道：「臭丫頭，妳爹呢？」

姜老二聽到周氏的聲音，停下了手邊的事，走了過來。「娘，您來了。」

周氏冷眼看著姜老二。「你不是要蓋房子嗎？這裡有十兩銀子，你拿去。」

姜老二驚喜地抬起了頭，不明白她怎麼會改變主意，竟然肯借錢給自己了？

「阿釀就交給你妹帶著吧，這樣少一個人吃飯，也可以少花點錢。」周氏接著說道。

姜老二臉上的喜意一下子就凝結了，一張臉凝成了鐵青色。

「我的孩子我自己養，您這銀子我不要！」過了半晌，姜老二憤怒地叫道。

「老二，你看看你現在窮成這樣，有辦法養大孩子嗎？」周氏對他的憤怒視而不見，只是嘲諷地說道。

「阿奶，我家的事就不用您操心了，阿釀是我弟弟，阿爹跟我會把他養大的。」阿酒忍不住說道。

「我跟妳爹說話，哪有妳一個賠錢貨插嘴的地方，給我滾！」周氏看著跟往日有些不同的阿酒，想也沒想，惡狠狠地舉起手就朝阿酒打過去。

阿酒呆住了，根本沒想到她會出手打人。

清脆的「啪」一聲，讓阿酒清醒了過來，只見姜老二彎下身護住了她，而他臉上則多了一個明顯的巴掌印。周氏這是用了多大的力？要是這一巴掌落在自己身上，她想都不敢想。

姜老二冷冷地看著周氏。如果說以前他還抱有一些希望，那麼這一巴掌已經把那些希望全都打散了。

周氏臉上閃過一絲不自然，特別是看到姜老二冰冷的眼神，有些心驚。

「這是阿酒小娘子的家嗎？」門外的聲音打破了這緊張的氣氛，周氏拔腿就朝外面走了，甚至沒看是誰在門口叫喊。

這像是錢掌櫃的聲音，他怎麼來了？阿酒忙答道：「是我家沒錯。」

「終於找到妳家了。」錢掌櫃走了進來，感覺似乎來得不是時候。

「錢叔找我有事嗎？」阿酒硬是扯出一抹笑容，輕聲問道。

錢掌櫃快速地看了一眼這個院子，只見裡面一片狼藉，都快沒有落腳的地方，看來他們家是真的窮呀。

「沒事、沒事，我就是來看看妳的酒準備得怎麼樣了？」錢掌櫃擺擺手道。

「這些天釀了十五罈，只是剛巧碰到下雨，就沒有給錢叔送過去。」阿酒帶著錢掌櫃來到酒窖裡，指著那一排酒說道。

「好、好，咱們家的馬車就在外面，這些都由我帶回去好了。」錢掌櫃滿意地看著那些酒，笑著說道。

「麻煩錢叔了，只是錢叔，您也看到我家的情況，只怕再次出酒，得過些時候了。」阿酒歉疚地說。

「阿酒，我家公子可交代了，請妳盡快釀酒，那客人催得急啊！況且妳家的情況如此，更應該多釀些酒好賺些錢。」錢掌櫃一聽阿酒這樣說，有些急了。

阿酒看看家裡的慘況，覺得他說得有道理，只是如果要蓋新屋，想在白天釀酒是沒辦法了，只能晚上再釀。

「那行，我明白了，我會儘量多釀一些。」阿酒點頭道。

錢掌櫃笑了笑，從懷裡拿出幾錠銀子。「阿酒，這是這次的酒錢，妳收好。」

「這……我還欠你們錢呢。」阿酒沒想到錢掌櫃會拿錢給她，有些忐忑地說道。

「拿著吧，那些是借給妳的，等妳以後有了餘錢再還。這些是妳賣酒的錢，妳先拿去應急吧。」錢掌櫃把銀子塞進她懷裡，然後命人把酒全搬上馬車，便坐上馬車離開了。

李氏正巧要去鎮上，從遠處看到姜老二家外面停著一輛馬車，急匆匆地走過來，卻沒想到等她走近，那馬車已經離開，只剩下阿酒站在那裡，不知在想些什麼？

「臭丫頭，剛剛那輛馬車是誰的呀？」李氏毫不客氣地問道。

阿酒聽到李氏的聲音，冷冷地看了她一眼。「那是鎮上『謝記酒家』掌櫃的馬車，怎麼，大伯母找他有事？」

李氏聽說是謝家的馬車，忙問道：「他找妳有什麼事？」

「當然是來問酒的事情，難道大伯母對釀酒也有興趣？」阿酒不耐煩地說了幾句，就朝院子裡走去。

李氏聽了心一動。難道老二他們打算以後要釀酒來賣？難道老二把爹釀酒的技術學到手了？以前從沒有聽他說過呀……這件大事可要回去說給婆婆聽。

阿酒回到家裡，把錢掌櫃給的銀錢藏了起來，準備勸姜老二，既然要蓋房子，就乾脆蓋好一些，反正村裡人都知道他們跟村長家借了錢，而別家也借了銀子給他們，至於借了多少，他們互相是不知道的。

姜老二考慮了一下，點頭同意道：「那就蓋四間土磚房，再把酒坊也翻新一下，方便妳釀酒。」

家裡的情況根本不能等，姜老二馬上去跟村長說了自己的打算，回來後就開始準備。請人、上山砍樹，還有買磚頭，姜老二忙得根本沒有時間休息；而阿酒也忙著打包屋裡的東西，還要做飯，晚上又要蒸酒。幸虧村裡的人只要一有空閒，都熱心地來幫忙，幾天下來，終於把地基整理出一個大概。

姜老二請了村裡的師傅來蓋房子，師傅們都知道他家的情況，每天很早就來做事，幹活也很快，而姜五嬸跟村裡的棗花嫂，也都抽空過來幫著做飯。

阿酒見除了那幾個師傅，村裡過來幫忙的人都不要工錢，她心裡很是過意不去，只得在伙食上下功夫，每天都做好幾道菜。她買了些肥肉回來，炒上村裡人送的乾菜，又用骨頭煲上一些蘿蔔湯，飯也煮成乾飯，儘量讓他們吃飽。

「丫頭，手裡頭的錢不多了吧？這裡有二兩銀子，妳先拿去用。」姜五嬸又給她送來一籃青菜，然後從籃子裡拿出一個荷包。「這是妳三嬸託我帶過來的，妳收好。」

阿酒沒有推卻，默默把銀錢收好。這些雪中送炭的情，她都一一記在心底，總有一天，她會全部還上的。

第四章

阿酒看著自家的地基終於弄好，老師傅已經把一間間房子的位置分出來，只要在上面砌上磚頭，就成了一間間的房屋，想著想著，她不禁咧開嘴笑了。

「老二，你給我滾出來！」外頭傳來周氏尖銳的叫喊聲。

阿酒的好心情一下子就沒了，這周氏不知道又要來找什麼麻煩？

「娘，什麼事？」姜老二正和著黃泥，見周氏來了，只得停下手邊的工作。

「人家都說你老實呢，卻不知道你的心眼還真多。說！你到底存了多少私房錢，竟然有錢蓋房子了？」周氏怒氣沖沖地說道。

聽了周氏的話，村裡來幫忙的人都對著她搖頭。姜老二的為人怎麼樣，大家都知道，沒想到她竟會說出這樣的話。

「娘，我哪裡有私房錢，這些都是借來的。」姜老二氣得臉都有些變形了。

「你這個沒良心的，到這個時候了還敢騙人，誰會願意借這麼多錢給你？是不是你那該死的爹留了錢給你？你快點給我交出來！」

姜老二乾脆不理她，埋頭幹起了活，有些心酸。當年爹走的時候，這幾間破屋還有酒坊的哪個角落沒有被他們搜過，他有沒有錢，他們心裡最清楚！

「我打死你這個白眼狼。」周氏見姜老二不理她，直接拿起身邊的扁擔，就朝姜老二揮過去。

「爹！」阿酒一直注意著周氏，一見她的動作，就緊張地叫了起來。

「姜老太，這姜老二好歹也是您的兒子，您怎麼就這樣偏心？他蓋屋子的錢是找村長借的，剩下的還是咱們這些兄弟，你一兩、他一兩湊了出來。你們住著青磚屋，而他不過是蓋幾間土磚房，您還要來找事！」姜五實在看不過去，忍不住說道。

「我管自己的兒子，要你們多事？我就是有錢給乞丐，也不會給他！」周氏見自己揮下的扁擔沒打中姜老二，不禁大聲罵道。

阿酒擔心地看著姜老二，也不知道他聽了這話受不受得了？

「周氏，妳又在這裡鬧什麼？」不知道是誰去把村長叫來了。

「村長，您來得正好，您快來評評理！姜有才這個白眼狼，暗地裡把他那死去的爹的釀酒手藝學到手，然後把酒賣給了鎮上的酒肆。」周氏見姜安國來了，急急地說道。

「誰告訴妳的？況且如果他真有這本事，妳也應該為他高興。」姜安國冷冷地說道。

「那天『謝記酒家』的掌櫃可是親自來了，這話我絕沒造假。」周氏不甘心地說。

阿酒總算明白周氏今天為什麼會來鬧了，肯定是李氏那天回去跟她胡說了一通。

「村長爺爺，那錢掌櫃是來找我的。我以前跟爺爺一起釀過酒，所以就試著自己釀了一罈酒，上次我去鎮上找錢掌櫃，他看在我可憐的分上，便收下我釀的那罈酒，還說以後只要是我釀出來的酒，他全都要了。村長爺爺，我家連一塊水田也沒有，難道還不能釀一點酒來賣錢嗎？」阿酒紅著眼睛，委屈地看著村長說道。

阿酒從小跟著姜二閂在酒坊裡做事，村裡人都知道，雖然有些驚訝她能釀出酒來，倒也不覺得有哪裡奇怪。

阿酒是故意這樣說的，她既然要釀酒，以後錢掌櫃肯定會經常來，而周氏都過來鬧了，她也就乘機把這些事都說出來，以後村裡的人就不會懷疑什麼了。

「周氏，姜老二已經分出來了，他們一家想做什麼，也與妳無關，妳就不要再鬧事了。」姜安國聽了阿酒的話，越發同情姜老二。

周氏沒想到是那死丫頭釀出來的。她就說老二那蠢貨怎麼會釀酒呢？家裡的老大、老三可都沒學會。

「那死丫頭釀酒的手藝，也是學了她爺爺的……」周氏還想說些什麼，卻在姜安國的瞪視下住了嘴。

「周氏，不要給臉不要臉，再這樣胡攪蠻纏下去，妳乾脆和妳家老二斷絕關係好了。」姜安國板著臉，嚴肅地說道。

周氏聽了，恨恨地看了姜老二一眼，轉身就朝外面走去，遠遠還能聽到她的咒罵聲。

「阿酒，妳會釀酒？」姜安國見周氏走了，這才溫和地問道。

「嗯，以前看爺爺釀過，我就照著釀了一些，只是沒有爺爺釀得好。」阿酒說完就低下了頭。

姜安國摸了摸她的頭，想著那錢掌櫃可能是看在姜二閂的面子上，才幫她一把吧，畢竟姜二閂以前在鎮上也算是小有名氣。

「有事就來找我，不要怕。」姜安國以前沒有太過注意阿酒，對她不是很瞭解，可這幾次卻發現她是個機靈的。姜老二老實又木訥，難成大事，以後這個家可能還要靠她扛著。

「謝謝村長爺爺，阿酒記住了。」阿酒心裡暗喜。只要村長站在他們這邊，周氏想要占便宜就沒那麼容易了。

送走了村長，阿酒又開始忙碌起來，只是到了中午時分，卻還沒見阿曲跟阿釀回來，她不由得有些擔心。

家裡要釀酒，需要的柴火比較多，姜老二這些天忙，阿曲就每天上山去撿柴，平時這個時候都回來了。

「阿酒姊，妳快去看看阿曲，他的腿流血了！」阿酒剛把飯做好，準備叫師傅們吃飯，就聽到外面傳來一個小孩子的叫聲。

阿酒把碗往桌上一丟，跑了出去。

「狗蛋，阿曲怎麼了？他人在哪裡？」

「就在前面那個山口，妳快去看看他吧！」狗蛋驚慌不已，急急地說道。

阿酒拔腿就朝山口跑過去，她一顆心跳得厲害，心想阿曲可千萬不能出事。

遠遠就看到一群孩子聚集在山口處，還斷斷續續聽到阿釀的哭聲，阿酒更急了，三步併作兩步地朝那裡跑了過去。

「哥哥，你流了這麼多血會不會死掉？」阿釀哭問道。

阿酒聽到這話，腿不由得一軟。看來阿曲傷得很重。

「阿酒姊來了！」不知道誰叫了一聲，圍著阿曲的孩子忙讓出一條路來。

阿酒一眼就看到阿曲躺在地上，阿釀則坐在一旁，緊張地看著他。

「阿曲，你怎麼了？」阿酒眼眶泛紅，擔心地問道。她都不知道自己說出來的話，那語氣有多小心，就怕大聲一點會嚇到阿曲，加深他的疼痛。

「阿姊，妳可算是來了，哥哥流了好多血。」阿釀像見到了救命稻草一樣，撲過來抓住阿酒。

阿酒一直注視著阿曲，只見他臉色慘白，看見她來，他的眼裡閃過一絲光亮，只不過一下便又暗了下去。

阿酒小心翼翼地把阿曲的腿抬起來，只見他的褲子上滿是血跡，而腿上的傷口似乎還在流血。這肯定是傷到血管了，一定得馬上止住血才行。

阿酒從阿曲的另一條褲腿上撕下一大塊布，把它綁在傷口的上方，然後朝四周看了看，幾朵紫色的小花讓她驚喜不已。這是大薊，能夠快速地止血。

阿酒摘了一把紫色小花的葉子，放在口裡嚼碎，敷在阿曲的傷口上。等處理好，看著傷口處慢慢地不再流血，她的心才逐漸平靜下來。

「姊，哥哥沒有再流血了，是不是不會死了？」阿釀抓住阿酒的手，不安地問道。

「放心吧，哥哥不會死的，咱們送他去姜阿公那裡。」雖然血止住了，阿酒還是不放心，畢竟阿曲流了那麼多血。姜阿公是村裡的土大夫，村裡的人凡是有個小病、小痛，都會去他那裡給他看看。

「阿酒，阿曲怎麼樣了？」聽到消息的姜老二趕來，大聲問道。

「爹，哥哥流了好多血！」阿釀一看到姜老二，眼淚再也忍不住了，大聲哭道。

「爹，阿曲的血止住了，您快抱他去姜阿公那裡看看吧！」阿酒著急地說。

姜老二點點頭，連忙抱起阿曲就往姜阿公家跑去，這時阿酒才看到在不遠處的地上，有一捆柴被丟在那裡。

「阿釀，哥哥是怎麼受傷的？」阿酒疑惑地問道。

「鐵柱要搶阿曲的柴，阿曲不給，鐵柱就推倒了阿曲，然後不知怎的，阿曲就流了好多的血。」聽到阿酒問起，旁邊的小孩馬上迫不及待地說道。

「鐵柱呢？跑哪裡去了？」阿酒氣得兩眼發紅，又追問道。

「他看到阿曲流血，就跑了。」可能是阿酒的臉色太嚇人，旁邊的小孩一邊回答，一邊往後面退了好幾步。

阿酒沒再說話，把阿曲撿的柴背在身上，然後拉著阿釀，朝家裡走去。

「阿姊，咱們沒有惹鐵柱，是他跑過來搶咱們的柴。」阿釀見姊姊的臉色很不好，怯怯地說道。

「阿姊沒有怪你。」阿酒搖了搖頭，一路沒有再開口。

回到家後，阿酒把柴丟在院子裡，見姜老二他們還沒回來，從屋裡拿了一把柴刀，轉身朝外面走去。

「阿酒、阿酒，妳這是要去哪？」剛好經過的姜五見阿酒拿著柴刀，一副怒氣沖天的模樣，忙問道。

這時阿酒只覺得心中滿是怒火，就連姜五叫她也沒有聽到。她按著記憶中的方向，朝姜家大院跑了過去，心裡叫囂著一定要讓鐵柱好看！

剛跑到姜家大院外面，就見鐵柱和鐵牛正在門口說著些什麼，兩人哈哈大笑。

「姜鐵柱，你是不是搶了阿曲的柴？」阿酒氣不打一處來，大聲問道。

鐵柱先是一愣，見是阿酒來了，便橫蠻地說：「就是我搶的，怎麼樣？妳還想打我不成？」

鐵柱無理的回答和無所謂的態度，徹底把阿酒惹怒，她揚起手中的刀。「我讓你搶、我讓你搶！」

鐵柱根本沒有想到，過去那個懦弱的阿酒竟然帶著刀過來砍他，根本忘了跑，只是愣愣地看著阿酒。

「阿酒，妳瘋了是不是？」鐵牛一把拉著鐵柱跑開，朝阿酒怒叫道。

「是，我瘋了，都是被你們逼瘋的。阿曲流了那麼多血，今天我也要讓你嘗嘗流血的滋味！」阿酒說完又朝他們追了過去。

鐵牛見阿酒不對勁，忙一邊跑一邊叫著。「娘、娘，阿酒瘋了，她拿刀要砍鐵柱。」

外面的動靜鬧得這麼大，很快地周氏和李氏都跑了出來，只見阿酒手裡拿著柴刀，正追著鐵柱和鐵牛跑，她們的眼裡馬上噴火。

「阿酒妳這個瘋丫頭，妳給我站住！妳要是傷到了鐵柱和鐵牛，我讓妳不得好死。」李氏大聲罵道。

阿酒這時根本沒心思去注意周圍的一切，她只有一個念頭，那就是一定要鐵柱也嘗嘗流血的滋味，讓他再也不敢欺負阿曲和阿釀，至於別的，她是一點也不在乎了。

「阿酒、阿酒，妳快住手。」姜老二跟著姜五跑過來，看到的就是如此讓人心驚膽戰的一幕。

「老二，要是阿酒傷到了鐵柱他們，我跟你沒完。」李氏一見姜老二來了，就撲過去想打姜老二。

「大嫂，我勸妳最好不要輕舉妄動，要不然我不知道妳這隻手還能不能完好。」姜老二一把抓住了李氏的手，瞪大眼說道。

李氏還是第一次看到姜老二這樣的表情，不由得後退了好幾步。

「老二，你耍什麼狠，今天要是鐵柱他們有個什麼意外，我就要那個丫頭償命！」周氏惡狠狠地說道。

姜老二聽了周氏的話，只覺得悲從中來。這就是他的娘，無論做什麼，他都是被捨棄的那一個，現在就連他的孩子也是。

阿酒追得有些累了，只得停下來歇息，姜五忙跑過來拉住了她。「阿酒，妳這樣會傷到自己的。」

鐵牛跟鐵柱見阿酒不追了，忙跑到李氏和周氏的身後。

周氏見自己疼愛的孫子被追得如此狼狽，對阿酒更恨了。

「阿酒，妳是吃了豹子膽了？竟然敢拿刀來砍人！」周氏不停地罵道。

「只要讓我知道他們再欺負阿曲和阿釀，我見一次砍一次。」阿酒一邊說，一邊還揚了揚手中的刀。

「老二，你是死的呀，就讓她這樣欺負鐵柱和鐵牛？」周氏被阿酒眼中的恨意嚇到，轉身就朝姜老二罵道。

「阿曲如今還躺在床上，要不是阿酒處理得當，也許他就沒命了。大嫂，妳是不是也該給我一個說法？」姜老二緊盯著李氏。

李氏只覺得全身都發麻，姜老二的表情太嚇人了，平時溫和的臉上現在鐵青著，那眼睛瞪得像牛眼一樣大。

「那是他活該，鐵柱要他的柴，他怎麼就不給？」周氏罵道。

姜老二聽了這話，只覺得全身冰冷，他看著周氏說道：「娘，以後逢年過節，我自會把該有的孝敬送過來，然而從今日起，請你們一家子離咱們遠遠的。如果再發生這樣的事，我不保證我會不會做出什麼恐怖的事情來。」

阿酒驚訝地看著姜老二，沒想到他竟會說出這樣的話，這些日子他對周氏可是一直忍讓著，沒想到今天卻爆發了。

彷彿感受到女兒那不可思議的眼神，姜老二走過來拉著她的手。「放心，爹不會再讓別人欺負你們了。」

周氏、李氏似乎也被姜老二嚇住，竟然沒有再罵。

阿酒見想要的效果已經達到，便不再糾結，跟著姜老二，頭也不回地朝家裡走去。

回到家後，阿酒坐在阿曲的床邊，看著他蒼白的臉色，還有褲子上的血跡，感覺特別難受。

「阿酒，妳這孩子怎麼就那麼大膽呢？怎麼能一個人跑過去找他們？如果爹沒有及時趕到，都不知道會鬧成什麼樣……」姜老二緩緩地嘆了口氣。

「難道又要放過他們？每次都是這樣，明明是他們欺負人，卻總是咱們退讓，結果他們一次次地得寸進尺。爹能忍，我卻忍不了了。」阿酒聽他這樣說，只覺得心裡的火氣又噌噌冒了上來。

前世阿酒就是想做什麼就做什麼的性格，來到這裡，因為原主的性格膽小怕事，她一直忍耐著，這次阿曲受傷就是一個導火線，讓她心中的火氣一下子就達到頂點。

「爹不是這個意思。」姜老二見女兒憤怒的樣子，低聲說道。

「不是這個意思，那是什麼意思？」阿酒見他那軟弱的樣子，更是氣到不行。

姜老二看著女兒，竟無言以對。是自己的一味忍讓，才讓幾個孩子跟著受苦，孩子的娘也是因為自己保護不了她，才早早地去了。如今看著氣呼呼的女兒，還有躺在床上的兒子，只覺得他們的眼神充滿失望。

姜老二長嘆一聲，轉身走了出去。

阿曲看著怒氣難消的姊姊，擔心地問道：「爹會不會有事？」

阿酒望向懂事的弟弟，更加堅定地認為，就算重來一次，她還是會這樣做，對付像周氏、李氏那樣的人，只有讓她們知道你比她們還狠，她們才會害怕。

「爹會想通的，下次鐵柱他們要是再欺負你，就回來跟阿姊說，阿姊幫你出氣。」她恨恨地說。

「那樣的話，阿奶他們肯定不依的。」阿曲過了半晌，才輕聲說道。

「阿曲，你要記住，像阿奶他們那樣的人，就是怕比他們還厲害的人。他們蠻橫，你就要比他們更蠻橫；他們不講理，你就要比他們更不講理！」阿酒斬釘截鐵地說道。

阿曲聽了她的話，陷入沈思，阿釀剛好進來，也聽到了這些話。

阿酒不知道的是，這些話對兩個弟弟的影響有多大，以至於後來他們一直都信奉著這個道理。她讓他們明白了，只有強勢，才能讓那些不講理的人害怕。

等阿酒幫阿曲檢查完傷口、換好褲子，來到外面時，只見姜五嬸正在幫忙刷碗。

「姜五嬸，放著讓我來就行。」阿酒不好意思地說道。

「沒事。阿酒啊，今天的事我都聽說了，妳太衝動了。哎，以後可怎麼辦？」姜五嬸愛憐地看著她。

阿酒有些不明白姜五嬸的意思，她並不認為自己做錯了。

「阿酒，妳娘去得早，現在妳也要十三歲，很快就要訂親了。今天妳這樣一鬧，只怕會有很多閒言閒語，這對妳找夫家不利呀。」姜五嬸見她滿不在乎的樣子，不由得說道。

阿酒一愣。她都忘了這個時代跟前世不一樣，對女孩的行為舉止要苛刻許多，不過她不在意，反正她也沒打算那麼早就嫁人。

「謝謝姜五嬸，不過您也看到了，我爹老實，兩個弟弟又小，要是我再不強勢些，只怕都活不到嫁人的那一天，您就沒有看到阿曲今天流了好多血……」阿酒知道姜五嬸是為了她好，所以願意跟她解釋。

姜五嬸長嘆一聲，知道她說的是實情，但如果一個姑娘家的名聲壞了，那可是很難挽回的啊！

阿酒沒將姜五嬸的擔憂放在心上，她見阿曲流了這麼多血，特意去鎮上買了一些補血的藥材回來，煲了湯給他喝。就這樣調養了好幾天，阿曲的氣色才恢復正常。

這段時間家裡的伙食好了許多，兩個弟弟沒有那麼面黃肌瘦，臉上也有一些肉了，看得出來，兩人長得都不賴，長大以後肯定很帥氣。

第五章

經過阿酒那天的大鬧，這段時間周氏都沒再過來。

眼看著新蓋的屋子即將要上梁，阿酒的心情也變得特別好。很快就能住進新屋，再也不用再擔心房屋會不會倒、雨水會不會滲進來了。

上梁這天很是講究，要看好時辰才能擺上堂屋的正梁；這天一般也要宴請師傅們，讓他們好好吃一頓。上梁的時候還要準備一些糖果，讓師傅從屋頂丟下來給孩子們去搶，來搶的孩子越多，越是喜慶。

阿酒這天早早就去鎮上買了幾斤肉，見還有些豬下水，順帶買了下來，還跟屠戶要了幾根骨頭，又買了一條大大的魚，還買了一些糖果，準備今天用。

姜五嬸跟棗花嫂也是早早就過來了，等阿酒一回到家，她們就幫忙清洗起食材。

「這豬下水，只有阿酒弄的特別好吃，之前吃過阿酒弄的，我自己也買了一副回去弄，結果還是有很大的腥味，不好吃。」棗花嫂邊洗邊說道。

「是呀，阿酒做菜像她娘，她娘做的飯菜可精緻呢！一樣的食材到了她們手中，弄出來的就是要比旁人做的好吃。」姜五嬸點頭同意道。

阿酒聽了不禁暗笑。其實前世她並不會做飯，只是無聊的時候喜歡上網看美食，再來就是她喜歡吃美食，味覺也比較敏銳，加上原主從小就做飯做習慣了，所以她才能做出比一般人做得更好吃的東西。

「覺得好吃，妳們今天就多吃點，以後想吃什麼樣的菜，我都可以教妳們做。」阿酒很是感激她們，所以願意做一些小事回報她們。

「行，就等妳這句話。」棗花嫂聽了，笑著說道。

「阿酒，妳這些天都沒有去村裡吧？妳都不知道，那些長舌婆把妳說成什麼樣了……」姜五嬸看著越來越像林氏的阿酒，擔心地說道。

「沒事，他們愛說，咱們管不住，反正只要把自己的日子過好了就行。」阿酒知道這些閒言閒語肯定有周氏和李氏的功勞，不過她不在乎。

「妳這孩子，姑娘家的名聲很重要，等妳及笄以後，可是要說婆家了呢。」姜五嬸有些恨鐵不成鋼地說道。

「不然怎麼辦？她們要說，難道我還能去封住她們的嘴？」阿酒聳聳肩道。

姜五嬸嘆了口氣，竟沒話能反駁她。

等阿酒她們把飯菜準備好的時候，上梁的吉時就到了。

幾個男子抬著大梁爬到了屋頂上，老師傅唱著贊歌，對準時辰，就把大梁穩穩地放在屋脊上面，然後老師傅就對著下面的空地撒糖。

村裡的孩子早就等在下面了，一見老師傅開始撒糖，都爭先恐後地搶了起來，阿酒看著如此熱鬧的場面，開心地笑了。

放好了大梁，就開始放旁邊的小梁，這個就沒有多少講究。

姜老二看到了女兒的暗示，忙招呼著師傅們還有村裡幫忙的人下來吃飯。

桌子上已經擺好了菜，只見一大碗肥肉乾菜，還有酸菜肥腸、素炒豬肝、香辣豬肚、水煮魚、青翠小菜，以及乳白色的骨頭蘿蔔湯，上面還點綴了綠色的蔥花，讓人一看就食慾大開。

「姜老二，你家阿酒這做菜的手藝真不賴，我吃過那麼多人家裡的飯，就屬你家的最好吃。」老師傅挾起一塊肥腸，笑呵呵地說道。

「就是，在你家吃了飯回去，再吃自家的菜，怎麼感覺就不是那個味兒。」另外一個師傅接話道。

「好吃就多吃點。」姜老二聽見大家誇女兒的話，樂開了懷。

「好呀，你個姜老二，上梁的日子都不叫我，是不把我放在眼裡嗎？」大家正吃得開心的時候，周氏那刻薄的聲音響了起來。

「娘，來了就吃飯吧。」姜老二站了起來，淡淡地說道。

本來這樣的日子，是應該請家裡的老人過來，只是姜老二不知道怎麼想的，並沒有去請周氏，而阿酒他們更是不會去。

周氏還想罵，只是看見那麼多人在看她，張開的口到底沒有再罵出什麼話來，只是恨恨地看了姜老二一眼，就找了個位子坐下，拿起筷子便吃了起來。

本來有說有笑的眾人，因為周氏來了，都不再說話，只是加快了吃飯的速度。

周氏吃菜的速度相當的快，而且只往那肉碗裡挾肉。

師傅們吃完都去做工了，周氏邊吃邊罵道：「敗家子，沒有錢還大手大腳，一桌子都是葷菜，就活該你窮。」

阿酒聽了真想翻白眼。嫌棄就不要過來吃啊，看她那樣子，吃得比任何人都多。

「臭丫頭，拿個碗過來。」周氏不滿地對著阿酒叫道。

「阿奶，妳要碗幹麼？我家的碗都拿來給大家吃飯用了。」

周氏只好拿起自己的碗，把剩下的菜全倒在一起，端起來就朝外面走。

阿酒看了十分不屑。吃完還要打包帶走，而且還那樣的理直氣壯，真讓人無語。

「唉，妳那阿奶真是夠偏心的。」姜五嬸看著那遠去的身影，搖了搖頭。

「我聽說啊，現在妳三嬸的日子不好過，每天都能聽到從姜家大院裡傳出來的咒罵聲。」棗花嫂小聲地說。

「以前有阿酒他們一家子在，現在他們分了出來，姜老三他媳婦可有得受了，就算春草、春花一天到晚幫忙做事，還不是天天挨罵。」姜五嬸同情地道。

阿酒聽了沒有說話。對姜家大院的事她一點也不感興趣，只是對三嬸跟兩個堂妹有些同情，不過她也幫不上忙。

當新屋終於蓋上最後一片瓦片時，阿酒家的新屋終於蓋好了，總共有一個堂屋、三間房間，阿酒終於有了屬於自己的房間。

阿酒很想順便做一些家具，不說別的，起碼打一張好一點的床，還有每個房間裡放一張桌子、櫃子之類的。但想了想，他們建屋可是用借來的錢，就打消了這個念頭，準備等過一段時間再弄這些。

正屋弄好後，老師傅又領著師傅們幫他們建了一個廚房，甚至連灶台都打了起來，阿酒看了滿心歡喜，最後就只剩下廁所了。

要說阿酒對家裡最不滿意的，那就是廁所了，每次上廁所她都得心驚膽戰的。那廁所就是簡單地挖了一個坑，然後放兩個板子在上面，天氣熱的時候，蚊子、蒼蠅到處飛，真讓人受不了。

當阿酒把怎麼弄廁所的圖紙給老師傅看時，他直讚嘆，立即說免費替她弄，只希望她能允許自己在家裡也建一個。

阿酒笑著點頭。這並不是多複雜的東西，人家看一次就懂，也用不著藏著，再說老師傅這人做事真的很實在，能夠讓他高興是件好事。

在老師傅建茅廁的時候，姜老二領著幫忙的人，把酒坊的瓦片全部重新蓋了一次。這樣就不怕會漏水了，別的等以後賺了錢再弄。

終於把新家整理出來，已經過去二十多天了，阿酒趁著晚上又蒸好一批酒，她準備明天去鎮上找錢掌櫃，讓他過來拿酒，順便去鎮上買些釀酒要用的東西回來。

之前做的酒麴只要再過幾個月就差不多好了，等搬進新屋，她打算除了蒸酒外，也順便釀一釀酒。

「阿酒，新屋都準備好了，要請村裡人來吃一頓入伙飯，爹跟妳一起去買些菜回來。」

聽到女兒要去鎮上，姜老二說道。

阿酒並不知道這些禮節，不過聽姜老二這樣說，她當然是點頭同意。村長及村裡的人都幫了自家這麼多忙，請他們吃個飯也是應該的。

姜老二挑著籮筐跟阿酒一起去鎮上，阿曲則帶著阿釀上山去。自從上次阿酒大鬧一番後，鐵柱他們都不敢再欺負阿曲跟阿釀了。

阿酒一來到「謝記酒家」，就見錢掌櫃正笑盈盈地跟一個約十七、八歲的男子在說話。男子穿著一襲月牙色的長袍，腰間繫著同色的腰帶，上面掛著一塊價值不斐的玉珮。

阿酒自從穿越過來，還是第一次看到這裡有錢人家的公子哥兒，這打扮確實很不錯，給人的感覺溫文爾雅。

阿酒沒有急著上前，想來這時錢掌櫃也沒空理自己，所以她乾脆去了一旁的雜貨鋪，準備買些碗筷。家裡的碗筷都是周氏分給他們的，不是有個小缺口，就是很舊了。

阿酒挑好東西、付好錢，就跟掌櫃的說好等一下再過來拿。

當她再次來到酒肆前，已經不見那位公子的人影，只剩下錢掌櫃在交代著小二做事。

「錢叔，忙嗎？」阿酒上前打招呼。

「阿酒，妳可來了，妳再不來找我，我又要去一趟了。有釀好的酒了嗎？咱們少東家可是問了好幾次呢。」錢叔一看到阿酒就急急地問道。

「我這次來，就是想請錢叔安排人去拿酒。我這段時間忙，釀得不多，再過些日子就好了。」阿酒笑著回道。

「那就好、那就好。這樣吧，叫阿文趕著馬車跟妳去一趟。」錢掌櫃指著小二說道。

「那行，麻煩錢叔了。」阿酒點了點頭。

她跟錢掌櫃說了家裡有多少酒，錢掌櫃便把錢算給了她。她開心地把銀錠放進懷裡後，對等一下要買的東西也就有了底氣。

因為阿酒還要買東西，順便找姜老二，就跟阿文約好過一會兒再來找他。等她找到姜老二時，只見他那筐裡已經放了不少東西。

「爹，家裡的糧食也差不多沒了，咱們去買一些吧。」上次下雨，把阿酒準備釀酒的糧食都打濕了，她乾脆就煮了吃掉，這次她準備多買一點，放在馬車裡拉回家去。

送走了阿文，阿酒心情愉悅看著酒坊裡的糧食。等請村裡的人吃完入伙飯，她就可以專心釀酒了。

姜老二打算明天請客，於是一回來後，馬上就去村裡請人幫忙。

「阿酒，你們明天要請吃入伙飯吧？這些菜妳拿著。」姜五嬸提了一籃的青菜，還有一些自己家做的乾菜過來。

「謝謝嬸子，明天再麻煩您早些過來幫我。」阿酒感激地說道。

「行，沒問題。」姜五嬸一口就答應了。

接著村裡好幾家的女人都提著菜上門，這家拿幾條茄子，那家拿一些辣椒和豆角，村長甚至還讓山子送來兩隻鴨子。

阿酒看著本來空蕩蕩的廚房放滿了瓜果蔬菜，只覺得心中暖暖的。她暗暗發誓，等以後自己的日子好過了，一定要多幫幫村民。

阿酒剛把菜整理好，就聽到阿釀在外面大叫道：「阿姊，妳快來看看！」阿釀提著一個桶子進來，看起來高興極了。

「哪裡來的魚？怎麼還有泥鰍？」阿酒驚喜地說道。

「這些都是大春哥抓的，他讓我提過來。」阿釀開心地說道。

大春是姜五嬸的兒子，這肯定是姜五嬸的意思，想來她是擔心明天的菜不夠，特意讓大春去撈的。

「阿釀，你看姜五嬸他們對咱們家這麼好，以後你可不要忘了報恩。」阿酒摸了摸阿釀的頭說道。她希望兩個弟弟既能不被欺負，還要有一顆感恩的心。

「阿姊，我知道了。」誰對自己好，誰對自己不好，小孩子其實更能判別得出來。

第二天一大早，阿酒便忙碌起來，早餐只煎了幾個玉米餅子吃，然後就開始把今天的菜一一準備好。姜老二一大清早又去買了半籮筐的肉回來，還有兩副豬下水。

很快地，姜五嬸、棗花嫂，還有村裡的一些女人都過來幫忙，有的洗菜，有的洗碗；村裡的男人也來了不少，都幫著去借一些桌凳過來。

阿酒把該煮的煮、該燉的燉了，就站在一旁聽姜五嬸她們說著村裡的八卦。女人圍在一起愛說的，無非是這家長、那家短的，這也讓阿酒更加瞭解村裡的情況。

「阿酒，還有什麼要幫忙的嗎？」一個帶著親切的聲音，輕聲問道。

阿酒抬起頭，只見一個穿著八成新、緋紅色上衣的女子，一雙杏眼正溫柔地看著她。阿酒想了想，終於知道這個女子是誰了。「三嬸，您來了啊。」

這女子正是姜老三的媳婦，也就是暗地裡幫著阿酒他們的三嬸張氏。

「嗯，今天你們請吃入伙飯，我就過來看看有什麼需要幫忙的？」張氏的聲音很溫和，聽在耳裡很舒服。

「不用了，姜五嬸她們一早就過來幫忙，已經都弄得差不多了。春草她們呢？」阿酒想起兩個堂妹，不禁問道。

「她們還在家裡幹活，等一下再過來。這裡有二兩銀子，妳收好。」張氏見沒有人注意，趕緊把銀子塞進阿酒的懷裡。

「三嬸，不用了，現在屋子已經蓋好，錢夠用了。」阿酒沒想到三嬸竟然又拿錢給她。

「拿著吧，妳看看你們連一張像樣的床都沒有，嬸嬸能幫的也只有這些，妳不要讓別人知道了。」張氏叮囑道。

阿酒拿著那還帶著體溫的銀子，充滿了感動。張氏在姜家大院的日子並不好過，家裡的收入都是周氏收著，這些銀子應該都是她的私房錢，也是她帶著春草兩姊妹做針線得來的。

「那就謝謝嬸嬸，以後我會還妳的。」阿酒認真地說道。

張氏聽了只是笑了笑，沒有說話。

阿酒見時間差不多，就走進廚房準備開始炒菜。阿爹說了要準備三桌的菜，所以要炒的菜還真不少。

張氏見阿酒進了廚房，也跟著進來，在看見一道道已先準備好的精緻菜餚時，她驚訝地說：「阿酒，妳真能幹，以前妳娘特別會做飯，沒想到妳做得竟一點也不比她差呢！」

「娘教了我一些，還有一些是我自己瞎琢磨的。」阿酒其實有些怕跟張氏相處，畢竟張氏算是比較瞭解原主的，就怕她發現什麼異常。

「分家後，妳更懂事了，也能幹許多，想來二嫂如今也可以放心了。」張氏感嘆地說。

阿酒不知道該怎麼回答她，只得繼續弄菜。

外面的人越來越多，不少人都跟姜老二說了一些吉祥話，姜老二則在一旁呵呵地笑著。

周氏這時領著姜老大一家，還有姜老三和春草、春花走了進來。

姜老二淡淡地跟周氏打了一個招呼。「娘，你們來了。」

「還站著幹麼？不知道端個凳子過來給老娘坐嗎？都這個時候了，怎麼還沒有開飯，要餓死人呀？」周氏進來就罵道。

姜老二的臉色變了。誰都想在這樣的日子裡圖個吉利，沒想到她一來就是死不死的，這是在咒他嗎？

「周氏，妳少說幾句，不管怎麼樣，今天也是妳家老二的好日子，妳不高興就不要來，來了就不要鬧！」姜安國聽不下去了，起身說道。

周氏見姜安國直直盯著她看，周圍的人也對她露出鄙視的眼神，只得閉上了嘴。

第六章

阿酒在廚房裡，不知道外面發生的事，不過周氏那抱怨聲她還是聽到了，心裡對周氏更加地厭惡。

「妳阿奶就是那樣的人，別搭理她，以後你們好好過自己的日子就行。」張氏當然也聽到了，忙安慰道。

「三嬸，您放心吧。」阿酒點點頭說道。

見菜準備得差不多了，阿酒就讓姜五嬸她們把菜端到外面去。看著一碟碟色、香、味俱全的菜餚擺在桌上，誇讚阿酒的話就像不要錢似地砸向姜老二。

姜老二臉上的笑容不斷，忙招呼客人坐下，嚐嚐這些菜。

周氏拉著鐵柱、鐵牛，一屁股坐在桌前，拿起筷子就吃了起來，根本不管別人是不是已經入座，直把那些肉往兩個孫子的碗裡堆，像是沒吃過東西一樣。

「阿酒姊，妳真能幹。」春草來到灶房找阿酒，她只比阿酒少了半歲。

「妳要是想學，以後我教妳。」阿酒對這兩個堂妹印象還不錯，在原主的記憶中，以前在姜家大院裡，她們幫了她不少忙。

「阿奶不會讓咱們過來的。」春草低聲說道。

阿酒聽了也有些無奈。那就沒辦法了，除非姜老三也跟周氏他們分家，要不春草還真不能過來。

「那妳先嚐嚐我的手藝吧。」阿酒挾了一塊肉，塞進春草的嘴裡。

「真好吃。阿酒姊，你們能分出來真好。」春草羨慕地道。

「妳也看到了，阿奶當時分給咱們什麼，這屋裡的一切都是借錢買來的，有什麼好。」阿酒輕描淡寫地說道。

「如果要我選，我情願像你們這樣分出來。」春草低聲說道。

阿酒沒再說話。姜老三要分出來，可沒有那麼容易。這時候一般是父母在，不分家，像周氏這樣把姜老二分出來，是很少見的。

「阿酒姊、大姊，妳們怎麼在這兒？」春花見周氏只顧著挾菜給鐵牛他們倆，根本不管同桌其他人異樣的眼神，她實在覺得難堪，就下了桌。

「妳吃飽了嗎？」春草問道。

「阿奶把桌上的菜都挾給了鐵牛哥他們……」春花有些委屈地說道。

「春花，妳去叫阿釀、阿曲過來，咱們就在這廚房裡吃。」阿酒留了一點菜，準備給阿曲他們吃的。

「嗯。」春花聽了，便笑著去外面找阿曲他們。

一會兒他們三人就一起走了進來，看到桌上的菜都笑了。

「阿酒姊，妳做的菜真好吃。」春花說道，然後看了看外面，低聲說道：「阿酒姊，妳要小心大伯母，那天我見她跟阿奶好像在說妳釀酒的事。」

阿酒聽了心裡一驚。上次周氏沒占到便宜，難道還想來搞破壞？

「謝謝春花，阿酒姊記住了。」

「死丫頭，竟然躲在這裡吃，把那盤肉拿過來。」周氏吃好後，本來想看看廚房裡還有沒有剩下的菜，沒想到卻瞧見他們幾個小孩子在這裡吃得歡快。

「咱們還沒有吃飽。」阿釀不情願地說道。

「找打是吧？叫妳拿過來就拿過來。阿酒，動作快點！」周氏呵斥道。

「阿奶，妳不是在外面吃嗎，怎麼還要進來拿菜？」阿酒面無表情地回道。

「姜老二，你進來，你看看、你看看，他們在這裡吃著大魚大肉。」周氏見叫不動阿酒，瞧著她那冷冷的眼神，還真不敢上前去搶，只得大聲叫道。

姜老二正在外面陪著村長他們吃飯，忽然聽到周氏的大呼小叫，只得急急忙忙地走了過去。

「娘，怎麼回事？」姜老二有些不悅地問道。

「你看看他們像什麼樣？竟躲在這裡吃大魚大肉，我叫他們把那盤肉端給我，居然還敢頂嘴。」周氏叫罵道。

「娘，您剛才不是在外面吃了嗎？這些菜外面不是也有嗎？」姜老二無奈地問道。

「我還沒吃飽，你去把那盤肉端過來給我。」周氏沒想到姜老二如今竟會反駁她了，惱羞成怒地說道。

這時廚房外面圍過來一些人，聽見周氏的話，有人忍不住「噗嗤」一聲笑了出來。

周氏聽到笑聲才發現，外面竟圍了這麼多人，頓時有些不自在。

阿酒本以為周氏會拉不下臉，一走了之，可接下來的一幕卻再次翻轉了她對周氏的認知。沒想到周氏竟一言不發，直接走到桌子前，端起那盤肉走了。

「這周氏真是越來越不像話！」村長媳婦看著阿釀那委屈的樣子，搖了搖頭說道：「行了，都不要圍在這裡了，幫著把外面的東西收拾一下。」

見村長媳婦發話，圍著的人也都散了，只有張氏紅著臉走了進來。「阿酒，妳阿奶就是那樣的，妳千萬別放在心上。」

阿酒搖了搖頭，心中卻對周氏更加戒備。現在他們家什麼都沒有，周氏就已經見什麼都要拿走，要是以後家裡條件好一些，指不定會被周氏搬空。

送走了最後一個客人，院子裡終於只剩下自家人，阿曲開心地說道：「咱們終於有家了。」

阿酒也沒想到他們這麼快就有一個新家，雖然借了二十幾兩銀子，再加上錢掌櫃那五十兩，一共欠了七十多兩銀，但阿酒相信他們很快就會還完的。

「爹，我打算以後除了蒸酒，也要自己試著釀酒。」阿酒對姜老二說道。

「行，要爹幫忙做什麼，妳說一聲就行。」姜老二如今對女兒可說是百依百順。

「爹，那您明日先把這院子的外牆砌好吧。」阿酒想了想，開口說道。

姜老二看著那形同虛設的圍牆，本來想說沒必要，村裡很多人家都沒有圍牆，但看到女兒眼中的堅持，只得點點頭。「行，爹聽妳的。」

第二天，阿酒又去看了看麴胚。經過了兩次的翻麴，接下來就要堆麴了。堆好的麴得放在通風處陰乾一到兩個月，才能用來製酒，且必須儘量使麴乾燥，不能讓它留有水分。

對於蒸酒，阿酒已經很熟練，一天下來的效率也高了許多。以前一天下來也就兩罈，現在一天可以蒸上三罈，雖然辛苦了些，但只要想著這些酒都能換成銀子，她就特別有幹勁。

經過幾天的忙碌，又有了十幾罈酒，阿酒這才走出酒坊。只見院子的圍牆已經用磚頭砌起來，就連院門都被姜老二換成一扇新的，這樣外人就不能輕易進到院子裡來了。

「爹，您是準備在這裡種菜嗎？」阿酒見姜老二正在鋤地，不禁問道。

「嗯，這麼大一片空地，種上菜，夠一家人吃了。」姜老二點點頭道。

阿酒想著，等菜苗長起來，院子裡綠油油的，肯定很好看，到時再養上幾隻雞，最好還能養一隻狗，那就是真正的農家了。

「爹，您問問村裡誰家有小狗，咱們家也養一隻唄。」阿酒馬上問道。

「好，我明天就去打聽、打聽。」姜老二說道。

阿酒聽了忙點頭，想著還要養雞，她準備去問問姜五嬸，這些事女人比較懂。

「爹，我去找姜五嬸。」阿酒想做就做。

姜五嬸和他們家之間，隔了一個小山丘，當阿酒來姜五嬸家時，只見姜五嬸正在院子裡忙著做酸菜，這些都是為冬天做的準備。

「姜五嬸，我想養幾隻雞，不知道誰家有在賣小雞？」阿酒進來後，直接問道。

「阿酒，妳來了，怎麼都不見妳出來？想要養雞的話，我家就有，不過可能要再等個一陣子才有小雞，我先去幫妳看看。對了，阿美回來了，正在屋裡呢。」姜五嬸麻利地把那些酸菜壓在罈子裡。

「阿美回來了？」阿美是姜五嬸的女兒，比阿酒小一歲，前些日子去了她外婆家。

「阿酒，妳來了，怎麼不進來？」一個穿著水綠色衣裳的小姑娘跑了出來，親熱地挽著阿酒的手，笑著說道。

一種熟悉的感覺襲上阿酒的心頭。這個養得不錯的小姑娘，想來就是姜五嬸的女兒阿美了。前世她並沒有特別好的閨密，所以面對阿美時，她有種不知所措的感覺。

「阿酒，走，我給妳帶了禮物。」阿美似乎習慣了阿酒的反應，拉著她就朝屋裡走去。

阿酒被動地跟著她往裡面走，姜五嬸則對著她們笑了笑，似乎見怪不怪，低下頭繼續忙著手中的活。

阿美自己有一個房間，做工精緻的架子床上有著緋紅色紗帳，看得出來姜五嬸對唯一的女兒很是疼愛。

只見阿美輕快地跑到床前的桌子，從裡面拿出一個木盒，小心地打開。「阿酒，妳快過來，這是我小舅從縣城帶回來的，我特意多要了兩朵，妳看看喜歡什麼顏色？」

阿酒朝盒子裡看了一眼，只見四朵漂亮的紗花靜靜地躺在那裡。以阿酒的眼光來看，做工十分粗糙，但她卻能從阿美的語氣中感受到珍貴，看著阿美那期盼的眼神，她的心裡只覺得暖暖的。

「我就拿粉色的吧。」阿酒朝阿美笑了笑說道。另外一對是嫩黃色的，阿美的皮膚白，要是戴著黃色的頭花，一定會很好看。

「黃色的更適合妳，阿酒妳拿這對吧。」阿美聽了阿酒的選擇，有些不滿意地說道。

阿酒沒想到阿美會不高興，有些不知道該怎麼回應她，只得呆呆地看著她。

阿美似乎也不介意她的反應，只是拉著她的手道：「阿酒，妳皮膚白皙、頭髮烏黑，戴這個更適合。本來我想跟妳拿一樣的，可惜黃色的只有兩朵，我想著妳戴起來一定好看，就從表姊手中換了過來。」

阿酒看著阿美那不帶一點雜質的大眼睛，感受著這純粹的友情，只覺得那一對紗花特別珍貴。她小心翼翼地拿了過來，對著銅鏡戴在頭上，然後朝阿美露出一個燦爛的笑容。

阿美走到阿酒面前，上下打量了她一番，眼睛裡閃爍著滿意的亮光。「阿酒，幾天沒見，妳怎麼像變了個人似的？不過就是要這樣，這樣的阿酒真美。」

阿酒聽了，看著眼前打心眼裡為自己著想的阿美，忽然覺得來到這古代也不錯，起碼在這裡有真心對待她的人，這種感覺她在前世一直都不曾擁有。

兩人又說了好一會兒，一般都是阿美在說，阿酒在聽，這也讓阿酒對這個村莊更加瞭解，對村民的生活也有了更多認識。

村裡的男人除了自家釀酒的，很多都是去鎮上幹些散活，每天能賺一百文到兩百文之間，主要是因為他們流水鎮的地理位置不錯。流水鎮靠近碼頭，除了南來北往的船隻，還有很多外地的商人在這裡落腳做生意，因此流水鎮雖然只是一個小鎮，卻比一般的縣城還要熱鬧幾分，而他們村又離鎮上最近，一切就更加方便。

姜五嬸的娘家就是鎮上的，條件比較好，開著兩間小店，姜五也在鎮上幫忙。姜五嬸跟娘家嫂子的感情很好，阿美經常被接去住一段時間。

阿酒抬頭看了看天色，見時候不早，站起身來對阿美說：「我要回去了，妳有空再來我家裡玩。」

阿美有些不捨地看著她，只是也知道阿酒跟她不一樣，在家要幹的活可多了，只得點點頭，從櫃子上的罈子裡抓了一把糖，塞在她的手裡。「帶回去給阿曲他們，明天我再去找妳。」

阿酒沒有拒絕，記憶中阿美經常給她一些小東西，也會讓她帶點吃的給阿曲他們。

「阿酒，要走了？這些菜妳帶回家去。對了，我家裡的小雞才剛破殼，妳得讓我先養個一、兩個月，如果能養活，到時我再喊妳來抓。」姜五嬸遞給她一個籃子，笑著說道。

「麻煩嬸子了，那我先回去了。」阿酒只覺得眼睛有些發熱。

阿酒回到家時，姜老二已經不在院子裡，只有阿曲帶著阿釀，正認真地把撿來的柴放在牆腳。

「阿姊，今天咱們撿了很多柴。」阿釀看到阿酒，笑著跑過來抱住她的腳。

「阿釀真能幹。」阿酒摸著他的頭，塞了一顆糖到他的嘴裡。

阿釀還想說什麼，只是嘴被糖塞住了，那腮幫子鼓了起來，眼睛一眨一眨的，很是可愛，阿酒只覺得一顆心變得軟軟的、滿滿的。

「阿姊。」阿曲喊了聲，手裡的活卻沒有停，一大堆柴跟那瘦小的身子形成了對比。

「阿曲，休息一下。」阿酒心疼地叫道。

「阿姊，我不累。」阿曲卻搖了搖頭說道。

阿酒見他的臉上明明流滿了汗水，一雙手卻還是麻利地把那些柴放得整整齊齊，她不禁有些心酸。若是放在前世，像他這樣的年紀正在上學，那可都是家裡的小霸王，哪怕是在這古代，一般人家這個年紀的孩子也都是到處玩，而阿曲卻早早體會了人情冷暖，雖然他不說，卻每天都懂事地幫著家裡幹活。

「那行，你把那些柴整理好，就進來陪阿姊說說話，不要再出去了。」阿酒知道，如果她不這樣說，阿曲肯定會再出去撿柴。

「好。」阿曲回她一個笑容。

阿酒把頭花放好，就進廚房準備做晚飯。現在他們都是吃乾飯，雖然不能每頓吃肉，但是阿酒儘量保證能讓家人吃飽，也正因為這樣，阿曲他們這些日子的臉色總算好了許多，不再是她剛來時那般營養不良的樣子。

「阿姊，我幫妳。」阿曲把柴放好，見阿酒正在灶上燒火，忙說道。

阿酒放下手中的柴，拿了個凳子和一把青菜，準備挑菜，等一下可以炒著吃。

「阿曲，你想去學堂嗎？」阿酒認真地問道。

今天她去姜五嬸那裡時，路過村裡的學堂，因為溪石村各家的條件都還不錯，所以他們村子裡設有村學，一般像阿曲這樣的年紀，上午都會去讀書的。

這也是溪石村很多人能在鎮上找到好工作的最大原因，因為他們都識一些字，也能算清楚一般的帳。

村裡也有私塾，可他們村子裡卻只有兩個秀才，由此可知，想考取功名是多麼困難的一件事。因此一般村民都是讀上兩、三年的書，識識字、學學算學，就回家找事做。

「阿姊。」阿曲聽了她的話，眼睛裡閃爍著期待的光芒，不過一瞬間就消失了。「我還是幫家裡幹活吧。」

阿酒看著他明明很想去上學，卻又如此懂事地回絕，對他更加心疼了。「今年雖然是上不成了，不過等過了年，阿姊就送你跟阿釀去學堂，家裡的事有阿姊跟爹扛著。」

「阿姊，咱們還欠那麼多錢，妳還是送阿釀去吧，等他學好，回來再教我就行。」阿曲低聲說道。

阿酒沒再回話，但心中已經打定主意，這些日子她要多蒸一點酒，等過完年，就送他們去學堂。

第七章

自從阿美回來後，阿酒的生活變得更加豐富，她會拉著阿酒去山上摘蘑菇和野果子，也會喊她跟著大春他們一起去河邊抓魚。村裡的孩子都是一起長大的，也就沒什麼男女之間的忌諱。

慢慢地，村裡的人都發現了阿酒的變化，她不再是那個半天都說不出一句話、怯生生的小女孩，在她身上，有種別的孩子沒有的沈穩、大方以及自信。

而且村裡的人也發現，阿酒變得越來越漂亮，長得越來越像林氏，只是比林氏更加有活力。林氏當時在村裡可是出了名的美貌，不過身子不大好；她跟村裡的女人很不一樣，笑起來總是淡淡的，隔著一層紗似的。

這些都是阿酒從村裡那些女人的口中聽來的，而且聽村裡的人說，林氏似乎並不是他們村子裡的，是姜老二在鎮上做工的時候救了她，然後兩人就看對了眼。

當時周氏不同意姜老二娶林氏，而姜老二卻堅持要娶，執意讓周氏去提親，這也是周氏不喜歡姜老二一家的原因。

阿酒從原主的記憶中，只記得林氏很溫柔，總是愛憐地撫摸著她的頭，雖然話不多，卻充滿濃濃的愛意。這是前世她媽媽從不曾給過她的關愛，她的心裡有些遺憾，如果自己能早一點穿越過來，是不是就能留住那個溫柔美好的女子？

「阿酒，妳在想什麼？」阿美笑嘻嘻地說道。

「沒什麼。妳怎麼來了？妳娘不是叫妳學女紅嗎？」阿酒甩了甩頭，說道。

「我娘今兒個去外婆家了。阿酒，妳看看，我的手指頭滿滿都是針眼，好痛！」阿美委屈地看著她。

像她們這樣的小娘子，一般都已經會自己做衣裳、做鞋之類的。阿酒沒有人教，畢竟林氏不在了，而以前在姜家老宅，周氏、李氏每天只叫她做粗活，哪裡會教她這些？就算那時張氏想教她，也會被周氏阻止。到了如今，阿酒又沒空學了。

「妳就知足吧，姜五嬸心疼妳，讓妳現在才學女紅，妳想想村裡阿玲她們可都是七、八歲就開始拿針了，如今家裡的衣裳全都是她們在做。」阿酒笑著說道。

阿美有些不好意思地說道：「我知道，只是那針總跟我作對，我明明是想朝另一邊縫過去，可那支針硬是要往我的手指上扎。」

阿酒看著她那充滿委屈的臉，終於忍不住哈哈大笑起來。

阿美見阿酒笑她，立刻不依了，她撲到阿酒身上，伸出手就在阿酒身上撓起癢癢來，頓時院子裡響起一陣陣銀鈴般的笑聲。

「阿酒姊，妳快出來！」外面忽然傳來一陣急促的叫聲，打破了眼前歡樂的氣氛。

阿酒忙站了起來，阿美也跳起來，率先跑向外面。「小豆子，怎麼了？」

「阿美姊，阿釀哥哥在前面的小山丘上，被鐵牛帶著兩個人給圍住了。」小豆子喘著粗氣，一邊斷斷續續地說道，一邊指向不遠處的小山丘。

阿酒聽見這話，拔腿就往小豆子指的方向跑去。自從上次她大鬧一番之後，就沒再聽阿曲他們說過鐵柱和鐵牛來找他們麻煩，現在怎麼又被圍住了？

「小奴才，我叫你給我撿起來，你敢不撿？表哥，幫我揍他。」阿酒遠遠地就瞧見一群人圍在那裡，而一個嬌蠻的女聲正在那裡叫喚道。

「沒問題，表哥這就幫妳揍他。」鐵牛本來就欺負阿釀他們欺負慣了，再加上想顯顯自己的威風，早就把阿酒先前的警告拋到腦後去了。

阿釀倔強地站在那裡。這些日子受到阿酒的影響，他不像以前在姜家老宅那樣怕事，他睜大眼睛，恨恨地看著眼前的幾個人，就是不肯去撿地上的手帕，那又不是他弄掉的。

「表哥，快點，你不會是打不過一個小奴才吧？這個小奴才竟敢如此無禮地看著我，等我娘把你帶回家去，我就把你的眼睛挖下來。」嬌蠻的聲音不屑地說道。

阿酒三步併作兩步跑過來，一聽到這樣的話，只覺得心中的怒火已經衝到了喉嚨。

「打得好！表哥，就是這樣，哈哈哈。我讓你不撿，一個小奴才還敢反抗！」那笑聲中夾帶著叫好聲，一句句都在刺激著阿酒。

「阿酒姊來了、阿酒姊來了。」幾個孩子見阿酒跑過來，忙叫了起來，本來圍著鐵牛等人的孩子們，也讓出了一條路給阿酒。

聽到孩子的叫聲，鐵牛迅速地住了手，站到一旁去，有些害怕地躲在一個穿著緋紅色衣裳的小娘子身後，而那個小娘子卻是一副天不怕、地不怕的樣子，對鐵牛停下手感到很不滿。

阿釀見阿酒來了，趕緊爬起身來，本能地朝鐵牛撲了過去，對著鐵牛揮了幾拳，在鐵牛還沒反應過來之前，他就已經跑到了阿酒身邊。

阿酒拉著阿釀上下打量，只見他的嘴角有血跡，臉上還有一些擦傷，想來是被壓在地上造成的。她越看火氣就越大，把阿釀往身後一拉，眼神冰冷地朝鐵牛看去。「姜鐵牛，說說這到底是怎麼回事？」

聽見阿酒那低沈的聲音，鐵牛這才發現自己有些發抖，上次被她拿刀追趕的記憶太過深刻了。「不是我的主意，是她！這都蘭兒表妹的意思。」

「就是我讓鐵牛打的，怎麼樣？」石淑蘭抬著臉，得意地看著阿酒。「誰讓他不聽我的話，小奴才一個。」

阿酒什麼也沒說，只是一個箭步走了過去，抬起手朝她臉上就是一耳光，然後拉著阿釀轉身就走。

「阿酒，怎麼樣了？阿釀有沒有被欺負？」阿美剛追上來，就見阿酒氣沖沖地拉著阿釀走過來，忙問道。

「走，咱們回家。」阿酒不想在這裡說，打算先回家，畢竟過一會兒肯定還有一場硬仗要打。

阿美原本還想問，見阿酒緊緊地抿著唇、鐵青著一張臉，她就知道阿酒現在肯定非常憤怒。她忙朝阿釀看過去，一瞧見他那小臉上到處都是磨擦造成的傷口，還有嘴角的血跡，覺得心痛無比。

「阿釀，咱們回家吧。」阿美安慰道。

「阿美姊姊，妳也來了啊。」阿釀抬起頭，看起來很堅強。

阿酒拉著阿釀繼續往家裡走去，不一會兒就聽到後頭傳來哭泣聲。「那個賤人居然敢打我？姜鐵牛、石長生你們是死人呀？我要回去告訴我娘。」

阿酒回頭就瞧見那個小女孩哭著朝姜家老宅跑去，她的腳步不由得加快了幾分。想來周氏很快就會找上門來，她需要回家準備好東西，看來上次給的警告還是太輕了，他們沒過幾天就忘記。

阿酒回到家門口，就直接讓阿美先回去。誰知道周氏他們等一下會做什麼，再說她也不知道自己會做出什麼事來？

阿美本來很不放心，但看著阿酒那堅決的眼神，想了想，便往外跑了。

等阿美走了之後，阿釀見阿酒一路都不言不語，忍不住不安地叫道：「阿姊。」

阿酒沒有應他，她把院門關好，轉身去廚房拿了一根木棍遞給阿釀，自己則撿起了劈柴用的刀，然後就坐在院子中間靜等周氏他們上門。

石淑蘭是姜小妹的女兒，在阿酒的記憶中，她一直把自己當成大小姐，以前沒少欺負阿酒他們。她每次來到姜家老宅，都是趾高氣揚地命令他們幫她做這、做那的，而周氏把自家的孫女看成是草，卻把她當成是寶，哪怕是鐵牛他們，也都是要讓著她的。

更不要說姜小妹了，聽說自從生了石淑蘭後，他們石家的好事一件接一件，說她是有福之人，所以全家人都寵著她，就連她哥哥石長生都要靠邊站。

石淑蘭哭哭啼啼地回到了姜家老宅，姜小妹一看，立刻急了，忙拉著她上下打量。見她的臉都腫了，心疼得很，轉過頭對著鐵牛惡狠狠地說道：「是不是你惹蘭兒哭的？」

「才不是，是阿酒，她甩了蘭兒一個耳光。」鐵牛在姜小妹的注視下小聲說道。

「誰？你說是誰？」姜小妹一聽差點沒跳起來。

「娘，是姜酒那個賤人，她竟然敢打我。娘，您不是說要把阿釀帶回家去當小奴才的嗎？我要您今天就帶阿釀回去。」石淑蘭恨死阿釀了，想著只要帶他回去，要打、要罵還不是隨她嗎？因此也不管姜小妹在家裡的叮囑了。

姜小妹沒想到石淑蘭會大剌剌地把這話說出來，忙抬起頭看了看，見沒人注意，才對著石淑蘭說道：「別胡說。走，娘去幫妳打回來。」

這時周氏在裡屋聽到哭聲，也跑了過來，一看見石淑蘭臉上的手指印，馬上著急地問道：「蘭兒，這是怎麼了？」

「娘，您看看，這可是阿酒那個死丫頭打的，您可要為蘭兒作主。」姜小妹忙拉著周氏的袖子，急切地說道。

「又是這個死丫頭！蘭兒不哭了，外婆去幫妳出出氣。」周氏說完就往外跑，姜小妹則拉著石淑蘭跟在後面。

見院子裡安靜下來，這時才有一個小腦袋伸了出來，朝屋裡跑了過去。

很快地，阿酒家的院門就被敲得乒乓響，阿釀有些忐忑地站在阿酒背後，看著阿姊那平靜的臉，抓住木棍的手不由得又緊了幾分。

「阿酒妳這個死丫頭，快點給我開門！妳真是膽兒肥了，竟然敢打蘭兒，妳快給我滾出來，看我怎麼收拾妳！」周氏那尖銳又刺耳的聲音，隔著院門叫喊了起來。

阿酒坐著沒動，其實她心裡也是慌得很，前世她從沒遇到過這樣的事。上次她雖然表現得十分彪悍，卻也是因為阿曲被傷得太重，她當時完全被怒火吞噬了理智，才會那般地不顧後果。

她分析了一下目前的情況，發現對自己是相當的不利。姜老二今天去了鎮上，不知道什麼時候才會回來；阿曲則是上山撿柴去了，況且就算他回來也幫不了什麼忙。

如今她還有些害怕阿曲回來，到時候要是周氏他們在自己身上占不到便宜，可能會把怒氣全發在阿曲身上。

外面傳來陣陣拍門聲，那不堪入耳的辱罵語不斷地傳到阿酒耳裡。

她知道自己沒有退路，就算前面是刀山火海，她也只能迎頭而上，哪怕是從此以後，她的名聲會被傳得很難聽。

「阿釀，不要怕，有阿姊在。」阿酒見如果她再不開門，門就要被踢開了，於是緩緩地站了起來，緊緊握住手中的柴刀，輕聲對阿釀說道。

「阿姊，不要開門，阿奶他們會打死咱們的。」阿釀拉住了阿酒的手，周氏帶給他的陰影實在是太大了。

「不怕，阿姊不會讓阿奶欺負你的。」阿酒摸了摸阿釀的頭，然後朝門口走去，只是還不等她開門，門就被踢開了。

只見周氏和姜小妹氣沖沖地站在那裡，身後還跟著石淑蘭和鐵牛，她們兩人見阿酒站在院子中間，先是一愣，緊接著就罵開了。

「妳個死丫頭，叫妳開門怎麼不開？蘭兒的臉是妳打的吧，妳這欠人管教的死丫頭，膽子肥了是吧？」周氏很快就噼哩啪啦地罵了起來。

阿酒冷冷地看著她，一動也不動，只是讓阿釀站自己身後。

見阿酒不說話，周氏倒是停住了罵聲，似乎是想起了上次阿酒拿刀追趕鐵牛的事，不禁有些退縮。

姜小妹見周氏不罵了，她卻是忍不住了。

「姜酒，妳憑什麼打我家蘭兒？妳哪隻手打的，我就要把妳哪隻手剁下來！」姜小妹的表情有些猙獰，看向阿酒的目光像是恨不得吃了她。

阿酒懶得理姜小妹的叫囂，只是抓緊了手中的柴刀，心想如果她們動手，那她也不會讓她們好過。

「是蘭兒表姊先讓鐵牛打我的，還罵我是什麼小奴才，我又沒有賣身去妳們家，怎麼就是小奴才了！」阿釀實在是氣不過，從阿酒身後探出了頭，怒聲反駁道。

「你本來就是我家的小奴才。我娘可說了，這次一定要把你帶回去，以後要打、要罵就隨便我了。」石淑蘭聽了，很不服氣地回道。

阿酒冷冷地看向石淑蘭，然後再看向姜小妹。原來姜小妹多次想讓周氏帶走阿釀，是打著這歪主意，她還真是個好姑姑，竟然要把姪子當奴才使喚！

姜小妹沒想到蘭兒會直接說出來，心裡想著，說破就說破吧，反正以二哥家的條件，她讓阿釀去石家當奴才，本來就是看得起他了，那瘦瘦小小的身板根本就做不了什麼事，還浪費糧食呢！

只是當她瞧見阿酒的眼神時，覺得全身一麻，隔那麼遠她都能感覺到阿酒眼中那濃濃的恨意。

「原來姜小妹一直在打這壞主意啊，我就說怎麼老是想帶走阿釀，真不是人！」在周氏他們叫罵著跑過來時，村裡的女人們也跟著跑過來看熱鬧，現在聽到石淑蘭說的話，不禁低聲議論開來。

「姜老二哪裡去了？要是讓他知道了，指不定還要怎麼傷心呢，以前他可是最疼姜小妹了！」

「就是，這姜小妹真不是人！不行，咱們溪石村還沒有誰被賣去做奴才的，要趕快去通知村長。」

「這姜老太也真是拎不清，竟讓自己的孫子去當奴才，以後在村裡還怎麼抬得起頭？」

周氏也正拿著詫異的眼光看著姜小妹。當時她可不是這樣說，難道是騙自己的？

姜小妹在周氏的注視下有些心虛，不過她想著，反正周氏心疼自己，只要自己撒撒嬌，然後給點好處，周氏一定會同意的。

「娘，這件事回去再說，現在最要緊的，是要讓阿酒那死丫頭知道自己錯在哪裡？蘭兒可是連我都捨不得打一下的。還有，我公公、婆婆最疼她了，要是讓他們知道蘭兒在這裡受了那麼大的委屈，他們肯定不會善罷甘休！」姜小妹說著說著，那一點點心虛也不見了。

「阿釀，你說說到底是怎麼回事？」周氏雖然沒有再盯著姜小妹，卻也沒再開罵，只是惡狠狠地瞪著阿酒他們。

「我知道、我知道。」忽然從旁邊傳來一個聲音，原來是小豆子，他一邊伸出手指向石淑蘭，一邊說：「阿釀哥哥本來跟我在一起玩，後來鐵牛帶著兩個人跑了過來，然後她就指著阿釀哥哥說：『以後你可是我家的小奴才了，我說東，你就不能說西，要不我會讓我哥哥打死你。』然後，她就故意把一條手帕丟在地上，讓阿釀哥哥去撿，阿釀哥哥不肯，她就讓鐵牛打阿釀哥哥。」

小豆子把來龍去脈說了個仔細，然後又躲到他娘棗花嫂的後面去了。

聽了小豆子的話，村裡的人看向姜小妹和周氏的眼光，多了些鄙夷和嫌棄。

阿酒正想說些什麼，卻聽見遠處傳來一個聲音。「是誰叫我兒子小奴才的？」

她聽到這個聲音，一直提著的心總算是安穩了些。阿爹終於回來了。

「二哥，你家阿酒打了蘭兒，你看看，蘭兒這臉都腫了。平時連我都捨不得打蘭兒，這件事你打算怎麼解決？」姜小妹像是沒有聽到姜老二的問話一樣，反而惡人先告狀。

「那肯定是她該打！」姜老二沒有像平時一樣，面對自己親娘和妹妹的指責，一聲也不吭，卻是頂了回去。

姜小妹聽了這話，就像是火山爆發一樣，嘴裡咒罵聲不斷，又對著周氏哭道：「娘，您看看、您看看，二哥居然敢這樣說！蘭兒自從出生，就一直是咱們石家的寶，難道今天就這樣算了？」

周氏正想罵姜老二，只見村長急匆匆地走了過來，而且他的臉色明顯不好，心裡頓時有種不妙的感覺。

「周氏，我聽說妳要把姜家的子孫送去別人家做奴才？」姜安國還來不及站穩，就出聲問道。

「沒有的事、沒有的事。」周氏再不喜歡姜老二，也從沒有過這樣的打算。自己的子孫當了別人的奴才，那他們一家在這村裡的地位也就低了一階。

「是嗎？我可是聽說有人喊我姜家子孫為奴才的？」溪石村家家戶戶的條件都不錯，還從來沒有誰家賣兒、賣女的，如果在他當族長的時候出了這樣的事，那以後出去怎麼還有臉見別村的人！

「他本來就是我家的奴才，怎麼就不能叫他小奴才了？」石淑蘭見自己被打了一耳光，娘和外婆卻都無法替自己出氣，而她的性子又被養得嬌蠻無理，根本不懂得看人臉色，在一旁就叫囂了起來。

姜小妹本來沒出得了氣，心裡很不舒服，現在又聽石淑蘭這樣一叫，姜老二落在她臉上的目光就像刀子一樣的刺人，她不由得順手就給了石淑蘭一巴掌。

「安國叔，那都是孩子不懂事亂說的，我這就帶她回去。」姜小妹知道，經過今日一鬧，以後想把阿釀帶回家是不可能了。她現在只想平息這場鬧劇，否則再鬧下去，只怕以後連這溪石村都不能回了。

「周氏，今天這事妳怎麼說？」姜安國連一個眼光都不願意給姜小妹，只是冷冷地看著周氏。

「沒有的事，我這就帶她們回去。」周氏顧不得找阿酒麻煩了，只想著如今若想要在村裡待下去，就必須退讓。

「那就好，以後一些不三不四的人，妳少往村裡帶，不要帶壞村民。」姜安國是越來越看不起姜小妹了。她的心真是黑，連自己的姪子都要算計，以前姜老二可是對這個唯一的妹妹好得不能再好。

周氏點了點頭，灰溜溜地帶著姜小妹他們走了。

看著圍觀的村民都離開了，阿酒才發現，自己一切的準備竟都沒有發揮出來，甚至連話都沒說幾句，周氏他們就走了。

「阿爹，您怎麼回來了？」阿釀丟下手中的木棍，撲到姜老二的腳邊，明顯是被剛才的陣勢嚇到了。

「我在回來的路上碰到了阿美，她把事情都跟我說了，所以我就馬上趕了回來。」姜老二心疼地看著阿釀，只見他臉色發白，嘴角還有血跡，心中不由得對姜小妹生起一股從來沒有的恨意。沒想到自己疼了那麼多年的好妹妹，竟是這般作賤自己的兒女……

「來，爹幫你上個藥。」姜老二拍了拍阿酒的頭，拉著阿釀往屋裡走去。

「阿姊、阿釀。」阿曲焦急的聲音在院子外面響了起來，就見他慌慌張張地跑了進來。
「阿曲，怎麼了？」阿酒以為他出了什麼事，聲音不由自主地提高了些。
「阿姊，妳沒事吧？」阿曲大口大口地喘著氣，眼神中充滿了擔心。
「沒事。你這是怎麼了？」阿酒見阿曲的身上到處都是灰塵，明顯是摔了跤。
「阿姊妳沒事就好，我這是剛才不小心摔的。」阿曲有些不好意思地說：「阿釀呢？他也沒事吧？」
「都沒事了。你看你，怎麼也不小心一點？」阿酒輕輕為他拍打著灰塵。「你是不是聽說了什麼？」
阿曲平時做事都很沈穩，不會像剛才那般慌張，而且他已經出去好一會兒了，卻連一根柴也沒帶回來，想來是聽到什麼風聲，才急著跑回來的。
「我聽村裡的人都在議論紛紛，阿奶他們又來鬧事了是吧？」阿曲氣憤地問道。
「嗯，不過他們這次沒占到便宜。」阿酒並不打算隱瞞什麼，反正周氏的為人，他們一家子都很清楚。
「哥，你回來了。」阿釀剛換了件衣裳，臉上的傷也被姜老二仔細地處理好，這才蹦蹦跳跳地跑了出來。
「阿釀，你受傷了？」阿曲見阿釀的臉上有些破皮的痕跡，皺著眉問道。
「沒事，不疼了。」阿釀不在乎地說道，然後拉著他的手，把今天發生的事一五一十地全告訴他。

阿酒見他們一個說得認真、一個聽得認真，便搖了搖頭，轉身去了廚房。

「哎喲，我的柴。」等阿酒把飯煮好，出來喊吃飯時，就聽到阿曲一聲大叫，然後急急忙忙地跑了出去。

阿酒笑了笑。阿曲他們如今明顯開朗了許多，也有了這個年齡該有的孩子氣，不再像過去那般死氣沈沈、畏畏縮縮了。

幾天後，錢掌櫃來把新的一批酒運走，這次一共付了三十兩銀子給阿酒。

阿酒拿出十兩給姜老二，讓他去還了那些零碎的債。至於村長家還有姜五嬸家的債，她準備等下次再還，不想讓外人知道她賺了那麼多銀子，以免引人注意。

因為阿美經常帶一些村裡的小娘子來找阿酒玩，漸漸地，村裡的人也知道阿酒在釀酒的事，大部分人聽說了都是一笑而過。釀酒哪有那麼容易，要不然為什麼姜家三兄弟都沒學會，就她一個小娘子學成了？就算是會釀，也不可能比別人釀得好。

只有阿美知道，阿酒釀出來的酒，其實比別人的都好。她幾次想跟別人分辯，但一想起阿酒的叮囑，只得緊緊閉上嘴，不甘心地看著那些說風涼話的人。

第八章

這天，阿酒拿出一塊麴胚聞了聞，發現香氣跟她記憶中的麴胚差不多一樣了，心中不由得一喜。

這釀酒算是成功了一半，只是她對自己能不能一次就釀出好喝的酒來，沒有十足的把握，不過這麴胚的香氣卻是給了她很大的信心。

阿酒拿了一塊麴，打算先釀少一些，看成不成功再說。

大麴酒一般是以高粱為主，再用小麥、玉米、大米、糯米等作為輔料釀製而成。原料的好壞對酒有著重要的影響，因此阿酒對糧食進行了幾次篩選，就是要確保每一顆穀物都是飽滿、無雜質的。

「阿酒，妳這是準備自己釀酒了？」姜老二看著忙碌的女兒問道。

「嗯，沒錯。咱們蒸的酒雖然賺了些錢，但這個作法比較簡單，時間長了，肯定有人也能製出這種烈酒來，所以我想試試釀一釀別的酒，看能不能行？」阿酒解釋道。

「行，妳放手去做吧。」姜老二本來就疼孩子，再說現在家裡的銀子都是女兒賺來的，她想怎麼用都行。他只是有些心疼，女兒小小年紀就要為一家子的生計操心，不禁暗怪自己沒有本事。

在古代沒有粉碎機，因此想要把這些原料粉碎，只能用原始的石磨。姜老二把這些體力活都搶著做了，阿酒只需把該注意的事跟他說就行。

雖然阿酒想釀的是大麴酒，但跟小麴酒的步驟也有一些異曲同工之處，所以姜老二做起來並不陌生，很快就把阿酒調配好的原料都磨碎了。

阿酒則是把大麴用研磨缽磨得細細的，然後又篩了幾次，這才滿意地放到一旁。

原料和大麴都準備好後，阿酒又蒸了稻殼。可不要小看這些稻殼，它們在釀酒的過程中，有著很大的作用，不但能調節酒醅的澱粉濃度、沖淡酸度，更能吸收酒精、保持漿水，使酒醅有一定的疏鬆度，讓之後的蒸煮、糖化、發酵和蒸餾等過程，都能順利進行。

前世的爺爺每次釀酒，都會一次又一次地跟阿酒說這些，讓她對這些小細節記得特別清楚，如今一手摸著這些稻殼，她不由得又想起那個愛酒勝過一切的爺爺。

阿酒把原料跟清蒸後的稻殼按比例混合之後，開始裝甑，然後加入乾淨的泉水，慢慢地蒸煮。

等她將這些活都弄完，姜老二把她趕出了酒坊，說是接下來的活都交給他就行。

阿酒知道姜老二以前跟著姜二鬥學釀酒，雖然沒有學到釀酒的訣竅，但這些打雜的活卻是不在話下，於是放心地交給他，自己則緩緩地走出了酒坊。

阿酒走出酒坊後，才發現外面下起毛毛雨，有些微微的涼意。算一算，她來到這個世界竟也快四個月了，不由得有些感嘆。

「阿酒小娘子在家嗎？」就在阿酒發呆時，忽然聽到錢掌櫃那熟悉的聲音響起。

「錢叔？您今天怎麼來了？」還沒到他們約定好要交酒的日子，這時候他不該來的呀。

「阿酒，好消息，妳準備準備，咱少東家正在酒肆等著妳，有要事商量。」錢掌櫃笑得合不攏嘴，見阿酒出來，連忙說道。

「那錢叔先在這裡等等，我換件衣裳，順便跟我爹說一聲。」阿酒心裡暗喜，看錢掌櫃的表情，想來不是壞事，不過她很快就平靜下來，只是微微笑著說道。

「行。」錢掌櫃笑著答應，摸了摸下巴並不長的鬍鬚，點頭道。

阿酒到酒坊跟姜老二說了一聲，把要注意的事項交代仔細，才在姜老二那不放心的目光中，走出了酒坊。

阿酒換了件水藍色細棉上衣，以及碧青色的棉布長裙，頭髮隨意地盤起，用一支木頭髮簪撫著三千青絲，看起來清爽宜人，活潑中帶點少女的清新。

「快點上來吧。」錢掌櫃滿意地看著眼前的小娘子。才短短幾個月，她竟有這麼大的轉變，且她身上散發出的氣質，並不輸給那些大戶人家的小姐。沒想到這鄉下地方，竟有如此出色的女子。

阿酒坐在馬車上，暗想不知道謝少東家找自己有什麼事？關於謝家，她只知是鎮上的大戶。聽說謝家的本家在流水鎮上，那間酒肆是他們發家前就開了的店鋪，已經有些年頭，謝家在發家後一直保留著，說那是他們的根本。

「阿酒，等會兒見到少東家，妳不要慌，他問妳什麼，如實說就行了。」錢掌櫃見阿酒在馬車上一言不發，還以為是自己方才說少東家要見她，所以嚇到了。

「錢叔，你們少東家是個什麼樣的人啊？」阿酒聽了不禁有些失笑，不過卻對錢掌櫃感到更加親切，不管怎麼樣，他都是為她著想。

「咱們少東家啊，不僅能幹，對人也很好，妳不要怕。」錢掌櫃一提起自己的少東家，語氣都尊敬了幾分。

阿酒聽了，不禁對這少東家有些好奇，只是他到底是怎麼樣的人，阿酒覺得還是要親自見過才知道。

馬車很快地在「謝記酒家」門前停下，阿酒輕巧地從馬車上跳了下來，跟著錢掌櫃走進裡面。

「小娘子，妳變了好多。」阿良笑著打招呼。他就是阿酒第一次來「謝記酒家」時遇到的那個夥計。

阿酒對他笑了笑。她對他一直很感激，是他給了她一個機會，讓她改變了生活。

「阿酒，妳在這兒等等，我去去就來。」錢掌櫃說完，打起簾子就朝裡面走去。

「少東家要見妳？」阿良見錢掌櫃進去後，才小聲問道。

「嗯。」阿酒點點頭，阿良還想多說些什麼，錢掌櫃卻正好揭開簾子，朝阿酒招手。

阿酒站起來，歉意地看了阿良一眼，朝錢掌櫃走去。她一進門，就看見黃木凳子上坐著一個年輕人，穿著絳紫色長袍，腰間繫了條月牙色腰帶，上面掛著一塊羊脂玉。

見阿酒進來，年輕人微微抬起頭，只見他輪廓分明，特別是一雙眼睛，不犀利卻深邃不見底。

阿酒微愣。沒想到謝少東家看起來這麼年輕，給人的感覺很親切，與她想像的相差太多，而且他竟給她一種熟悉感，似乎在哪裡見過。

「少爺，這位就是阿酒小娘子。」錢掌櫃有些不自然地咳了咳，向謝承文介紹道。

阿酒感到有些不好意思，她一進來就肆無忌憚地打量著謝少東家，這樣的行為在這個時代裡，似乎是很失禮的事。她微微低下頭，輕聲說：「謝少東家，您好。」

謝承文點了點頭，對著阿酒說：「坐吧，請妳來是想問問，妳那烈酒的產量還能不能再增加？」

阿酒猛地抬起頭。這些日子她基本上一天能蒸三罈酒，而一罈裝得下五斤，一個月下來產量也算是不少。流水鎮的人應該很少喝這種烈酒，不過他既然這樣問，是不是代表需要的量特別大？

「謝少東家需要多少這樣的烈酒呢？」阿酒想著，欠村長和姜五嬸的債已經還完，只剩下錢掌櫃這裡的五十兩，如果要加大量也不是不可以，就是得把酒坊改造一下，再請上幾個工人，只是不知他需要多少量？

「妳能釀多少，我就要多少。」謝承文心裡一動，表情卻是沒有變化。

阿酒心裡有些激動。如果真是這樣，她是不是應該好好大幹一場？只是一想到周氏，她發熱的頭腦又及時冷卻下來。

「這件事我得回家跟我爹商量一下，才能給謝少東家答覆。」阿酒不卑不亢地回道。

謝承文抬起頭看了阿酒一眼，沒想到她並未被這突如其來的好運給砸昏頭。明明一開始很是喜悅，卻能馬上平靜下來，以她小小年紀、且身為女子而言，能做到這點真是不容易，他的眼神不禁有了些變化。

「行，妳盡快給我個回信，這幾天我都在這裡。」謝承文點點頭，朝錢掌櫃使了個眼色，便不再說話。

「阿酒，這不是釀得多，賺得也多嗎？妳這幾天好好考慮一下吧。」錢掌櫃輕聲勸道。

「錢叔，您的意思我懂，只是我家的情況有些特殊……不過您放心，我一定會好好考慮的。」阿酒知道錢掌櫃說得有道理，但她還是沒有一口答應下來。

錢掌櫃跟阿酒也很熟悉了，對她家的事也有些瞭解，明白她說的是實話，便沒有再勸，只是叫阿良送阿酒回去。

阿酒坐在馬車裡，想著謝少東家說的話，暗暗下了決心，只等回家跟姜老二商量看看能不能成？如果能成，想來他們在過年之前還可以賺上一筆。

「小娘子，少東家沒說什麼吧？」阿良見阿酒自從上了馬車就一言不發，不由有些擔心地問道。

「沒什麼。咱們年紀差不多，你就喊我阿酒吧，我也喊你阿良，顯得親近些。對了，你在謝家的酒肆待多久了？」阿酒心中已有決定，也就不再多想，開始跟阿良閒聊起來。

「三年多了。妳別看少東家話不多，人可好了。」阿良輕輕揚起馬鞭，一臉自豪地說道：「阿酒，妳不知道吧？妳第一次來酒肆的時候，少東家也在。」

阿酒回想了一下，那天錢掌櫃進了裡屋，出來後價格便漲了一些，看來是少東家的主意。她忽然想起為什麼對少東家有種熟悉感了，那天他們在酒肆外曾經見過一次。

「看你們少東家年紀也不大，你們東家就放心把這酒肆交給他？」阿酒有些好奇地問。

「妳別看少東家年紀不大，他做生意可厲害了。以前謝家的酒肆在老東家手裡，還沒現在這麼多家，全是後來少東家接手後，慢慢擴大的。」阿良與有榮焉地說道。

阿酒回憶了一下謝少東家的樣子，總覺得他的氣質跟生意人似乎搭不上邊，看起來更像是書生，沒想到在生意場上竟是這樣厲害。

阿酒還想問一些謝家的事，抬頭一看發現已經到家了，只得跳下馬車，謝過阿良，朝家裡走去。

「阿酒！」在阿酒推向院門的時候，一個十四、五歲的少年朝她跑來，他看到阿酒時，臉上不禁露出喜悅的表情。

阿酒對他有些陌生，在這段時間裡，她似乎沒有在村裡看過這號人物，因此她看向他的眼光有些陌生，還帶著幾分疑惑。

「阿酒，妳不認識我了？我不過去外面遊歷幾個月，妳就忘了我，真叫我傷心！」那少年用右手撫著自己的胸口，帶著幾分失落說道。

「明子？」阿酒終於在原主的記憶中找到這個人，她有些不確定地叫道。

「哈哈，阿酒妳真是太會捉弄人，我還以為妳真的不認識我了呢！不過幾個月沒見，妳怎麼像是失去了記憶一般？」明子以為阿酒在跟他開玩笑，大剌剌說道。

看來真是明子，他是村裡為數不多跟阿酒玩得來的，以前經常跟阿美一起來找她玩。他家的條件不錯，是溪石村裡的大戶，而他是家裡最小的孩子。前兩年他父親過世，他娘梅寡婦便讓他去了村學堂，能找她玩的時間便少了，去年他甚至去了鎮上讀書，現在已經是位秀才。

「你回來了？什麼時候回來的？」阿酒有些客套地問道。

「上午到的。妳看，這是我帶給妳的禮物，喜歡嗎？」明子似乎一點也不介意阿酒的冷淡，從懷裡掏出一個瓷娃娃，遞到她的面前。

阿酒沒有伸手去接，她有些猶豫，畢竟跟他玩得好的，是以前的阿酒。

「這不值幾個錢，我也有買給阿美，妳拿著吧。」明子見阿酒不接，口氣有些不好。

阿酒沒辦法，只得接了過來。「謝謝。」

「這不就好了。我還要去找阿美，明天再來找妳玩。」明子有些不開心，感覺阿酒明顯跟自己生疏了，因此有些不快地說道。

阿酒沒有留他，因為不知道該怎麼跟他相處，只好看著他走遠，這才推開了院門。

「阿姊，妳回來了？咦，這是什麼？好可愛！」阿釀驚叫連連。

「明子送的，你喜歡的話，給你玩。」阿酒不在意地說道。

「明子哥回來了？阿姊怎麼不叫他進來玩？這娃娃借我玩一下，等等就還給妳。」阿釀喜孜孜地拿著那個娃娃，頭也不抬地說道。

阿酒笑了笑，沒再說什麼，只是先進屋換了身舒適的衣裳，便往酒坊走去。

「阿酒，妳回來了。錢掌櫃找妳有什麼事嗎？」姜老二見阿酒進來，馬上緊張地問道。

「爹，是謝少東家找我。」阿酒笑著說道：「我有件事想跟您商量一下。」

姜老二忙拉著阿酒坐了下來，心中還帶著一些不安，見女兒的神情很放鬆，這才慢慢平靜下來。

「謝少東家是想讓咱們多蒸一些酒，爹，您怎麼看？」阿酒慎重地問道。

「妳已經很辛苦了，要再多蒸點酒，肯定不行。」姜老二一聽就不同意。

「爹，我不是說全由我來做。我是這樣想的，可以再多做幾個蒸爐，然後請幾個工人來幫忙蒸酒。」阿酒想過了，蒸餾酒就做到年底，等明年如果村裡有人想要做，她都教。反正蒸餾酒有多少，他們謝家就要多少，那就說明這種酒的市場很大，到時候可以讓村裡的人都分一杯羹。如此一來，自己的利益可能會少一些，但長久來說，好處還是比較多的。

最重要的是，現在周氏他們還不清楚這種酒的價值，如果他們知道了，誰也不敢保證他們會使什麼壞，若村裡的人得了自家的好處，總會站在自家這邊多一些。

「能行嗎？」姜老二睜大眼睛。他們還欠著別人的債呢，請人來幫忙可要給工錢的。

「爹，您想想，一罈酒扣掉成本，咱們差不多能賺上一兩銀子，鎮上請人最高的工錢也就兩百文，那還是掌櫃的，一般人只有一百多文。現在咱們請一個人給他兩百文一天，他替咱們蒸上三罈酒，一天就可以賺上多少錢？」阿酒耐心地跟姜老二解釋道。

姜老二默默算了算，然後被自己算出來的數字驚呆了。「能賺這麼多？」

「爹，這並不多。您想想，咱們還要做蒸爐，可能還得買柴，這些都是錢，而且之後謝家給咱們的價格，肯定不會那麼高了，這些咱們都得考慮。」阿酒怕姜老二覺得這錢好賺，到時候別人一問，特別是姜家老宅那些人，他就什麼都說了。

「妳拿主意就好，妳想好請哪些人了嗎？」姜老二一聽阿酒說的這些，覺得腦袋不夠用了，他只要知道能賺錢就行，反正女兒比自己能幹，聽她的準沒錯。

「如果爹覺得可以，那明天您就去鎮上讓鐵匠多造幾個蒸爐回來，然後找人把酒坊再重新砌一砌。至於請工人……我想先去問問村長爺爺的意見。」阿酒說出自己的打算。

「行，就按妳說的做，明天我就去鎮上。只是，妳不是還要釀別的酒嗎？」姜老二怕她忙不過來，有些擔心地問道。

「沒事，別種酒以後再說吧。」阿酒明白姜老二的顧慮，可釀酒並非一天、兩天的事，好的酒要經過歲月的沈澱。目前他們需要錢，又剛好有這樣的機會，她肯定要抓住。

姜老二見阿酒胸有成竹的樣子，心裡不禁有種自豪感。阿酒越來越像林氏了，做事也越來越有她的風格，外表看起來柔軟，但一旦拿定了主意就會去做，而且會做得很好。

阿酒見阿爹沒再說話，只是愣愣地看著她，似乎透過她看到了什麼，臉上露出一種特別柔情的樣子，這樣的表情在姜老二臉上可是很少見的。

阿酒沒有打擾阿爹，轉身回了房間。她必須先把要做的事情整理一下，才能有個準確的答覆給謝少東家。

第九章

第二天一大早，姜老二去了鎮上，阿酒則按照記憶中的流程把酒放涼、出甑，然後下了麴，再裝進罈裡，放到酒窖中；剩下的酒渣必須重新上甑蒸好，等放涼之後再下窖。

等她忙完這些，發現已經中午了，但阿爹卻還沒回來，也沒見到阿曲兄弟倆。

於是阿酒把午飯準備好之後，打算先去姜五嬸家看一看，問問關於請工人的事。

「阿酒，妳要出門嗎？」阿酒剛把院子門關好，就聽到明子在喊她，那聲音聽起來似乎很高興。

「明子，你來了啊。」阿酒能跟阿美毫無顧忌地說笑，但在面對明子時，她卻有些不知所措，不知道應該怎麼跟這個清純的少年相處？

「我是來找妳的，我聽說你們家的事了，有什麼要我幫忙的嗎？」明子關心地問道。

「已經沒事了，謝謝。」阿酒能感受到他的好意，只是她現在並不需要他幫忙什麼。

「阿酒，妳變了。」明子在聽了她的話之後，一臉失落，不明白她為什麼要拒絕自己的好意？以前的她可不是這樣，有什麼事都會跟他說。

「阿酒、阿酒。」阿美歡快的聲音響起。「明子，你也來找阿酒？怎麼沒去叫我？」

阿美似乎沒發現有什麼不對勁，只是大剌剌地問道，阿酒卻很感謝她的出現，總算是擺脫了方才那尷尬的氣氛。

「我本來打算先叫上阿酒，再去找妳的。」明子有些不自然地說道。

「哦，所以你們這是要去我家了嗎？那走吧。阿酒，我娘叫妳過去抓雞仔，說是那些雞仔都能夠養活了。」阿美挽著阿酒的手，開心地說道。

「真的呀？那好，我先去拿個籮筐。」阿酒聽了很開心。上次去姜五嬸家，那些雞仔才剛破殼，沒想到現在已經可以抓回來養了。

「別拿了，咱們家裡也有籮筐，反正我每天都來找妳，到時候再帶回去就行了。」阿美拉住了阿酒說道。

阿酒想想也是，就沒有再進院子，而是跟阿美有說有笑地朝她家走去。

明子跟在後面，看著嘰嘰喳喳的兩人，發現自己似乎有些融不進她們之間。

「明子，你一個男孩子還走不過咱們了？快點！」正在他失意的時候，阿美在前面有些不耐煩地叫道。

「來了，就來了。」明子的心情一下子就好了起來。原來還是有人注意到他的。

有了阿美在中間，明子很快就跟著一起過來。

阿美跟明子就像以前一樣有說有笑，只有阿酒總是笑著聽他們說話，不過阿酒過去也是少言的，如今看來，他們三個人的友情似乎跟以前沒什麼區別。

姜五嬸見他們來了，很是熱情，拉著明子的手問長問短，誰讓他是村裡的男孩中讀書最優秀的呢，而讀書人總是讓人喜歡。

「阿酒，妳想要多少隻小雞？等一下記得帶回家去。」姜五嬸見阿美拉著阿酒往屋子裡面走，忙說道。
阿酒想回姜五嬸的話，卻已經被阿美拉進了房間。
阿美剛進房間就小心地從桌上拿了一個瓷娃娃過來。「阿酒，這是明子送我的，他也送妳了吧？妳看是不是特別可愛？」
阿美手中的娃娃跟阿酒的有些不同，她的這個看起來笑得特別開心，就像是個福娃娃。
「嗯，他也送了我一個，不過沒有妳的可愛。」
「我就知道。」阿美有些得意，然後神秘地小聲告訴她。「阿酒，妳有沒有發現，這次明子回來變了很多，比以前更加……」
「更加有書生味。」阿酒見她想半天都想不出一個詞來形容來，無奈地說道。
「對，就是書生味，是吧？」阿美說起明子的時候，那雙眼睛亮閃閃的，而且小臉還紅通通，看起來特別動人。
阿酒不由得心跳了一下。難道阿美對明子有好感？
阿酒搖了搖頭。一定是自己想多了，阿美可是才要十二歲，放在前世不過是小學畢業、剛進國中的學生，應該不會有這樣的想法。
「是啊。」阿酒不想說明子，忙轉移話題道：「阿美，妳爹如今還是每天去鎮上幹活嗎？」
「我爹現在不在外公那裡做事了，聽娘說，爹現在幹的活有些辛苦。」阿美一聽阿酒問起，本來開心的臉上充滿了擔憂。

阿酒不禁愣住了。姜五叔不是一直幫著阿美的外公做事嗎，怎麼又不讓他做了？她印象中的姜五叔，做事一直都很細心，應該不大可能犯錯誤啊。

「為什麼啊？」阿酒疑惑地問道。

「還不是因為我小姨媽，她見我爹在外公那裡做事，眼紅得很，就找外婆吵，說是他們偏心，只請我爹做事，不讓小姨父去幫忙，說外婆他們看不起她什麼的。她也不想想，小姨父那人是能夠做事的嗎？一字不識，又懶，而且脾氣又大。」阿美一提起這件事，就特別火大，噼哩啪啦抱怨道：「最後外公被小姨媽弄得煩了，就給小姨父找了一個夥計的活做，結果小姨父做沒兩天就跑了，說是太辛苦了。」

「小姨媽就跑到外婆家說，憑什麼我爹做輕鬆的活，讓小姨父做那種粗活？鬧得家裡都不安寧。我爹知道後，只好無奈地辭了工，在鎮上另外找事做了，只是聽娘說，那新工作的掌櫃對爹不大好。」阿美臉上既有對她小姨媽的抱怨，又有對他爹的擔心。

阿酒聽了心中卻是一喜。她本來就有打算讓姜五叔來幫自己，他不像爹那樣木訥、沒有主見，之所以能在鎮上待那麼多年，又做到掌櫃，雖然有姜五嬸娘家的幫忙，但主要也是因為他自己精明能幹。

阿酒恨不得馬上就去問問姜五嬸，只是明子似乎還沒有離開，而阿美也正拉著她看這些天做的針線活，她只能暫時壓住這想法，等過一會兒再去問。

好不容易聽到明子告辭的聲音，阿酒迫不及待地拉著阿美，來到院子裡找姜五嬸。

「阿酒，妳這麼急幹麼？」阿美有些不滿地說道。

阿酒朝她笑了笑，看向姜五嬸。

「阿酒，妳是要抓小雞嗎？我這就幫妳抓到筐子裡。」說完，姜五嬸就要去找籮筐。

「姜五嬸，妳等等，我有事想問問妳。」阿酒忙阻止她，連聲說。

「有事？」姜五嬸有些疑惑，不過她很快就反應過來。「阿美，妳去幫我找個籮筐過來。」

阿美見阿酒跟娘有話要說，雖然對她們避著自己說話有些不情願，但卻不敢不聽娘的，只好跺著腳去找籮筐了。

「阿酒，是不是沒有錢了？妳要多少？」姜五嬸見阿美走了，拉著阿酒的手問道。

「不是、不是。」阿酒忙搖頭。「是別的事……」

「什麼事？只要我能幫的，一定幫妳。」姜五嬸熱心道。

「我就是想問問，姜五叔是不是另外找事做了？」阿酒問道。

「是阿美跟妳說的吧？妳姜五叔現在找了個新的東家，只是那掌櫃的不是很好相處，我都勸妳姜五叔要是幹不下去，就回阿美外公那裡做好了，唉。」姜五嬸的臉上烏雲密布。

「姜五嬸，您也知道我現在在釀酒，我想請姜五叔來幫忙，您看怎麼樣？」阿酒認真地問道。

「阿酒，妳的好意我心領了，放心吧，妳姜五叔那裡，等過些日子就會好的。」姜五嬸聽了明顯一愣，然後笑著說道。

「姜五嬸，我是認真的，我釀酒真的能賺錢，要不我怎麼能還得了你們錢呢？」阿酒見姜五嬸不相信自己，不禁有些急了。

姜五嬸聽了她的話，明顯呆住了。難道他們釀酒真的賺錢了？

「姜五嬸，不瞞您說，我釀的酒跟別人的不大一樣，賺的錢也就多了一些。東家想讓我多釀一些酒，可是您也知道，家裡就我和爹兩個人會釀酒，如果要加大產量，就得請人幫忙。本來我今天過來，就是想跟您打聽一下，看看村裡有沒有適合的人選？」阿酒解釋道。

姜五嬸頓時笑開了。如果真是這樣就太好了，阿酒和姜老二都是信得過的人，而且都在同一個村子裡做事，又不用受別人的氣，這多好呀。

「那太好了，嬸子謝謝妳，等妳姜五叔回來我就跟他說，讓他推掉手中的活。妳放心吧，妳姜五叔做事很牢靠的。」姜五嬸保證道。

「當然，我還信不過姜五叔嗎？對了，我還想再多請幾個人，姜五嬸您覺得哪些人比較可靠呢？」阿酒順勢問道。

「這個嘛……妳看大春怎麼樣？還有妳大棗叔和大江叔……」姜五嬸接著又說了幾個可靠的人。

阿酒想了想，覺得村長爺爺一直對他們家很照顧，可以再去問問他的意見，而且她也想把自己的打算跟他說一說，不過對姜五嬸提的這些人，她也都放在了心裡。

「姜五嬸，我知道了。等姜五叔回來，您再問一問他，如果他也同意，您就讓他來找我，我還有點事要跟他商量。」阿酒笑著說道。

「行，他一回來我就跟他說。那妳大春哥……」姜五嬸小心翼翼地問道。

「放心吧，只要大春哥願意來幫忙，我當然歡迎。」阿酒忙保證道。

姜五嬸提著的心總算是放了下來。打從自家男人辭了娘家的工作後，大春也不願意在外家做了，這些日子也沒找到適合的地方做事，只能在碼頭做些散工，雖然一天下來也能有一百多文，但可不輕鬆。如果是在阿酒那裡做事，就算是工錢低一點也沒關係，釀酒總比做苦力輕鬆多了。

「娘、阿酒，妳們在說什麼？」阿美提著一個籮筐走了進來，表情有些不滿。

「別問大人的事，妳快去幫阿酒抓雞仔。」姜五嬸笑著問道：「阿酒，妳要養多少？」

「阿酒比我大一歲，她就不是小孩了？」阿美聽了更加不滿。

「噗嗤。」阿酒看著阿美那氣呼呼的樣子，不由得笑出聲。

「走，咱們一起去抓雞仔。」反正要說的事已經說完了，阿酒拉著阿美就去抓雞仔。

阿酒一共抓了十隻雞仔，按姜五嬸的經驗是八隻母雞、兩隻公雞。當她興沖沖回到家時，只見阿曲跟阿釀正圍著一隻小黃狗玩。

「阿曲，這隻狗是哪來的？」阿酒驚喜地問道。她一直想養狗，只是村裡一直沒有小狗出生，她也就放下了。

「是阿爹帶回來的。阿姊，妳去姜五嬸家抓雞仔回來了？」阿曲開心地問道。

「嗯，對啊。阿爹人呢？」阿酒把筐子放下，將小雞拿了出來，放在院子中間。

「去田裡了。」阿曲一邊看著小雞滿院子跑，一邊回道。

雖然他們只有幾畝旱地，但姜老二還是每天會去看一看，種一些黃豆之類的作物。聽說長勢很不錯，比別人家的要好。阿酒去看過一次，不過她從沒種過田，不懂好不好。

「汪、汪。」小狗見自己的領地忽然出現了別的生物，不由分說叫了起來，嚇得那些小雞頓時四處飛散，阿釀看了忍不住哈哈大笑起來。

阿酒也笑了，指著那小狗喊道：「以後你們可是一家人，不准欺負小雞們。」

那小狗正想撲向小雞，被阿酒這樣一喊，頓時停住，似乎能聽懂人話。

小狗萌萌地看向阿酒，就這一眼，將阿酒正式俘虜，她走過去摸了摸小狗的頭。「真乖，家裡的小雞就交給你了，以後你可要看好了，別讓人抓走這些小雞，也不能讓別的壞東西給咬了去。對了，你還沒有名字吧？咱們來給你取個名字。」

「叫小黃。」阿釀迫不及待說道。

「真難聽，叫金毛。」阿曲本來想回房間了，一聽要給小狗取名字，忙說道。

阿酒覺得都不夠好聽，忽然靈光一閃。「就叫金磚。嘻嘻，以後就叫你金磚。」

阿曲跟阿釀聽了，不由得無語地對看一眼。阿姊取的名字真夠俗氣，但誰叫家裡現在是由她作主呢，她高興就好。

小黃狗對這名字很不滿意，汪汪地叫了幾聲以示抗議。

「哈哈，金磚，你很喜歡這名字對吧？」阿酒自顧自地說道。

阿曲、阿釀和金磚聽了，集體無語，卻無法反抗，只得接受這個名字。

第十章

姜老二回到家時，天色有些晚了，吃過飯，阿酒跟姜老二就去了村長家。

村長家在村子中間，他們家也是青磚瓦房，比起姜家老宅還要多上一些屋子，他們家幾代人都住在一起。村長爺爺有三個兒子，兩個大的已經成家，一個在鎮上當衙役；一個是村裡的秀才，如今在村裡的學堂當先生；還有一個就是山子了，他還在念書。

阿酒他們到的時候，村長爺爺他們正在吃飯，院子裡坐了一桌子的人，很是熱鬧。

「姜老二、阿酒，你們來了?來、來，一起吃吧。」姜安國見姜老二他們進來了，熱情地說道，一旁的老人也朝他們招了招手，讓他們一起坐下吃飯。

「姜大爺、安國叔，你們吃，咱們已經吃過了。」姜老二忙擺手回絕道。

阿酒還是第一次來村長家，以前也只見過村長爺爺和村長奶奶，不由得細細地打量起來，只見一個頭髮、鬍子全白了的老人坐在那裡，這時正跟姜老二說著話。想來這就是村長爺爺的父親，也就前任村長及族長，看起來十分高齡，不過精神還很好。

而坐在村長奶奶旁邊的兩個男子，跟村長爺爺很像，想來是他的大兒子和二兒子；在他們進來的時候有一個女人進去廚房了，想來是村長爺爺的兒媳婦。

「阿酒，喝茶。」正想著，就聽到一個很溫和的聲音說道。

「謝謝嬸子。」阿酒忙接過來，朝村長的兒媳婦點了點頭。

「阿酒，阿曲呢？」山子不知道什麼時候走了過來。

「山子叔，阿曲在家呢。」山子的年紀跟阿酒差不多，卻比他們高了一個輩分，不過他特別喜歡跟阿曲玩。自從上次阿酒說，過了年要送阿曲去學堂後，阿曲現在每天一有空就跟山子學識字。

這時村長爺爺吃完了飯，拉著姜老二一起坐到了院子中間的大樹下。那裡有張石桌，還放著幾張凳子，是個乘涼的好地方。

「姜老二，你今晚來有事？」姜安國看著有話，卻又說不出口的姜老二問道。

阿酒走過來正好聽到這句話，她見姜老二似乎不知該怎麼說，忙快步走到他身邊。

「村長爺爺，是有件事想聽聽您的意見。」阿酒一臉認真地說道。

姜安國看了一眼姜老二，只見他看阿酒說話了，乾脆退到一邊去，再想想這些日子來他們家的事似乎都是阿酒作主，便無奈地搖搖頭。「阿酒，妳坐下來跟爺爺說。」

阿酒還有些緊張。雖然溪石村女人的地位似乎也不低，但一般家裡還是由男人作主的。姜老二是她的爹，本來應該沒有她插嘴的分，但誰叫姜老二原本就嘴拙呢。

「村長爺爺，是這樣的，您也知道我爺爺會釀酒，而我無意間釀出了另外一種酒，並且把酒賣給了鎮上的『謝記酒家』。只是您也清楚，咱們家就只有爹一個人能做事，阿曲他們還小，幫不上忙，而謝少東家想大量收購這種酒，所以我就想請幾個工人幫忙，村長爺爺您覺得呢？」

姜安國知道阿酒在釀酒，卻沒想到她竟是這樣能幹，居然可以得到「謝記酒家」的青睞。謝家生意做得很大，聽說附近幾個府也都有他們的店，而且他們店裡的酒都是不摻假的，也很少收別人的酒，除非是那種酒非常難得。

「這是好事啊！阿酒，妳想爺爺幫妳什麼忙？」姜安國畢竟是一村之長，心思就是比別人活，他似乎看出了阿酒心中那點算計。

「村長爺爺，您也曉得咱們家裡的情況，雖然這種酒是我自己在無意間釀出來的，可別人卻不知道，而我現在要請人，難免會有人說閒話，到時……」阿酒沒有說下去，但意思卻是很明顯。

姜安國一聽，知道她這是在防著姜家老宅，不過也不能怪她，畢竟周氏實在太過分了，任誰都會心寒。不過既然謝家要更多的酒，如果能讓溪石村更進一步，也是一件美事。

「村長爺爺，雖然現在我不能把這釀酒的方法告訴村裡人，但您放心，等過完年，只要村裡的人能保證不把這方法透露出去，我願意教會他們。」阿酒見村長低頭不語，只得提出誘人的利益。

「阿酒。」姜老二沒想到女兒會這樣說，有些不安地叫道。

阿酒給了他一個放心的眼神，然後看著村長，不再言語。前世她雖然沒有真正做生意，但是作為唯一的繼承人，很多東西是從小就必須開始培養的，所以一般生意場上的手段，她也知道一些，現在就等村長爺爺作決定了。

「妳捨得？」姜安國像是第一次認識阿酒一樣，認真地看著她，卻見她的眼光誠懇，一點也沒有躲閃。

「有捨才有得，村長爺爺您說呢？」阿酒精明地說道。

「哈哈，姜老二，你有一個好女兒。」姜安國真沒想到，一個才十二、三歲的小娘子，竟能說出這樣的話。

阿酒見村長爺爺笑了，知道他這是同意了。雖然以後蒸餾酒的製作方法必須公開給村民們知道，但起碼之後周氏他們再鬧起來，村長及村裡的人都會為他們多多考慮了。

阿酒其實對生活沒有太多要求，她不求賺大錢，只要能不為三餐而愁、能讓兩個弟弟去讀書就行。她並不想大富大貴，前世她家的錢夠多了，卻沒有現在過得開心，所以她對說出如今唯一能賺錢的方法，一點也不覺得遺憾。

「妳想做就去做吧，只要記住妳說過的話。」姜安國笑著說道。

阿酒聽了，慎重地點點頭。這是村長給她的承諾，她可以放心去做了，就算周氏他們知道後再鬧上門來，她也不用怕了。

阿酒又問了村長爺爺有沒有適合的人可以介紹到她家去做事？聽他說的幾戶人家跟姜五嬸說的差不多，她心裡就有了底。

該說的都說了，該打聽的也打聽好了，阿酒跟姜老二便起身告辭。

姜安國站起來，拍了拍她的肩道：「阿酒，有事就來找爺爺。」

阿酒點點頭，接受了他的善意，同時覺得自己這一步棋並沒有走錯。

第二天一早，姜五來到阿酒家，昨晚聽了自家女人的話，他左思右想了一番，決定先過來找姜老二談一談再作決定，因為他心裡對此還有些半信半疑。

「姜五叔，怎麼這麼早就過來了？」阿酒剛起來就聽到院子門響，打開門一看，竟是姜五叔。

「阿酒，妳爹呢？」姜五有些不好意思地問道。

「應該去酒坊了，姜五叔找他有事？」阿酒剛起床，頭腦還有些不清醒，把昨天去找姜五嬸說的事給忘了。

姜五本來就有些猶豫，聽她這樣說，就更加沒底了，他轉身準備離開，只是到底有些不甘，不死心地問道：「阿酒，妳昨天是不是跟妳姜五嬸說要請人？」

「姜五叔，您等等，我倒是忘了這件事。」阿酒這時徹底清醒過來，忙說道。

姜五聽了她的話，知道自家女人說的是真的了，他在院子裡的凳子上坐下，打量起這個院子，發現比起之前，有很大的變化。以前光溜溜的院子，現在是生氣盎然，地上長滿了青菜，剛放出來的幾隻小雞飛快地在院子裡跑著，還有一隻小黃狗警惕地看著他。

特別引人注意的是，雜物間前擺著一排整齊的農具。他是最清楚姜老二家的，分家時身無分文，又借錢建了新房，按理說他們根本沒有餘錢去買這些農具，畢竟這些東西可不便宜。看來他們釀酒真的賺了些錢，這讓他心裡有些踏實了。

「姜五叔，讓您久等了。」阿酒笑著出來說道。

「沒事。妳姜五嬸昨天說的，可是真的？」姜五叔不介意地擺手說道。

「姜五叔，是這樣的，您也知道我這些日子一直在釀酒，而我釀的酒跟別人有些不一樣，價格自然也就比別人賣的還要高上一些。現在東家需要的量大了，只有我爹一個人忙不過來，所以想要請幾個人來幫忙。這不剛好聽姜五嬸說起您的事，想看看您願不願意來幫咱們？」阿酒耐心地解釋道。

姜五聽她這樣說，才確定這件事是真的，他本就為此事而來，如果他們給的工錢不錯，哪怕是比鎮上少上一點，他就決定在這裡做事了。

「妳說要多請幾個人，是準備請幾個？」他沈思一會兒後問道。

「暫時就請四個，姜五叔您算一個的話，還要三個。姜五嬸想讓大春也過來幫忙，這樣就還要請兩個人，姜五叔您覺得請誰好？」阿酒想著，自己以後的精力主要放在釀新酒上，但自己的阿爹又不適合管人，想來想去，還是姜五叔適合。

「妳大棗叔不錯，另一個不如就請大江吧。」姜五想了想，回道。

這兩個都是昨天姜五嬸跟村長說到的人，想來都是比較老實又勤奮的。

「姜五叔，請人的事就麻煩您了，您的工錢先定為二百文一天，如果以後賺得多了，肯定不會虧待您的。另外三個人就按一百五十文一天來算，吃飯就讓他們回家去吃，您看怎麼樣？」

「這工錢是不是有點高了？」姜五沒有想到阿酒給的工錢會這麼高，在鎮上他也就一百八十文一天。

「就這個價，但有一點要求，姜五叔一定要跟他們講清楚——不要洩密。在我家酒坊做了什麼，都不要跟別人，甚至家人講起。」阿酒還想著在年前好好地賺一筆呢！

「這是肯定的。」姜五點頭同意。

阿酒又問了姜五一些事，最後兩人商定好，只要阿酒這邊準備好，他馬上過來做工，請人的事也交給他去辦就行。

幾天後，姜老二從鎮上搬回來三個蒸爐，而酒坊裡也砌好了三個新的爐灶，準備工作已經完成。

阿酒還特地去鎮上跟謝少東家談好了，同意儘量多釀點酒，但價格必須跟以前一樣。

阿酒跟姜老二商定好日子，就知會姜五他們過來上工，五個蒸爐一起使用，需要的柴火也就更多了。因此阿酒又請姜五嬸跟村裡的人說，以後有柴都可以送到她家來，按鎮上的價格收。

阿酒紅紅火火地釀起了酒，姜家老宅卻不安定了。

李氏聽到姜老二家竟然請人釀起酒來，馬不停蹄地跑回家跟周氏告狀。

「娘，咱們都被姜老二給騙了！您看看，分出去還不到半年，他們就建了新房，現在竟還請人釀酒，說他們沒有存私房錢，誰都不會信。還有，他們說釀酒的法子是阿酒那死丫頭自己琢磨出來的，誰信啊？反正我是不信的。就她一個黃毛丫頭，能有多大本事？肯定是爹教給他們的。」李氏大聲抱怨道。

周氏聽了，臉一下子就陰沈下來。她跟姜二鬥不和，姜二鬥後來是一個人住在酒坊，到最後幾年姜老二才搬過去的。自己兒子的性格她還是知道的，藏私房錢那是不可能；釀酒的話，三個兒子都跟姜二閂學過，只是都沒有學會，倒是阿酒一直跟在姜二閂身後打雜，說不定真學會了釀酒。

「娘，我可聽說了，他們開的工錢不低，甚至比鎮上的還高。聽說現在他們家天天都是白米飯，還頓頓有肉吃，他們可沒有送任何好處來給您。」李氏見周氏不說話，又接著說道：「娘，您可要為鐵牛、鐵柱他們想想，咱們現在就靠那幾十畝地，他們爹又不是個能幹的，鐵柱很快就要娶媳婦了，這可都要用錢。」

周氏在李氏的挑撥下，氣沖沖地朝姜老二的酒坊走去。

李氏得意地跟在周氏後頭想著，如果周氏能拿到釀酒的法子那是再好不過；如果拿不到，就讓鐵柱到姜老二他們那裡去幹活，日子久了，也就知道該怎麼釀了。就算自己不能釀，等以後把配方賣給別人，還不是能賺上一大筆？她越想越覺得美，似乎看到那白花花的銀子從眼前飛了過來。

「娘，阿奶跟大伯母她們又往二伯家去了。」西廂房裡，一個聲音低低響起。

「肯定是妳大伯母又挑撥妳阿奶了。」張氏嘆著氣說道。

「要不要去通知二伯，讓他們有所準備？」春草有些擔心地說道。

「放心吧，妳阿奶他們占不到便宜的。」張氏說完，無意識地伸手摸了摸自己的小腹。

第十一章

蒸酒並不是件複雜的事，主要是鍋爐前離不開人。現在姜老二已經掌握了訣竅，阿酒便又教會了姜五，然後就讓他們兩人看著，其他三人就只要負責看火就行。

姜老二怕阿酒累，不讓她進酒坊，讓她有空不如去找姜五嬸學學女紅。

阿酒見姜老二難得擺了一次當爹的架子，只得含笑點頭答應。她一出酒坊，見天氣不錯，於是打水洗了衣裳，一一擰乾後，就在院子裡晾了起來，還打開了院門讓風吹進來。

「妳爹呢？讓他出來見我。」周氏不一會兒就氣勢洶洶地衝了進來。

「阿爹忙著呢，阿奶有什麼事？」阿酒見周氏來了，只是繼續晾著手中的衣裳，淡淡地說道。

「妳這是什麼態度？快去叫妳爹出來。」周氏臉上陰沈沈的，聲音也提高了幾分。

李氏一進來就站到周氏身後，見阿酒根本不理周氏，不由得說道：「阿酒，這可是妳阿奶，妳這樣像是對長輩該有的樣子嗎？一點教養都沒有。」

「不准您這樣說我姊！面對什麼樣的人，就該用什麼樣的態度。」阿曲自從周氏她們進來，就板著臉站在一旁，見李氏詆毀阿酒，忍不住怒聲說道。

「瞧瞧，一個、兩個都這樣，果然是沒娘的孩子。」李氏氣極了，恨不得上前去給阿曲幾個耳光。

「我家的孩子不需要妳來操心，妳管好自己家的孩子就好。」姜老二剛走出酒坊，就聽見李氏在叫囂，不由得怒了，更讓他生氣的是，她又說他的孩子沒娘。

「老二，你來得正好，我有事問你。」周氏盯了一眼李氏。這成事不足，敗事有餘的東西，一來就惹火他們。

「娘，您怎麼來了？這又不逢年過節的。」沒想到那嘴拙的人說出來的話，有時也會讓人受不了。

「姜有才，我可是你娘，你看看你這是什麼態度？」周氏氣得直哆嗦。

「有事快說吧，我可忙了。」姜老二對周氏的態度如今是越來越硬，周氏隔三差五地來鬧，已經讓姜老二寒心，雖然阿酒樂意見到這樣的結果，不過卻更加心疼阿爹。

「我問你，你們現在釀酒的方子，是老頭子留下來的吧？你把它交出來，以後這酒也不要再釀了，那些都該是鐵柱的。」周氏霸道地吩咐道。

「這方子不是阿爹留下來的，是阿酒自己摸索出來的，要我交出來，休想！」姜老二氣得一張臉脹得通紅，怒吼道。

「你說這話誰信？一個十二、三歲的孩子還會自己弄配方？開什麼玩笑。」李氏忍不住插話道。

「今天你交也得交，不交也得交。」周氏強勢道。

「那是我的方子，誰也休想得到。」阿酒再也忍不住了，真沒見過這麼不要臉的人。

「妳滾一邊去，這裡沒有妳插嘴的地方。」還不等周氏說話，李氏就先叫了起來。

阿酒看都不看李氏，對著周氏道：「這方子是誰的，阿奶您心裡明白，要我把方子給鐵柱，休想。」

「姜老二，你看看，這就是你養的好女兒！」周氏咬牙切齒地道。

阿曲這時也走到了阿酒的身邊，定定地看著周氏。

周氏看著他們倆的眼光，本來要罵的話頓時哽在了喉嚨。

「老二，你不要臉！那方子明明是爹留下來的，你卻硬要把它當成是你自己的。」見周氏不說話，李氏忍不住跳了起來。她看著姜老二家的院子，明明只有一段時間沒來，卻已經跟以前大不相同了，那些農具都是嶄新的，這可要花不少錢，讓她更加相信姜老二他們賺了錢，也加深了她想弄到這個方子的決心。

「老二，你不拿方子出來也行，讓鐵柱過來做事。」周氏盯著姜老二說道。

「娘……」李氏拉了拉周氏的衣裳，有些不服氣。

周氏瞪了李氏一眼。沒用的婆娘，要不是為了鐵柱他們，連她都不想理李氏。

「不行，如今咱們的人已經夠用了，不需要再請人。」阿酒不等姜老二回話，便直接拒絕道。

那鐵柱被周氏、李氏寵得好吃懶做，以前就經常欺負他們，要是讓他來酒坊做工，誰知道會發生什麼事？再說了，誰知道周氏打的又是什麼如意算盤？

周氏似乎沒聽到阿酒說話一樣，只是盯著姜老二，大有你不同意就要你好看的架勢。

「阿酒的意思就是我的意思。」這次姜老二沒有猶豫，堅決地回道。

周氏聽了，頓時大聲罵了起來，從姜家的老祖宗罵到姜二鬥，一張嘴就沒停過。阿酒目瞪口呆地看著她。難怪村裡的人都怕周氏，就她這罵勁，誰也不是她的對手。

「周氏，妳又在鬧什麼？」村長的聲音終於在門口響起。

「村長，您來評評理，姜老二一人占著阿爹的酒方子，還說什麼是阿酒弄出來的，這不是把咱們當成傻子嗎？」李氏見村長來了，忙跑到他的面前告起狀來。

「妳怎麼知道這一定是妳爹的方子？如果這方子釀出來的酒能賺錢，妳爹以前怎麼不釀？」姜安國本來就不喜歡李氏，村裡就她最長舌，到處惹是非。

「那還不是他們一直藏起來，現在分家了，他們才拿出來的。」李氏理直氣壯地說道。

「噗嗤。」外面響起了一陣笑聲。不知什麼時候，阿酒家的院子外面圍了很多人，聽見李氏的話，都笑了起來。

「行了，周氏，姜老二是妳兒子，他是什麼樣的人別人不清楚，妳自己還不清楚嗎？既然已經分家，他要做什麼妳也別管了。當年妳的三個兒子，可都是在姜大哥的酒坊裡學過釀酒，最後都是自己不學了的，怪得了誰？再說，我嚐過阿酒釀的酒，跟姜大哥釀的根本就不是一個味兒。不說溪石村，就是在整個流水鎮裡，阿酒釀的酒也是獨一無二的。」姜安國義正辭嚴地說。

「您肯定是拿了他們的好處，所以處處幫著他們。不過一個丫頭片子，連大男人都釀不出來的酒，她怎麼可能釀得出來？」李氏見周氏似乎有些動搖，但錢使她失去理智，便一點也不顧忌地叫了出來。

聽了李氏的話，村長的臉一下子就黑了。雖然阿酒是答應給好處，但那是對整個溪石村好，可不是自己獨得，他不由得怒了。「姜老大家媳婦，妳可不要無中生有。妳說我拿了好處，妳有什麼證據？」

周氏在聽了李氏的話之後，就知道這事完了，現在見村長生氣了，忙低聲說道：「村長，別聽她一個婦道人家的話，她不懂事，村長您大人有大量，原諒她吧。」

這時圍著的村民開始議論紛紛。村長在姜氏家族的威信可是很高的，大家聽了李氏的話後，看向她的眼光頓時都不對了，而李氏卻還沒有發現。

周氏畢竟吃的鹽多了些，也更懂得人情世故，忙低聲跟村長道歉，並用尖刀似的目光射向李氏，要不是場合不對，她肯定會打李氏。

阿酒見狀，忙小聲對阿曲說道：「你去酒坊裡拿些酒出來。」

阿釀去把村長請過來之後，就一直站在阿酒的身後，見阿姊讓哥哥去取酒，便機靈地跑到屋裡去拿了一些碗出來。

「叔叔、嬸嬸們，這是我釀出來的酒，請大家嚐嚐，看看跟我爺爺釀的是不是一樣？」

阿酒讓阿釀和阿曲給圍觀的每個人倒上酒，流水鎮的女人大部分也都是能喝酒的。

「這酒真辣。」

「姜二鬥可釀不出這樣的酒。」

「姜二鬥的酒好是好喝，不過沒這後勁。」

嚐過酒的人頓時都明白了，難怪阿酒的酒能賣個好價錢，這酒可比他們釀出來的好上百倍不止。

周氏見場面一邊倒，看來這次又占不到便宜，想讓鐵柱來上工也是不可能了，只得拉著李氏灰溜溜地走了。

一些婦人見沒有熱鬧可看，亦都散了，只有村裡一些同樣在釀酒的人家留了下來，有些期待地看著姜老二跟村長。

阿酒對這些人雖然有些不喜，卻也能理解他們的心態，她只是乖乖地站在姜老二身後，看村長怎麼處理？

「都回去吧，你們心裡怎麼想的我也知道，但這是阿酒的方子，你們都不准打主意。」村長嚴厲地說道。

聽了村長的話，那些心裡本有些期望的人便放棄，不捨地離開了。至於他們是不是真的放棄，那就很難說了。

「安國叔，又麻煩您了。」姜老二紅著一張臉，對於自己三天兩頭就得麻煩村長，感到有些不好意思。

「哎，這都是些什麼事啊？這些日子你們自己注意點。」姜安國對周氏那一家子也是無奈。村裡的人多了，什麼樣的人都有。

送走了村長，阿酒他們都吐了一口氣，想來這次過後，周氏他們近期內是不會上門了。

周氏氣沖沖地回到了家裡，臉色陰沈沈的，李氏則跟在後面不服氣地小聲罵著。

「妳還有臉罵，我就沒見過比妳更蠢的！」剛進家門，周氏抓起木棍就朝李氏打了過去。

「娘、娘，這怎麼能怪我？只能怪阿酒那丫頭太狡猾了，還有村長真是偏心。」李氏一邊跳腳，一邊不甘地叫道。

「妳還說、妳還說！」周氏聽了更加生氣，那棍子毫不留情地就朝李氏揮過去。

「娘，妳們這是在鬧哪一齣？」姜老大在外面跟朋友喝完酒回來，就見自己的娘竟然在打自家媳婦。

「都是妳這個敗家婆娘，讓我今天丟盡了臉；還有你，一天到晚就知道喝喝喝，也不知道管管她。」周氏追得有些累了，便放下了手中的木棍，恨鐵不成鋼地罵道。

李氏挨了打，什麼話也不敢再說了。

姜老大走過來扶著周氏道：「娘，您消消氣，有什麼事就跟兒子說，兒子再來罵她。」

雖然姜老大沒什麼出息，但周氏最疼的還是他，現在聽他這樣好言好語地勸著，那火氣很快就降了下去。

到了晚上，姜老大夫妻房裡傳來了兩人的說話聲。

「這麼說來，老二他們那酒真的還不錯？」姜老大問道。

「那是當然了。你也知道，當初他們離開的時候，娘什麼都沒有分給他們，後來卻建了房子，雖然是土磚的，可也需要個十幾兩才能建得成。今天我還瞧見他們院子裡擺著不少新的農具，還有，我看那幾個兔崽子穿的可都是新衣，就連老二身上的衣裳都是新的呢。」李氏一邊幫姜老大按著肩膀，一邊添油加醋說道。

姜老大聽了眼睛一轉，對著李氏道：「老二家的事妳就別再插手了，我自有主張。」

李氏的手頓了一下，然後咧開嘴笑了起來。「行，聽你的，如果能弄到那方子更好，那可是白花花的銀子。」

姜老大沒再說話，只是眼中有一抹精光閃過。

而此時西廂房裡，同樣有說話聲。「娘，沒想到這次阿奶又沒占到便宜，娘您說得可真準。」

「阿酒那丫頭自從分家後，就像變了個人，妳也學著點。」張氏感嘆地說道。要是當年林氏能有這樣的心機，又怎麼會早早地喪了命，讓幾個孩子失去了娘，小小年紀就要面對這一切呢？

「阿酒姊真是厲害！娘，要是咱們也能分出去就好了，這樣就不用每天被阿奶嫌棄，還有聽大伯母那些指桑罵槐的話了。」春草感嘆道。

張氏聽了，低下了頭。她也想分家，只是周氏肯定不會同意，她的丈夫姜有德也不會答應，畢竟跟著周氏，他什麼事都不用操心，每天有吃、有喝，還可以到處玩。只是孩子們大了，如果不出意外，自己肚子裡又有了一個，是該好好計劃、計劃了。

第十二章

因為多了三個蒸爐，而且請了人，蒸出來的酒量也多了許多，沒過幾天，家裡的酒罈就裝滿了，卻還沒有到跟錢掌櫃約定的時間。

阿酒決定去一趟鎮上，除了去找錢掌櫃，還可以順便逛逛鋪子。眼看著天氣一天比一天涼，家裡需要添購的東西還真不少，他們的衣裳、被子，這些都需要重新換過。

聽說阿姊要去鎮上，阿釀纏著說他也想去。阿酒想了想，反正今天也不急著回來，就點頭同意了。阿曲則是羨慕地看著阿釀，卻很懂事地沒有開口。

「阿曲，你也一起去吧。」阿酒想了想，自她穿越過來，雖然他們村子離鎮上不遠，但阿曲跟阿釀卻一次都沒有去過鎮上。

「阿姊，不用了，我在家裡幫忙就行。」阿曲搖了搖頭。

「行了，有爹跟姜五叔他們在呢，你去換件衣裳，咱們一起去鎮上。」阿酒催促道。

姜老二家連牛車都沒有，更不用說是馬車了，他們姊弟三人只好靠兩條腿走到鎮上去，所幸不遠。

等他們到鎮上時，已經熱鬧非凡了。那些酒樓裡滿滿都是客人，而街上來來往往的人群中，各地的人都有，所說的語言五花八門的，穿著也是各有各的特色。

「阿姊，咱們鎮上可真熱鬧。」阿釀牽著阿酒的手，一雙眼睛努力睜得老大，像是看不夠似的。

「因為咱們這裡有碼頭，南來北往的商人都在這裡交易，所以才會這樣熱鬧。」阿曲也沒了往日在家裡的沈穩，興奮地說道。

阿酒看著兩個弟弟，感覺自己這些日子的付出並沒有白費，能看到他們這般開心，所有的辛苦都值得了。

「咱們先去酒肆，等一下再好好逛逛。」阿酒心情大好說道。

他們一行人來到「謝記酒家」門前時，只見阿良跟另一個小二阿文正在往馬車上搬酒，見阿酒來了，阿良忙招呼道：「阿酒，妳來了啊，掌櫃的在裡面。」

阿酒朝他笑了笑，便熟門熟路地走了進去，可一旁的阿曲跟阿釀卻有些緊張，把阿酒的手拉得緊緊的，於是她轉過身朝他們遞了個不要緊的眼神。第一次出來總是這樣，等出來的次數多了，也就習慣了。

錢掌櫃正忙著算帳，見阿酒來了，忙熱情地迎了上去。

「阿酒，今兒個怎麼過來了？」錢掌櫃問道。

「錢叔，這些天我請了一批人，釀酒的速度比以往快了許多，今天就可以出貨了，還要麻煩您安排人去拿酒。」

「好、好，沒問題。」錢掌櫃的臉上不禁笑開了。他知道這酒有多受歡迎，特別是在北方；如今北方的天氣冷，一口烈酒喝下去，全身都暖暖的。

「我爹在家，您讓人找我爹拿酒就行。咱們的帳就半個月算一次吧，不用每次算了。」

阿酒說完就想離開，她準備帶兩個弟弟好好地去玩一玩。

「行。」錢掌櫃也沒有留他們，只是把他們送到了門口。

阿酒他們才走到門口，正巧一輛馬車也停在那兒，只見謝少東家從馬車上走了下來。

錢掌櫃一看，連忙迎了上去。

阿酒朝謝少東家看去，發現他今天穿了一件月白色的長袍，上面還繡著幾朵梅花，顯得特別雅致，看上去文質彬彬。

「謝少東家。」阿酒忙向他行了個禮。

「阿酒小娘子，這麼巧？是不是有好消息？」謝承文不說話讓人感覺是個書生，一說話就暴露他生意人的身分。

「好消息談不上，就是現在出酒比以前快了，所以今天特意來請錢掌櫃去搬酒呢。」阿酒笑著說道。

謝承文看著她親切的笑容，不禁重新打量眼前的這個小娘子。她見到他時，並沒有像一般小娘子那樣，一看到他就露出炙熱的眼神，雖然一開始她似乎也在打量自己，可那眼神中只有欣賞，並沒有別的。

只見她穿著一件碧綠色上衣，下面是一條簡單的湘妃裙，明明是很普通的打扮，在謝家，哪怕是丫頭的打扮也比她好上許多，但她就是有種讓人無法忽視的氣質。

「好、好。」謝承文開心地笑道。他本就為了這件事而來，本來想著如果這種烈酒的量跟不上，可能要考慮其他的合作方式了。

他又仔細地問了阿酒現在一天的產量，雖然還是覺得少，但想著正因為少，價格才能賣得那樣高，就滿足地點了點頭。

阿酒本來還想跟他說說過年之後的事，只是見他交代了錢掌櫃幾句，就馬不停蹄地坐上馬車離開了，她那張開的嘴只好又閉上。等過完年再說吧。

她以前來鎮上都是急匆匆地來，然後又急匆匆地離開，都沒有時間好好逛一逛，今天終於能仔細看一看這古代的街市了。

只見道路兩旁都是小樓，有木造的，也有青磚的，各式的店鋪和商品琳琅滿目，很是繁華，而流水鎮的酒樓似乎也特別的多，走沒幾步就有一家。

「阿姊，這裡有個布莊。」阿釀小聲叫道。

「嗯，咱們進去看看。」這間店鋪一眼看過去並不起眼，走進去才發現大有天地。各式布疋擺滿了架子，花色也特別多樣，幾個看起來穿著不錯的婦人正在那裡挑選布料，兩個夥計則為她們介紹著，那幾個婦人連連點頭，都選了各自想要的布料。

「客官，讓小的來幫您介紹吧！」阿酒他們剛進去，就有一個夥計熱情地迎了上來，並不介意他們的穿著只是粗布衣裳。

「客官您看看，這些布料色澤光亮，正適合兩位小公子，而這一疋色澤淡雅的，給小娘子做件上衣正好。」夥計並沒有介紹那些綾羅綢緞，而是拿出顏色比較適合他們的粗布來。

阿酒摸了摸，又看了看那顏色，確實不錯，暗想這夥計真會做生意，她又問了價錢，發現也挺公道。

「那這些細棉布的價格呢？」阿酒又走到細棉布前，指著一疋青色的細棉布問道。

「客官是想要買整疋還是只要幾尺？」那夥計沒有開口就說價錢。

「一疋怎麼賣，幾尺又怎麼賣？」阿酒想著，等過了年阿曲就要去學堂，她打算給他做上幾套好一點的衣裳，而自己穿在裡面的中衣也想用這種細棉布。

前世的阿酒華衣錦服，來到這裡，因為家中條件不好，只能穿那些粗布衣裳，她花了很長一段時間才習慣。現在有了錢，她當然不想苛待自己，賺錢就是用來花的。

「如果整疋就八百文，一尺的話是二十八文。」夥計很流利地報出價格。

阿酒算了算，一疋布大約有四十尺，這樣說來肯定是買一整疋合算，再說這種青色的棉布也可以做被套。仔細想了想，她心裡便有了決定，又指著另外一疋白色的細棉布問了價錢，這個倒是比青色的還便宜上二十文。

「小哥，有沒有棉花呀？」因為要製冬衣，棉花肯定是少不了的，阿酒還要做被子，那棉花的量要得可多了，畢竟起碼也要做四床被子。

夥計聽了，頓時變得更加熱情。本來以為他們只會買幾尺粗布，卻沒想到竟是一筆大生意！「有、有，小娘子是想要好一點的，還是次一點的？」

「好點的。」阿酒毫不猶豫地說道。

「好嘞，稍等。」夥計滿臉笑容地進去拿棉花。

「阿姊，咱們要買這麼多嗎？」阿曲拉了拉阿姊的衣角，語氣中有些不安和不贊成。

「咱們要好好過冬，這些都是不可少的。對了，你有中意的布料嗎？要是有的話，阿姊買給你。」阿酒怕自己挑的顏色他不喜歡。

「阿姊作主就行。」阿曲怕自己說了，阿姊會買得更多。

等夥計拿出棉花來，阿酒看了看，發現這棉花顏色白白的，中間也沒有棉籽。其實她對這些根本不熟，只是聽姜五嬸說過。

見棉花看起來還不錯，她便要了二十五斤。她打算做四床被子，還有每個人要做兩件棉衣，不知道買這些夠不夠？算了，不夠的話下次再來買吧。

等阿酒買完，才發現已經買了一大堆，他們還要去逛街，最後就決定先把東西放在布莊，等一下再過來拿。

三姊弟在街上走走逛逛，看著各式各樣的商品，還有人在賣從番邦運來的那些別具風情的首飾，很多小娘子都在那裡挑選著。

「阿姊，妳要不要去看看？」阿曲悄聲說道。他瞧見阿姊頭上只用了兩條頭繩綁著，看起來實在太樸素了些。

阿酒想了想，便朝那些小攤走過去，最後她挑了兩只不知道用什麼材質做的手鐲，看起來很不錯，她打算一只自己戴，另一只送給阿美。

阿酒想給阿曲他們買些小東西，但他們不要，最後只好一人給他們買了一串糖葫蘆。

「咱們回去吧。」見逛得差不多了，手上也提滿東西，阿酒便準備回去。「咦，這裡還有書店？」她沒想到這流水鎮上竟然會有書店。

阿酒走了進去，只見書店雖然不大，但裡面的人卻不少，而且書也很多，最前面一排都是一些啟蒙的書。她翻了一下，發現這裡的字跟前世的差不多。

「阿姊，咱們要買書嗎？」阿釀摸著書，眼睛裡放著光，小心翼翼地問道。

「阿釀想要嗎？」阿酒被他的動作逗樂，忍不住笑了起來。

「想要，不過應該要很多錢吧。」阿釀到底比阿曲小一些，這段時間受到阿酒的影響，他開朗了許多，對一些喜歡的東西也會明明白白地表現出來；而阿曲比較沈穩，就算是喜歡，也會壓抑著，不想增加姊姊的負擔。

阿酒有些心酸，想想同樣是周氏的孫子，鐵柱他們早早就進了學堂，明明對上學不感興趣，卻還是把鐵柱他們送了過去；而阿曲他們想讀書，卻只能硬生生斷了念想。

阿酒挑了幾本啟蒙的書，又找到了一本介紹人文地理的，一起拿到櫃檯前。

掌櫃的抬頭看了看這幾本書，算了一下，然後說道：「一共兩百三十文。」

阿酒聽了，不禁有些咋舌。才幾本書而已，竟然這麼貴！她突然明白為什麼在古代讀書那麼難了，這要培養出一個秀才想來都要花費不少銀兩，更別說是舉人之類的。

「阿姊，要不咱們少買幾本吧？」阿曲聽了價錢，在一旁低聲說道。

「沒有錢還來買書，丟臉。」突然，一個聲音在書店一旁傳來。

「別亂說。」另外一個溫和的聲音忙呵斥道。

阿酒沒想到自己一時的停頓，竟引來阿曲的不安，還有別人的恥笑，忙對掌櫃說道：

「幫我包起來吧。」

阿酒拿出銀子付了錢，然後狠狠地朝那恥笑聲的方向瞪了過去，只見一個十四、五歲的少年，穿得人模人樣，手裡拿著一本書，正看戲似地看著他們。見阿酒瞪了過來，那個少年不但沒有不好意思，還挑釁般地瞪回去，眼神裡充滿不屑。

阿曲不安地看著阿姊，怕她會生氣，然後上前去找那個人理論。但阿酒卻沒有再看那個人一眼，而是接過掌櫃手中的書，拉著阿曲和阿釀，頭也不回地離開。

「阿姊，剛剛那個人真討厭。」離開書店後，阿釀不滿地說道。

「阿釀，有些人就像是瘋狗，到處咬人，你不能因為牠咬了你，你就去反咬牠一口，因為你不是狗，別跟狗一般見識。」阿酒認真地說道。

阿釀似懂非懂的點著頭，後面卻傳來「噗嗤」的笑聲。阿酒轉身看過去，只見一個穿著湖藍色長袍、明顯書生打扮的人正抿著嘴，想來剛才的笑聲就是出自於他。

阿酒沒想到自己的話會被別人聽了去，一張俏臉不禁紅了起來，忙拉著阿曲和阿釀快步走入人潮之中。

「真是個有趣的小娘子。」李長風看著那淹沒在人群裡的背影，笑著說道。

第十三章

因為買了太多東西，他們三個根本就拿不動，只得叫輛牛車送回去。

阿釀跟阿曲一直抱著那幾本書，笑呵呵的，看來對今天的收穫很滿意。

阿酒不會做衣裳，她看著買回來的幾疋布，不禁有些發愁。她買的時候沒有到考慮自己根本不會女紅，現在才發現這是個大問題。

「看來，只能請姜五嬸幫忙了。」阿酒嘆了口氣，自言自語道。她想了想，卻又擔心如此一來會太麻煩姜五嬸。

「阿酒、阿酒。」阿美那熟悉的聲音正巧在外面響了起來。

阿酒聽到阿美的聲音，心中頓時有了主意。

「阿酒，妳在幹麼？叫妳半天都不應。」阿美一進來就發著牢騷。「這、這……妳發財了是吧？居然買了這麼多布！」

看著大驚小怪的阿美，阿酒給了她一個白眼。「阿美，妳不是一直在學做女紅嗎，要不妳幫我做幾件衣裳吧？」

「妳這是要做多少衣裳？」人家買布都是幾尺、幾尺的買，有誰會像阿酒一樣，居然幾疋、幾疋的買。

「咱們家四個人，一人要做兩套棉衣，還要做四床棉被，還有每人一件夾衣。」阿酒想著除了這些，自己還要做中衣、中褲。早知道就該看看有沒有成衣店，買現成的多好。

「這麼多？我可做不了。不過阿酒，妳比我還大，卻是一點女紅都不會，這樣可不行，要不妳也跟我一起學做女紅吧。」

「我也想學，只是妳也知道我還得釀酒，況且也沒有人教我啊。」阿酒確實想學，畢竟在這個時代，一般都是自己做衣裳，就算有成衣店，那些肚兜什麼的貼身衣物，肯定沒有在賣，她總不能連肚兜都叫人幫忙縫吧？

「阿酒，妳每天中午來我家，我讓我娘教妳。」阿美想了想說道。

阿酒聽了很感動。只有阿美才會這樣為她著想，只是不知道姜五嬸有沒有空教她？

「妳娘有空嗎？」阿酒猶豫了一下，問道。

「妳就來吧，反正我也要學，咱們一起學。」阿美開心地說道。

「行，那妳幫我問問姜五嬸，如果她有空，我就每天都去學。」阿酒本來是想讓阿美教自己的，既然阿美出了這個主意，那就依她吧。

「這是送給我的？真好看，會不會很貴呀？」阿美把阿酒送她的手鐲戴了起來，很是喜歡地一看再看，又有些擔心地問道。

「不貴，妳看，我也有一只。」阿酒把自己的手鐲拿給她看，笑嘻嘻地說道。

兩人說說笑笑了一番，然後阿美才小聲問道：「阿酒，明子這些天來找妳了嗎？」

「明子？沒有啊，他不是又回學堂去了嗎？」阿酒愣了一下說道。

「哦，他也沒有來找妳？我還以為他只是沒來找我呢……」阿美的臉上有些失落。「上次明子說，這次會在家裡待得久一些，要到下個月才回學堂。」

明子前些日子每天來找阿美和阿酒，阿酒對他也漸漸熟悉，能跟他聊上一些話題了，而阿美卻跟他聊得更多。

阿酒瞧見阿美臉上那失望的表情，心裡咯噔了一下。難道阿美對明子真的有了不一樣的感情？本來阿酒一直以為阿美還小，根本不知道什麼是愛情，只是那天聽姜五嬸說，正在為大春找媳婦，才驚覺這不是前世。在這裡，十五、六歲的小娘子大都嫁人了，而且十二、三歲的小娘子就已經有人上門作媒了。

「阿美，妳是不是對明子……」阿酒忍不住小聲問道。

「阿酒，我、我……」阿美的臉脹得通紅，說不出話來。

阿酒看著她這個樣子，哪還有不明白的，不禁一邊驚訝古代人的早熟，一邊擔心地看著她。明子對阿美顯然沒有男女之間的感情；再說，以明子家的條件，加上他又是秀才，聽說他娘還是個厲害角色，只怕阿美到時會受到傷害。

「阿酒，怎麼辦？我該怎麼辦？」阿美見阿酒不說話，頓時眼睛都紅了，她緊緊地抓住阿酒的手。

阿酒想勸她，卻根本不知道從哪裡勸起，畢竟自己在前世今生都沒遇到過這樣的事。

阿美似乎明白阿酒的擔心，忐忑地說道：「阿酒，妳不用說，我知道的，我知道明子不喜歡我，可我就是控制不住自己，我該怎麼辦？」

看著痛哭失聲的阿美，阿酒唯一能做就是陪在她的身邊。「阿美，妳先別急，等過個幾年，也許事情會有變化也不一定。」

聽了阿酒的話，阿美猛地抬起頭。「真的會嗎？明子會喜歡我嗎？」

阿酒很想點頭，但理智卻提醒著她不能點頭。她不能讓阿美有太多的期望，要不真到談婚論嫁的那一天，阿美只會更傷心。

看著阿酒那遲疑的樣子，阿美頓時明白了，那發亮的眼睛一下又暗淡下去。「我知道自己配不上明子，可我總是忍不住要去想他。」

「阿美，妳不能這樣想，這不是配不配的問題。」阿酒勸道。她暗自下了決心，等有機會一定要問問明子，看他對阿美到底有沒有不一樣的情感？如果他也有，那麼她一定會想辦法讓明子家裡同意他們的婚事，可她現在怕的就是明子對阿美根本就沒有這方面的想法。

「阿酒，妳別跟我娘說，我會試著忘了他的。」阿美用手擦了擦眼淚，弱弱地說道。

看著壓抑又懂事的阿美，阿酒不知道該說些什麼？畢竟這裡不是前世，雖然村裡女人的地位不那麼低，但對女人的苛刻卻一點也沒有變。

阿酒現在快十三歲了，一般都該有人上門說媒了，可經過上次她大鬧姜家老宅，再加上李氏她們有意在村裡說她壞話，以至於現在根本沒有人敢上門提親。雖然她不在乎，但由此可知在這個時代裡，名聲對一個小娘子來說有多重要。

「我想做幾件中衣，妳先教教我吧。」阿酒不知道怎麼安慰她，只得轉移話題。

阿美紅著眼睛點了點頭，讓阿酒拿出布疋來，教她應該如何裁剪、怎麼縫製。

阿酒以前沒有做過衣裳，她以為針線活是件簡單的事，可只有自己拿上針線，才明白根本不是那麼一回事。在阿美的細心講解下，阿酒總算把一件中衣縫了起來，只是那針腳就無法評價了。

「阿酒，妳真棒，第一次拿針線就能縫得這麼好，我娘肯定會誇妳的。」阿美感嘆地說道。

阿酒拿著自己做的第一件衣裳，不禁有些得意。雖然針腳不大均勻，有些地方也縫得不夠平整，但還是很有成就感，畢竟這是她親手做的。

她看了看天色，竟已經傍晚了，趕緊讓阿美回家去，以免姜五嬸擔心。

自從阿美跟姜五嬸說要讓阿酒一起學做女紅之後，阿酒就每天中午都去阿美家學做衣裳，經過一段時間的練習，雖然還不會做棉衣，但已經勉強能自己做夾衣了。

當阿曲跟阿釀穿上阿酒給他們做的新衣之後，高興得在院子裡直打轉。

因為有了姜五他們的加入，蒸酒的效率大大地提高，完全不需要阿酒操心，因此她平時除了縫縫衣裳，就是釀釀酒。想起自己釀的酒已經儲藏一個月了，她準備拿一罈出來嚐嚐，看看味道如何？

阿酒抱著罈子，小心地放在桌子上，她的心情有些期待，又有些忐忑，不知道這酒的味道怎麼樣？

「阿酒，這是妳新釀的酒？」姜老二見阿酒盯著她面前的酒罈子好一會兒了，卻不見她打開，似乎是想打開又不敢打開，不禁好奇地問道。

「爹，您來得正好，快來嚐嚐這酒。」阿酒見姜老二來了，忙說道。

姜老二把封住罈口的泥抹掉，再將裡面的那一層布拿開，讓阿酒失望的是，並沒有撲鼻的酒香散發出來，聞起來反倒有種酸酸的味道，看來這酒沒釀成。

「阿酒？」姜老二見阿酒垂著頭，臉色有些發白，忍不住擔心地叫道。

阿酒沒回話，她聞著那異常的味道，心都揪到了一塊兒。

她迫不及待地倒了一杯酒在碗裡，端起來就喝了一口。入口酸酸的、澀澀的，這根本不是酒，倒是成了醋。

阿酒無力地跌坐在地上。她還是高估了自己，明明是按記憶中的程序一道道做的，釀出來的酒卻變成了醋，這是怎麼回事？

雖然蒸餾酒讓她賺了不少錢，但她最渴望的，還是能自己釀出不同口味的酒來。這樣過年後就算是教會村民如何做蒸餾酒，她還是有自己的優勢能賺錢，但如今一切都完了，什麼都沒有了。

「阿酒、阿酒？」見女兒半天都不出聲，姜老二急了。他跟著姜二鬥學過釀酒，明白釀酒沒有那麼簡單，要不自家三兄弟怎麼都沒有學會？而女兒現在完全是自己在摸索，並沒有誰能教她，這難度可想而知。

「爹，我失敗了。」阿酒哭喪著臉說道。

「阿酒，沒事的，咱們現在不是還能蒸酒嗎？再說一次失敗怕什麼，咱們可以再多試幾次。」姜老二雖然自己不會釀酒，但他卻支持阿酒，只要是她想做的事，他都無條件支持。

「就算是妳釀不出酒來，爹也能養活妳。」

姜老二的話並沒有讓她心裡好受一些，反而更加自責。明明自己曾說過一定會釀出酒來的，怎麼就成了醋呢？

姜老二見阿酒一臉的頹唐，急得圍著她直打轉，嘴拙的他又不知道該怎麼勸慰，這時他特別懷念林氏，要是她在就好了。

「阿爹，阿姊這是怎麼了？」阿曲從院子外走進來，就見自家阿爹圍著阿姊不停地轉圈兒，那焦急的模樣似乎又回到阿姊生病的時候。

「阿曲，快勸勸你阿姊。」姜老二一見阿曲來了，彷彿看到救星一樣。「你阿姊自從打開這罈酒以後，就變成這樣子。」

阿曲走到酒罈前聞了聞，馬上明白是怎麼回事。他知道阿姊一直很在意這新釀製的酒，想來她是受到了打擊，看著她那蒼白無神的表情，很是心疼。

「阿姊、阿姊。」阿曲蹲在阿酒的面前，輕聲叫道。

「阿曲，你回來了？」阿酒過了好一會兒，才發現眼前的阿曲。

「阿姊，妳不是經常告訴咱們，一次失敗算不了什麼嗎？這次失敗了，那就下次再釀，有我陪著妳。」阿曲握著她的手，眼神裡充滿擔心。

自從阿姊的病痊癒以來，她一直都精神奕奕的，無論是遇到周氏上門找事，還是房子倒塌，她似乎都能輕易解決眼前的困難，可如今，阿姊卻是一副了無生機的模樣。

「阿姊，我知道妳很想釀出好酒來，然後賣一個好價錢，讓我跟阿釀能上學。」阿曲的眼睛變得紅紅的。「不過其實咱們對現在的生活已經很滿意了，不上學也沒事，我可以去找山子叔，讓他教我識字，這樣我既能自己讀點書，又能幫家裡做事，不也挺好嗎？」

「那怎麼行！」阿酒本來沈浸在自己失敗的情緒裡，一聽阿曲這樣說，馬上激動地反對道。

「阿姊，妳還好吧？」阿曲見她終於有了反應，小心翼翼地問。

「沒事，剛才只是一時沒想通。」阿酒這時已經完全清醒過來，剛剛她是走入了自己心中的死胡同裡。

前世她一直都是要風有風、要雨有雨，而來到這裡，雖然剛開始去賣酒受了點挫折，可也是很快就找到買家；後來雖然發生許多的事，卻也都有驚無險地度過了，這讓她都快忘了還有「失敗」這個詞。

讓她萬萬沒想到的是，自己滿懷希望釀的酒竟沒有成功，這讓一直順風順水的她一時之間難以接受，她越想越難過，越想越覺得沒有了希望。

直到阿曲說他不去學堂，這才驚醒了她。這裡可不是前世，可以行行出狀元，在這個朝代裡，商人雖然有錢，可是卻沒有地位，她從那天買的書上得知，士農工商，唯有讀書才能獲得地位。

溪石村為什麼比周圍幾個村子富裕？除了地理位置外，還有一個原因，就是村裡的男人基本都識字、能算帳，出去找工作就比別人要好找許多，工錢也能翻上一倍。

阿酒沒有要求阿曲和阿釀必須中狀元，可如果他們之中有一個人能考上秀才，她就很滿意了，這樣周氏他們也不敢再隨意欺上門來。

「阿酒，那這一罈酒……」姜老二見她沒事了，便指了指擺在桌子上的酒罈子，小心地問道。

阿酒搖搖頭，重新看了看那個酒罈子，一股濃濃的酸氣馬上撲面而來。她又再次嚐了嚐，然後回想起釀酒的過程，覺得自己的每一個步驟都是按照工序走的，怎麼會釀成醋呢？她百思不得其解，又下到酒窖裡，打開另外幾罈酒，發現那些酒都有些發酸，雖然沒有第一罈那樣濃的酸氣，卻還是一樣失敗了，這到底是哪裡出了差錯呢？

之後的幾天，阿酒經常在做衣裳時，做著、做著就發起呆來，她一直在想到底是哪裡出了錯呢？明明跟爺爺當年釀酒的步驟一樣啊……

「阿酒，妳這是怎麼了？」阿美見阿酒又出神，那針扎在手上都出血了還不自知，忍不住擔心地叫道。

「阿酒、阿酒？」阿美又叫了幾聲，見她都沒有反應，只好走過去輕輕推了她一下。

阿酒猛地回過神來，剛好看到阿美那擔憂的神情，忙對她笑了笑。「沒事，我只是在想一些事情。」

「真的？是不是家裡發生什麼事？妳這幾天都很恍忽呢……」阿美不放心，一臉關心地問道。

「真的沒事。對了，妳的新衣裳縫好了？」阿酒不願讓她擔心，便轉而拿起她手中的衣裳看了看，輕聲問道。

「都怪妳，我才縫了一點，等一下娘進來又要說我了。後天就要去外婆家，我還準備穿這新衣裳去呢。」阿美一聽她這樣問，忙慌慌張張地跑到自己的針線包前面，很是不滿地說道。

阿酒看著她那手忙腳亂的樣子，終於忍不住「噗嗤」一聲笑了起來。這樣的阿美真是太可愛了。

雖然還沒有找到失敗的原因，但阿酒還是決定再重新釀酒，她這次比起上次更加小心，每一個步驟都由自己親自來做，而且釀製的量也不多。

就在阿酒忙著重新釀酒的時候，姜家老宅卻熱鬧了起來，原來張氏隔了八年，確定又懷上孩子，這對姜老三和張氏來說，可說是天大的喜事。

第十四章

姜老三這段時間也不出去，每天就守著張氏，生怕她有個什麼萬一；家裡的事也不讓她做，輪到他們這一房弄飯，也都是春草兩姊妹去做。

李氏看了，心情很是不好。本來周氏還跟她說過，如果張氏生不出兒子，那麼以後姜家老宅的東西就全是鐵柱和鐵牛的了。可她萬萬沒有想到，這麼多年來一直沒有動靜的張氏，竟然在這個時候懷上孩子，這讓她心裡怎麼會舒服？

特別是看著姜老三對張氏的那個寶貝勁兒，想想以前自己懷孕的時候，姜老大每天還不是早出晚歸，而且她還得做家務，哪裡像張氏這般過得如此舒適。

「又不是沒生過孩子，哪裡就這麼嬌貴了？連飯都不做了，真是的。」李氏一邊弄菜，一邊嘮叨道：「要是又生個丫頭片子，到時看她的臉往哪兒擺。」李氏嫉妒地看著被春草扶出來的張氏，小聲罵道。

春花端著木盆進來灶房，要打熱水給張氏洗臉，剛好聽到李氏那惡毒的低罵，她的臉色一下子就變得難看了，匆匆回到西廂房後，她馬上把這些話告訴了姜老三。

姜老三聽完頓時火冒三丈。他盼了這麼多年，好不容易又盼到張氏懷孕，他有預感這次一定會是個兒子，而李氏這樣說，不就是在詛咒自己沒兒子嗎？

「娘、娘！」姜老三倒是沒有直接跑去跟李氏理論，而是跑到周氏的房裡告起了狀。

周氏這些日子也是每天樂呵呵，本來以為姜老三這一輩子就要沒有兒子，要斷後了。前兩年她還想讓姜老三把張氏給休了，哪裡知道一向最聽她話的姜老三，卻為了這件事跟她大吵一架。周氏見姜老三一意孤行，也不敢再惹他，只是暗自準備著，打算等過個幾年，就讓鐵牛過繼到姜老三的膝下。

誰知道張氏過了這麼多年，竟再次懷孕了，而且她偷偷問過郎中，張氏這一胎很有可能是個男孩，這讓周氏樂開了懷。

因此當聽了姜老三那些添油加醋的話，周氏對李氏的不滿達到了頂點。安慰好姜老三之後，周氏就對著李氏一頓臭罵，並對她說道：「老大媳婦，如今老三媳婦懷孕了，以後家裡的飯菜就全由妳來弄。」

李氏頓時不樂意了，筷子「啪」的一聲就往桌子上一甩，沈著臉說道：「娘，您這也太偏心了，以前我懷孕時，都快要生了，卻也是每天都在幹活的，如今三弟妹懷孕，她就金貴了？才幾個月，連飯都不用弄了？再說了，不是還有春草她們能做飯嗎？」

以往周氏說什麼，李氏如果有什麼不滿，也不敢說出來，更不要說像現在這樣直接頂撞周氏了，可她這一頂嘴，卻迎來周氏更厲害的痛罵。

「老大，你看看，這就是你的媳婦，現在連我的話都敢不聽了。你說說，有哪家的媳婦敢這樣對婆婆？」周氏指著姜老大，怒聲罵道。

姜老大聽了，忙站起來安慰周氏，並責罵了李氏。

李氏還想說些什麼，卻在姜老大那嚴厲的眼神下閉了嘴。

張氏一直低著頭，一句話也沒有說，只是看向李氏的眼光特別冷，暗想著：鬧吧，鬧得越大越好。

李氏被周氏罵了，卻不敢對周氏怎麼樣，不禁把火氣全轉到張氏的身上，心裡一直惡毒地詛咒著她。

「早上娘罵我，你怎麼不讓我說話？」晚上李氏躺在床上，不滿的對姜老大說道。

「妳傻呀，在娘的面前妳能講理？再說了，現在妳惹火了娘，能得到什麼好處？」姜老大不耐地回道。

「娘真是太偏心了，現在老三媳婦肚子裡是男是女都不知道，如果真生個兒子，那咱們的鐵柱和鐵牛，娘可就不會放在眼裡了。」李氏小聲嘀咕著。

「妳這段時間就老實點，等以後再說吧。」就在李氏以為姜老大睡著的時候，他忽然說道。

「你想幹麼？」跟姜老大生活了這麼多年，李氏對他還是有些瞭解的。

「行了，睡覺，管好妳的兩個兒子，其他的就不要問了。」姜老大說完，就轉身朝裡側睡了。

李氏見姜老大不理自己，只得默默想著該怎麼在張氏身上出一口氣？

這天，阿酒又一次封罈，把酒放入酒窖中，心中期望這次釀的酒能夠成功。

封好了酒，她帶著金磚準備去外面逛逛。這些日子為了釀酒，心情一直都壓抑著，好久沒出去外面走走了。

「阿酒！」阿酒剛走出院子，就見明子氣喘吁吁地跑了過來。

「明子。」阿酒已經有些日子沒見到他。

「阿酒，妳好些了嗎？」明子關心地問道：「聽阿美說妳這些日子心情不好？我是昨天才剛從學堂回來的。」

「沒事，你去看過阿美了？」阿酒試探地問道。

「昨天從鎮上回來的時候，剛好碰到她。」明子的臉上一點異樣的情緒都沒有。

阿酒本想問問他對阿美有什麼看法？阿美這些日子雖然不再提起明子，但阿酒知道，她一直默默在關注他，要不然也不會知道明子前些日子是因為先生臨時有事，才特意叫他提前去學堂。

「阿酒，妳還在釀酒嗎？」明子突然問道。

「嗯。」阿酒簡單地回道。

「只是一次不成功，沒關係的，一次不成就再試一次。我記得我先生那裡好像有一本介紹各地好酒的書，等下次我去幫妳借來，讓妳看看。」明子不介意她有些冷淡的態度，一點也不失熱情地說道。

「好，謝謝你。」阿酒聽他說有介紹酒的書，心中很是激動。

雖然從上次買的那本書上瞭解到，他們梁國各地都喜歡喝酒，而且各地都有富有當地特色的酒，但都只是簡單帶過，想來明子說的這本書不太一樣，應該是詳細介紹了每個地方各種酒的味道。

「能幫到妳就行。」明子聽她向自己道謝，眼中不禁發出耀眼的光芒，似乎自己做了件很了不起的事一樣。

「妳這是打算去哪裡？妳家的狗長大很多呢。」明子見阿酒又不說話了，只得自己找話說。

就這樣一問一答，兩人沿著村裡的小道，走到了河邊。阿酒本就沒有目的，而明子也只是想要陪在阿酒身邊。

來到河邊，阿酒才發現天氣真的冷了起來，感覺那河風迎面而來，有些刺骨。

阿酒打了個寒顫，忙叫住跑開的金磚，準備回去，卻剛好瞧見姜老大正鬼鬼祟祟地往河的另一頭走去。

阿酒對姜老大沒有好感，根本不關心他要去哪裡，只是在她轉身的時候，剛好看到大江也在河的另一頭。

「他怎麼在那裡？」阿酒心中疑惑，又看了一眼，確定是大江叔沒錯。

「誰呀？」明子在一旁問道。

阿酒沒有回答，本來還想再看個清楚，沒想到一轉眼卻已經不見大江的身影。她只得把疑惑放在心底，準備回去問一問姜五。

她雖然不想懷疑別人，但也不想被別人當成傻子，因此她跟明子告別後，回到家的第一時間，就找來了姜五。

「阿酒，妳找我？」姜五聽姜老二說阿酒有事找他，就把手中的活交給大春，急急走出了酒坊。

「大江叔今兒個是不是沒有來上工？」阿酒沈聲問道。

「沒錯，妳大江嬸病了，他說要去找郎中，還要抓藥，就請了半天假。」姜五有些疑惑。平時這些小事阿酒都是不管的，今天怎麼就問起了這個？

「哦，這些天您多注意一下大江叔，如果有什麼異常，要馬上告訴我。」不是阿酒小人之心，而是前世她看多了這種事，很多人為了利益，明明看起來是個老實人，卻做出不老實的事情來。

雖然不明白到底發生了什麼事，但姜五還是點了點頭。

阿酒把這事交代下去之後，也就沒放在心上了。以姜五的閱歷，如果大江叔真有什麼不對勁的地方，想來他也看得出來。

第二天剛吃完午飯，姜五就來找阿酒了。

阿酒心裡咯噔了一下。難道大江叔這麼快就露出馬腳了？他真的被姜老大收買了？

姜五看了看外面，然後低聲對阿酒說道：「今天早上大江來找我，說是昨天下午姜老大找他了，讓他把釀酒的方子偷出去，還答應要給他二十兩銀子。」

阿酒心裡一驚。沒想到姜老大真的在打酒方子的主意，幸虧大江叔可靠，要不然阿酒不敢想後果會如何？

「姜五叔，您說這件事該怎麼辦？」阿酒對自己昨天懷疑大江叔，感到有些不好意思。

「妳昨天是不是看到了什麼？」姜五在生意場上這麼多年，昨日阿酒剛剛找他談過，今日大江就來找他，哪有這麼巧的事。

「昨天我去河邊，正巧看到大伯在那裡，而大江叔也恰巧出現在河邊。」

「雖然大江沒有說出酒方子，但就怕姜老大不死心。」姜五在這裡做事，雖然累了一點，但沒有人會隨便挑他的刺，而且工錢也比較高，他當然不希望酒坊出事。

姜五的擔心也是阿酒的擔心。姜家老宅這些日子以來，都沒有人找上門來，總讓阿酒心中不踏實，有種風雨欲來的感覺，果然姜老大便開始有所行動了。

「不知道這次沒有成功，下次他又會想什麼辦法？」阿酒皺著眉說道。

「姜老大那個人，陰險得很，他既然起了這心思，肯定不只有這一招，咱們一定要好好防備。」姜五的年紀跟姜老大差不多，又是在一個村子裡一起長大的，對他的為人還是比較熟悉。

「現在只能兵來將擋，水來土掩了。您去叮囑大江叔他們，一旦姜老大來找，一定要特別注意，最好是不要單獨去見他，誰知道他會不會耍什麼陰招？」阿酒就怕姜老大做出什麼壞事來，要姜五讓工人們都防著點。

姜五點了點頭，很贊成她的想法。

等姜五離開後，阿酒對姜家老宅的人恨意更加深了。明的不成就來暗的，這到底是什麼兄弟和家人？

接下來的幾天，姜老大倒是挺安分，沒有再找自家酒坊裡的人碰頭了。

天氣越來越冷，幸好阿酒的棉衣已經縫好，棉被也已經弄好了三床。那些棉花不夠做四床被子，後來阿酒又去買了一些，才終於全部做好。

這一天下起了雨，雨中還夾雜著一些小冰雹，阿酒凍得一點也不想離開床，她正想到底要不要離開這溫暖的被窩，就見阿美那熟悉的腦袋伸了進來。

「外頭冷死了，阿酒妳真好，竟然還能躲在被窩裡。」阿美跺了跺腳，把油紙傘放好，搓著手說道。

「妳怎麼這麼早就過來了？」阿酒忙挪出位子，讓她也鑽進被窩。

「阿酒，跟妳說件事。」阿美神秘地小聲說道。

阿酒靜靜地看著她，沒有開口問，阿美很快就敗下陣來。「妳最壞了，怎麼就不問問是什麼事？」

阿酒聽了哭笑不得。明明她的話都說到嘴邊了，竟還要讓自己開口問，而且每次都是這樣，她都不覺得煩嗎？

「妳知道嗎？妳大伯跟三叔，他們正在鬧分家呢。」阿美見阿酒不問，只得無奈地主動說道。

「分家？我阿奶會同意？」阿酒詫異地問道。

雖然周氏最看重姜老大，但卻也很疼愛姜老三；再說了，這個時候一般講究父母在，不分家，像姜老二這樣的只是特例。

現在姜老大和姜老三竟也鬧著要分家，周氏會同意嗎？

「她肯定不同意，不過分家應該是分定了。」阿美認真地說道。

阿酒疑惑地看著她。難道這中間還有隱情不成？

原來李氏在姜家老宅每日都要做飯，每做一頓，對張氏就多一分怨言。這天又到了要做飯的時候，李氏看到鐵牛他們抓回來的一筐子螃蟹，眼睛亮了亮。

張氏因為隔這麼多年才懷的孕，所以對吃食很是注意。這天又像往常一樣，早餐都吃粥，只是感覺今天的粥似乎比往常的要好吃許多，不由得多吃了一小碗。

誰知道過沒多久，她就覺得小腹有些不對勁，有些疼痛，去上茅廁時，才發現自己的褲子上竟有些紅，這可把她嚇壞了。

「快！快去找妳們的爹來。」張氏緊張焦急的聲音一傳出來，立即把春草兩姊妹嚇壞了。

春草讓春花去周氏的房間裡找姜老三，自己則趕緊來到茅廁裡，扶著張氏躺到床上。

「這是怎麼了？」姜老三一進來，就見張氏臉色有些發白地躺在床上，不由得慌了。

「快請郎中來，我的肚子有些疼，還見了紅。」張氏拉著姜老三的手，眼睛裡含著淚，一副絕望的表情。

姜老三馬上急急地跑出去找郎中。也是他運氣好，在半路就碰到了郎中，等他們回到姜家老宅時，張氏疼得頭上都冒冷汗了。

「郎中，我媳婦這是怎麼了？」等郎中探了脈，姜老三迫不及待地問起。

郎中用銀針給張氏扎了幾下，然後開了方子，才慢慢地說道：「懷孕了就不要隨意吃東西，特別是那些寒涼的吃食。這次是動了胎氣，幸虧吃得不多，如果再吃多一些，就算是神仙來了，也保不住你這個孩子。」

姜老三跟姜氏聽了，互相看了一眼，忙問郎中道：「我媳婦今早不過吃了些粥，就沒再吃其他的了，不知道您能不能告訴咱們，到底是吃壞什麼東西造成的？」

「應該是蟹肉之類的。以後一定要多注意，再有一次，我可救不了妳。」郎中又叮囑了該怎麼熬藥，這才接過姜老三手中的銀子，背著藥箱子離開了。

張氏等郎中一走，就掩面哭了起來。「這可是要我的命啊……怎麼不乾脆放些毒，讓我死了算了！」

姜老三也不是傻的，知道肯定是早上的粥出了問題，而這粥是大嫂煮的……他想了想，轉身就朝周氏的屋裡跑去。

周氏聽了姜老三的話，氣得差點暈過去。盼了這麼多年才盼到張氏懷孕，沒想到那腹中的胎兒卻差點被李氏弄掉，這讓她如何不氣？

第十五章

周氏馬上就把姜老大跟李氏叫到了正房，姜老大還不知道是怎麼一回事，而李氏雖然心裡有些忐忑，卻也覺得不是什麼大事。

「老大媳婦，妳給我跪下！」李氏剛進屋，周氏就咬牙切齒地說道。

「娘，這是怎麼了？我媳婦兒她做了什麼，您告訴我，讓我來教訓她。」姜老大一見周氏的臉色，就知道壞了。以往就算李氏做錯了什麼，周氏看在兩個孫子的分上，也總是睜一隻眼、閉一隻眼的，看來李氏這次是真的惹到娘了。

「妳來說說妳都做了什麼好事？」周氏盯著跪在面前的李氏說道。

「娘，我不知道我做了什麼讓您這樣生氣？」李氏低著頭，一副無辜的樣子。

「好一個不知道。我問妳，今天早上的粥裡，妳放了什麼？」周氏見她一副不見棺材不掉淚的樣子，恨恨地問道。

李氏的臉色瞬間變了，她正想大喊「冤枉」，只見張氏在春草的攙扶下，緩緩走到她的面前，用力地甩了她一個耳光。

「大嫂，平時妳欺負我也就算了，我的女兒也經常被妳作踐，這些我都忍了，但妳千不該、萬不該動我腹中的孩子！他到底哪裡得罪妳了？他都還沒出生，妳就要這樣對他……」

張氏說完，就跪在周氏的面前。「娘，您一定要為我肚子裡的孩子作主啊！」

鐵柱和鐵牛從外面跑進來，就見自己的娘被三嬸給打了，兩人衝上前去想要幫忙出氣。

姜老三見張氏剛剛才受了那麼大的罪，馬上又跪在那裡，他本就擔心不已，生怕會影響孩子，如今見鐵牛他們撲過來，他揮手就把他們兩個推到了一邊。

李氏被張氏打了一巴掌，半天才回過神，現在見兩個兒子又被姜老三推得摔倒，不禁放聲大哭起來。「姜有良，你是死人啊？看著自己的媳婦被打、兒子被欺負，你還站在那裡一動也不動，我不要活了！」

說完，李氏就要朝一旁的桌子上撞過去，姜老大本能地想去拉李氏，卻聽見周氏冷冰冰的聲音響起。「讓她撞，這樣黑心的女人，咱們姜家要不起。」

聽到周氏的話，李氏明顯愣住了，抬起來頭有些不可置信地看著她，似乎從來沒認識過周氏一樣。

周氏看都沒看她一眼，而是轉過頭來看著姜老大。「你這媳婦，心真是太黑了，竟敢在粥裡做手腳，今兒個老三媳婦差點就一屍兩命了。」

姜老大忍不住恨恨地看著李氏，心裡暗罵不已。真是個蠢女人，竟敢這樣明目張膽害人，這不是找死嗎？

他知道，如果今日不給出一個交代，不光是母親會對自己不滿，就連老三也會跟自己成為仇人。雖然自己也不樂意張氏生下這個孩子，但現在卻不得不拿出該有的態度。

姜老大一腳就朝李氏踢過去，李氏的身子受不住，往後退了好幾步，然後倒在地上。他還想再打，鐵柱和鐵牛卻是撲在了李氏面前。「阿爹，不要打了，再打娘會被打死的。」

鐵牛抱著周氏的腳。「阿奶，我娘她知道錯了，您就原諒她這一次吧，阿奶。」

看著哭成一團的母子三人，周氏本來堅硬的心慢慢地軟了下來，畢竟這可是她疼了十幾年的孫子，而張氏肚子裡的那個畢竟還沒生下來，是男是女都還不清楚。

看著態度軟化的周氏，張氏不禁悲從中來，一下子就倒在春草的懷中。

「娘、娘！」春草焦急地喊著。

一旁的姜老三趕緊一把將張氏抱了起來，送回屋裡。

「春草，照顧好妳娘，不要再讓她出來。」姜老三叮囑春草道，便又回到了正房。

姜老三見李氏已經從地上站起，而周氏臉上雖然還有些氣憤，卻沒有了一開始的冷酷，看來真的是不打算追究了。

「你媳婦怎麼樣了？」周氏見姜老三進來，急急地問道。

「娘，分家吧。」姜老三不回答，而是投了一顆巨石出來。

「你說什麼？」周氏不敢置信地看著姜老三，不明白他怎麼會提出這樣的要求來？

「娘，分家吧，反正二哥已經分出去了，再把我分出去也沒什麼。這姜家老宅我也不打算再住下去，您就分些銀錢和幾畝田給我就行。」姜老三輕鬆地說道。

「老三，你這是什麼意思？」姜老大不等周氏說話，馬上出言呵斥道。

「大哥，分了家對你我來說都好，不要弄得最後連兄弟也做不成。」姜老三沈聲道。

他這次算是豁出去了，不再說什麼，只是目光堅定地看向周氏。

「你先去照顧你媳婦，讓我再想想。」自己的兒子她自己明白，看著姜老三的眼神，她就知道他是打定主意了。此時周氏看向李氏的眼光，頓時像是要殺了她似的。

姜老三點了點頭，沒再看屋裡的人一眼，轉身就回到自己的西廂房。

以前姜老三沒有兒子，對姜老大做的事也就睜一隻眼、閉一隻眼，但如今媳婦又懷孕，他的心態就不同了；哪怕是這次張氏生的不是兒子，看著自己的女兒被李氏那樣欺負，他也覺得不能再這樣下去。

「這麼說，他們還沒有分家？」阿酒其實對姜家老宅的事一點也不好奇，只是如果真的分家了，那張氏的日子應該會好過許多吧。

「嗯，現在還沒有分，不過春草說，就在這兩天了，聽說妳三叔已經去請示了村長。如果到時候真分了家，春草她們就有好日子過了。」阿美笑著說道。

想想張氏在他們困難的時候幫了不少忙，阿酒打定主意，如果張氏一家子真的分出來了，她怎麼也要回報幾分。

阿美又說了一些村裡的瑣事，才欲言又止地看著阿酒。

阿酒看她那樣子，哪裡還不知道她的心思。

「說吧，又怎麼了？」阿酒嘆了口氣道。

「阿酒，明子來找妳了吧？說了什麼沒有？」阿美其實也不想問，但悶在心裡真的很難受啊。

「嗯，來過了。是不是妳跟他說我酒沒釀好的事？他那天來安慰我了。」阿酒點點頭，如實道。

聽了阿酒的話，阿美只覺得心裡酸酸的，明知道不能怪阿酒，卻還是有些不舒服，感覺明子好像更關心阿酒。那天明子從鎮上回來，雖然一直在跟自己聊天，但說的幾乎都是跟阿酒有關的事。

「怎麼了？」見阿美的臉色有些不對，阿酒擔心地問道。

「沒事。」阿美雖然搖了搖頭，但那神情一看就不對勁。

「阿美，妳難道還想著明子？」阿酒自己雖然沒有談過戀愛，但那些電視劇也不是白看的，阿美如今的樣子，不就像那些失戀的人一樣嗎？

「阿酒，我也不想的，可我這心裡難受。」阿美看著阿酒那關心的眼神，想想剛才自己心裡對阿酒的怨恨，突然覺得很不好意思，眼淚不禁流了下來。

阿酒不知道該如何勸慰阿美，只好遞了一塊帕子給她。這感情的事，如果兩個人都有感覺還好，偏偏是阿美一頭熱。

日子又過去了幾天，這些天終於沒有那麼冷了，阿酒跟阿曲把田裡的大白菜一一採收，放進地窖裡，免得到時下大雪給凍死了。

「阿酒姊！」外面忽然傳來急促的叫喊聲。

阿酒覺得這聲音陌生中帶著熟悉，疑惑地打開了院門，只見春花一臉淚水地站在外面，神情中透著焦急。

「春花，妳怎麼來了？」自從上次吃完入伙飯後，三叔家的人就沒再來過這裡，她今天怎麼來了？而且還是一副慌慌張張的樣子。

「阿酒姊，妳這次一定要救救我娘。」春花一把拉住阿酒的手，眼泛淚光地說道。

「怎麼回事？」阿酒有些嚇到了。

「阿酒姊，我娘暈過去了！我阿爹他不在家，阿奶跟大伯母都不管我娘，我阿姊她也不敢離開娘的身邊，我實在是沒有辦法了。」春花越說越快，握著阿酒的手也越來越緊。

阿酒聽了，也為張氏擔心不已。張氏好不容易懷上這一胎，前些日子才動了胎氣，今兒個居然又暈過去了？看來情況不大妙。

「郎中呢？妳去叫郎中了沒有？」阿酒馬上問道。

「還沒，我來就是想請阿酒姊幫個忙，我不知道去鎮上的路該怎麼走……」春花急道。

阿酒忙叫阿曲去鎮上把郎中請來，本來她還想去看看張氏的，但想著周氏他們在，就打消了這個念頭，只是讓春花先回去，自己則往姜五嬸家跑去。

姜五嬸聽阿酒說了張氏的事，二話不說就往姜家老宅跑去，她跟張氏的關係一向不錯，也很擔心張氏。

阿酒見姜五嬸去了姜家老宅，只得回家焦急地等著消息。

阿曲很快就回來了，他只是把郎中送到了姜家老宅，對於裡面的情況卻不清楚，姜五嬸也一直沒有消息傳來。

一直快到晚上，姜五嬸才從姜家老宅返來，臉上滿是疲倦，這讓阿酒有些過意不去，忙倒了杯水讓她潤潤喉。

「放心吧，暫時沒事了，也是這孩子的命大，郎中說如果再晚上一刻鐘，那就真的無藥可救了。」姜五嬸喝了幾口水，嘆口氣說道。

「這到底是怎麼回事？不是說他們正在分家嗎，想來三嬸平時也很注意自己的身子，怎麼會無緣無故就暈倒呢？」阿酒疑惑地問道。

「哎，聽說是妳三嬸去上茅廁時，鐵柱跟鐵牛在院子裡不知道因為什麼事吵了起來，兩兄弟追打著，恰巧就撞到了她。妳三嬸一個沒站穩，被撞得後退了幾步，又剛好碰到一個椿子上，這不妳三嬸就感覺到肚子疼，等春草扶著她躺到床上，便直接暈了過去，下面也流出血來。我過去的時候，周氏正在罵鐵柱他們，而李氏則在為他們說情，根本就沒人擔心妳三嬸怎麼樣了？幸虧郎中來得及時，要不然今兒個能不能把人救活，那還真不好說！」姜五嬸邊搖頭邊嘆道。從沒見過這樣的婆婆，自家兒媳婦都快要流產了，她不忙著請郎中，只知道在那裡罵人，真不知道該怎麼說？

阿酒聽到張氏沒事，總算是放下心來，想著自己也就能幫上這一點小忙，如果張氏不是住在姜家老宅，她倒是想上門去看看張氏。

姜五嬸還得做晚飯，便急匆匆地走了。

阿酒雖然還有些擔心張氏，但想著就算自己擔心也幫不上忙，就把這件事放到了一邊。

卻不想第二天一大早，春草、春花就扶著張氏，來到他們的院子外面。

「三嬸，妳們怎麼來了？」阿酒驚訝地看著她們母女三人。

「阿酒，妳先讓我娘進去。」看著春草眼中的哀求，阿酒只得打開院門。

張氏的臉色不大好，眼睛下面黑黑的，顯然是一整個晚上都沒有睡好，走起路來也輕飄飄的，要不是春草姊妹倆扶著，只怕她是要倒下去了。

阿酒讓張氏躺在自己的床上，看著她虛弱地閉起了眼。

春草朝阿酒使了個眼色，阿酒什麼也沒問，去廚房裡煮了些白粥，讓春花哄著張氏吃下去，這才跟春草離開了房間。

「這到底是怎麼回事？」阿酒一臉不解地問道。

「阿酒姊，咱們在姜家老宅實在是住不下去了，沒辦法了，才會到你們這裡來。」春草邊說邊抹著眼淚。

原來李氏在粥裡放蟹肉想要害張氏沒有成功，竟又指使鐵柱他們去撞張氏。

昨晚姜老三一回到家，就去找姜老大理論。結果姜老大把鐵柱他們各打了一頓，然後說是無心的，讓兩兄弟跟張氏道個歉就完了。

周氏本來見張氏摔倒還有些擔心，結果一見鐵柱兩兄弟挨了打，頓時轉過頭，就罵張氏是個麻煩精，不在床上好好躺著，在外面亂跑才會變成這樣。

李氏更在一旁哭叫著說張氏冤枉她，還要帶著兩個孩子回娘家。

姜老三一個男人，面對如此偏心的娘和胡攪蠻纏的大嫂，以及冷眼旁觀的大哥，突然覺得這樣下去不是辦法，就再一次提出分家。

姜老大和李氏這些年一直把家裡的東西都當成是自己的，猛然見姜老三要分東西出去，怎麼願意？而周氏當然也不願意了，畢竟這姜老三一分出去，她就只能跟姜老大他們一家子一起住，對於李氏的為人，她是最清楚的，根本就靠不住。

周氏昨晚罵了一個晚上，大都是在罵張氏多事，挑撥她兩個兒子的感情，又罵姜老三沒有良心，大了就不管娘了，根本不管張氏昨兒個才受了刺激，需要好好休息。

早上起來，張氏感覺肚子又有些發疼，這可把她嚇壞了，她擔心再這樣下去，肚子裡的孩子就真的留不住了。於是她趁著姜老三去找村長過來分家的時候，讓兩個女兒扶著她，到阿酒家裡來。

阿酒聽完，對周氏是徹底無語。看來她最疼的還真只有姜老大了。

「妳爹這就確定要分家了？那你們之後打算住在哪裡？」按道理，他們就算分家了，還是能住在姜家老宅的，只是聽姜老三跟張氏的意思，是不想繼續住在那裡了。

「爹沒說，本來是想等娘生了孩子再分的，如今卻是等不得了。」春草一臉的擔心。

「昨天郎中怎麼說的？」阿酒關心地問道。

「郎中說，孩子雖然保住了，但如果再受到刺激，就算孩子生下來，以後也不知道會是什麼樣的。」春草哽咽道。

難怪姜老三一定要分家呢，以李氏的惡毒，只怕張氏在沒有生下孩子以前，還不知道要遭多少罪。

「阿酒姊，我先回去看看，我娘就煩勞妳幫忙照顧一下。」春草不放心地說道。

阿酒點了點頭，想著張氏對自家的幫助，她也拒絕不了。

張氏一直睡到中午才醒，醒來後精神好了很多，阿酒又給她煮了一碗肉粥。

她拉著阿酒的手說道：「阿酒，這次麻煩妳了，要不是沒有辦法，我也不會來找妳，可妳大伯母實在是太狠心了，居然一定要把我的孩兒弄掉。」

張氏邊說邊掉眼淚，委屈得不行。她本來以為懷上這個孩子，周氏會看重她一些，不再讓李氏作踐自己。如今看來，周氏根本不在乎自己的孩兒，這讓她傷心不已，也對周氏恨之入骨。

阿酒嘆了口氣。她看著張氏，就好像看到以前的林氏，總是被周氏罵、被李氏欺負，而林氏又是個內斂的女子，受了委屈也不願向別人傾訴，再加上姜老二木訥，想來也不會安慰人，種種情緒全都壓抑在心中，難怪林氏會早早離世。

「那三嬸你們是怎麼打算的？」阿酒憂心地問道。

張氏還是比林氏幸福的，起碼姜老三比姜老二有膽量，敢在自己媳婦受了委屈時，挺身而出。姜老二對林氏雖然好，但面對周氏時卻是膽怯且不敢爭取。

「現在只能等著看了，要是不能分家，我就回娘家去住，直到生下這個孩子。」張氏黯然說道。

「三叔肯定不會讓您受委屈的。」阿酒安慰道。

第十六章

阿酒讓春花陪著張氏，自己則是出了房間，卻見姜老二站在外面，見她出來，忙問道：「妳三嬸過來了？」

「嗯，她看起來不大好。」阿酒嘆了口氣。

姜老二有些緊張的看著阿酒，似乎想問什麼，卻又不知道該從哪裡問起？

阿酒看他的樣子就知道，雖然周氏寒了他的心，但他還是關心著姜家老宅裡的人。

「三叔打算分家，而阿奶可精神著呢。」阿酒並不想跟姜老二說太多關於姜家老宅的事，畢竟就算他知道了，也幫不上忙。

「分家？」姜老二明顯被嚇到了，不明白好端端的怎麼會鬧到要分家？

阿酒見他一副擔心的樣子，便說道：「您放心吧，他們自己能處理。」

姜老二還想問，但似乎看出阿酒並不想多說，也就不再問了，默默地回到酒坊。

而春草回去之後，一直到快吃晚飯才過來。

「春草，分家分好了？」阿酒見她臉上有種塵埃落定的表情，趕緊問道。

「嗯。」雖然家是分完了，結果卻是他們一家人面臨沒有房子住的困境。

見明明分完了家，春草的臉上卻沒有笑意，看來分家的結果不那麼如意，可阿酒沒再多問，畢竟這事她管不了。只見春草進了屋，想來是去跟張氏說分家的結果。

阿酒忙著弄晚飯，她多煮了些米，打算一會兒喊春草她們一起吃飯。剛弄好，外面院子的門又被敲響了，阿釀過去打開門，只見是從沒上門過的姜老三來了。

「阿釀，你爹在嗎？」姜老三有些尷尬地搓著手。

「三叔，爹在。」阿釀對姜老三倒是沒太多意見，不過也不見得有多熱情。

姜老三一進堂屋，就見二哥家的桌子上擺滿了菜，竟比姜家老宅的伙食還要好上幾分，看來二哥釀酒是真的賺了不少錢，難怪大哥會眼紅。

姜老二見姜老三來了，有些意外，更多的卻是歡喜。

「三弟，你怎麼來了？」姜老二笑著問道。

「二哥，我想找你商量一件事。」姜老三說完，臉上明顯有些不好意思。

「什麼事？你說吧。」姜老二一副洗耳恭聽的樣子。

阿酒跟阿曲對看了一眼。希望這姜老三不要像姜老大一樣不要臉，否則就算是看在張氏的面子上，阿酒也不會對他留情，她可不想剛剛平靜的日子又被他攪亂。

姜老三對姜老二使了個眼色，可惜姜老二根本沒有領會到，反倒是直愣愣地看著他，像是不明白他為什麼不說話？

他本來不想當著孩子的面說，只是看姜老二那樣子，並沒有要迴避的意思，只得無奈地說道：「是這樣的，我跟大哥分家了。大哥分了二十畝水田，還有十畝旱地給我，娘則是給了我五十兩銀子，但房子卻是一間也沒有，還讓我明天就搬走。」說完他看了一眼姜老二，又接著說：「二哥，自從決定要分家後，我就去看了地，也弄好了地基。如今我都跟村長說好了，就在你們前面那座山丘的另一頭，我打算蓋幾間屋子，只是這蓋房子呢，總需要時間，而我媳婦又有著身子，我就想著，能不能讓她跟幾個孩子在你們家先住著，等我那房子蓋好之後，再來把她們接過去？」

阿酒還真沒想到，周氏竟是這樣分的家，雖然姜老三分到的地跟銀子比起姜老二，並不算少，但以姜家的家產來說，那還真是不多。他們的水田就超過八十畝，更不要說旱地，而銀子就更不用說了。

姜老二抬起頭看著阿酒。如今家裡的事都是女兒說了算，這件事還得她同意才行。

姜老三忍不住看了二哥一眼，眼裡充滿不敢置信。難道說，二哥家裡是阿酒在當家？

「三叔，三嬸她們要是住在這裡，那您呢？」阿酒想了想，問道。

「我已經想好了，我就在那地基旁搭一個茅草屋，這樣蓋房子的時候，我人就住在旁邊，也方便些。」姜老三說出自己的打算。

阿酒想著，天氣越來越冷了，要是讓張氏跟著姜老三住那臨時搭起來的屋子，只怕到時她肚子裡的孩子，就真活不下來了。看在張氏待他們一家不薄的分上，就幫他一個忙吧。

「那行，就讓三嬸跟兩個妹妹住在這吧。」阿酒點了點頭。

姜老三見阿酒答應了，吊起來的心終於放下。誰叫以前在大哥對二哥不好的時候，自己一直都冷眼旁觀，現在卻又開口要求二哥幫自己，這心裡還真不是滋味。

姜老三被留下來吃晚飯，吃完後，就帶著春草先回姜家老宅去了，他們要先把留在老宅的東西打包好，明日就要全都搬出來。

張氏自從知道分了家，臉色就好了許多，雖然分到的東西不多，但只要他們夫婦倆勤勞一些，總比待在姜家老宅強。在老宅的時候，就算是想吃好一點也不行，錢都是握在周氏的手裡，如果想藏私房錢，又有李氏在一旁盯著，根本藏不住。

如今可好，以後自己想做什麼就做什麼，要是肚子裡的這個孩兒是兒子，那就更好了。張氏摸了摸肚子，愉快地期待著往後的日子。

隔天，阿酒整理出一個房間來，讓張氏跟春草兩姊妹住。

就這樣，張氏在阿酒家住下來，春草、春花除了每日會去幫姜老三做好午、晚飯，再來就是都在家裡幫著阿酒做家務，這讓阿酒一下子就閒了下來。

張氏的女紅很好，那繡的花可是栩栩如生，阿酒就趁這機會跟她學了起來。

阿酒不講究繡得有多好看，只要能學會基本的就行，只是她似乎沒有這方面的天賦，一朵小花學了好久都沒有學會。

又過去了一些日子，直到錢掌櫃跟著那取酒的馬車到家裡來時，阿酒才發覺自己挺久沒去鎮上了。

「錢叔，今兒個怎麼來了？」阿酒跟錢掌櫃打交道多了，說話也就隨意許多。

「阿酒，妳這丫頭，這些日子怎麼不出來了？我家少爺昨天來鎮上了呢。」錢掌櫃笑著看向阿酒。

「行，我這就跟錢叔過去。」阿酒知道肯定是謝少東家有事找她。

天氣越來越冷，阿酒雖然坐在馬車上，卻還是感覺那寒風凜冽，要不是謝少東家找她，她還真不想來鎮上，反正家裡如果需要什麼，讓阿爹買回來就行。

到了地方，阿酒朝手裡呼了口熱氣後，這才跟著錢掌櫃進了酒肆。只見謝承文坐在椅子上，似乎遇到了什麼事，眉頭緊皺著。

「謝少東家。」阿酒和謝承文不熟，不敢亂說話，於是朝他行了禮之後，就站在原地，不知道他特意找自己來有什麼事？

「阿酒小娘子，妳坐。」謝承文抬起頭看了眼阿酒，只見她似乎又長高了些，而且眉目也長開了，變得更加好看。

阿酒也沒有客氣，就在椅子上坐了下來，這屋子裡似乎點了火爐，熱呼呼的，讓她覺得舒服多了。

「妳在釀新酒？」過了一會兒，謝承文忽然問道。

「少東家，您聽誰說的？」阿酒很是疑惑，他怎麼知道她在釀新酒？她並沒有跟誰說過啊。「確實有這麼一回事，只是沒有釀成……」

似乎明白她心裡的疑惑，謝承文解釋道：「上次我來鎮上的時候，碰到妳爹，看到他在買糧食，我猜的。」

阿酒有些詫異他的細心，不過還是不明白他的心思。

也不知道他在想什麼，又過了好一會兒，才聽到他的說話聲。「妳上次說，過了年能夠加大烈酒的產量，一次大約能出多少罈？」

「謝少東家想要多少？」阿酒其實也不知道村裡別的酒坊能產出多少酒，所以她心中根本沒個底。

「一天能不能產五百罈？」謝承文報了個保守的數字。

這麼多？阿酒不由得張大了嘴。他們現在一天也就產二十罈左右。

「就按這個量，妳去準備吧，不過價格卻要調整一下，一兩銀子一罈。」謝承文下了決心，當然就要爭取最大利益化。

阿酒不由得暗罵他真是奸商，這一下就降了半兩銀子，雖然她還是有錢賺，但賺得也太少了吧。

「不成，最少也要一兩三。」做生意總是這樣的，都需要討價還價。

「一兩一，以後妳家釀的新酒我也全要了。」謝承文坐直了，雙眼盯著阿酒。

狐狸！阿酒在心裡暗罵道。不過，她如果釀成了新酒，卻不一定要賣給他，雖然這樣想，但阿酒卻不敢說出來，誰讓他們家沒有靠山呢。

「一兩二，最少了。謝少東家，您是做大生意的，咱們這賺的都是辛苦錢，您總要給一些甜頭啊。」阿酒給出自己的底限。

謝承文看著不肯退讓的阿酒，特別是那一雙靈活又會說話的雙眸注視著他，竟讓人再也說不出拒絕的話。

「行，就一兩二，只是以後妳釀出來的酒，都只能賣給咱們謝家。」謝承文最後還是同意了，不過卻還有附加的條件。

反正阿酒也只對釀酒有興趣，懶得自己開店做生意，如果謝承文能像現在這樣給個好價錢，全賣給他也無妨。

兩人簽了文書。本來阿酒是準備年後再叫村民一起釀的，可謝承文卻想要趁現在這寒冷的天氣大賺一筆，就讓阿酒越早準備越好。

阿酒見謝承文給的條件不錯，她打算把蒸酒的方法教給那幾戶釀酒的人家，然後自己以八百文一罈收回來，這樣一罈就能夠賺四百文，也不少了，還不會太累。

現在阿酒最擔心的是，如果真教會了村裡的人，這方法就容易流傳出去；而一旦流出去，謝家肯定也會知道，那以後他們根本就不需要從她手裡買酒了。

看來還是要找村長商量一下，看能不能找到什麼方法杜絕外流？當然，根本的解決之道，還是要加快釀製新酒的速度，那才是她以後的依靠。

阿酒回到家後，先將要做的事情都寫了下來，然後把姜老二跟姜五請到屋裡，再將她從謝少東家那裡得來的消息跟他們說了。

「這是好事。」姜五開心不已，想著這樣一來，能替酒坊賺進不少銀子。

「姜五叔，如果這件事能成，以後在村裡收酒的任務就交給您，不過您一定要好好確認酒的濃度，可不能淡了。另外，往後的工錢我就按一個月十五兩銀子付給您。」阿酒想著自己以後還有很多地方要依靠他，而且這件事交給他最適合，自家阿爹還是幫忙管著酒坊吧。

姜五聽了渾身一震。一個月十五兩，這可比外面大掌櫃的工錢還要高了，頓時他看向阿酒的眼光也越加恭敬了。

「工錢會不會太多了？」姜五不好意思拿那麼多，不禁低聲說道。

阿酒擺了擺手。「姜五叔，這工錢高，要操心的事就多，對別家送來的酒，您一定要仔細檢查，千萬不能馬虎。還有最重要的一點，就是一定要注意保密。」

姜五當然明白保密的重要性，他朝阿酒重重地點了點頭。

阿酒又跟姜五商量了村裡哪些人家可靠，還有該怎麼跟村長商量，以及往後的酒該怎麼回收等等，都討論完了，阿酒這才放姜五離開。

「阿酒……」姜老二擔心地看著她。

「爹，沒事的，想來為了利益，他們也不會輕易洩漏蒸酒的方法，等日子久了，就算是真洩漏了，咱們也賺夠了。」阿酒安慰道。

姜老二知道現在只能這樣了，誰叫他們家勢單力薄，就連自家人都欺負，如果不讓些利益出去，到時都不知道會發生什麼事？

這些日子他也聽姜五說了，村裡已經有幾戶釀酒的人家，都悄悄地找過大棗跟大江他們，幸虧他們都不是忘恩之人。

阿酒跟姜老二一起來到村長家，只見村長笑呵呵地看著阿酒。

「村長爺爺，前段時間跟您商量的事可以提前開始了，您看如何？」阿酒直接切入主題道。

「好呀、好呀。」村長聽了，習慣性地摸了摸那幾根鬍子。

「村長爺爺，您看找哪幾家來一起釀酒比較適合？還有，該怎麼做才能保證這方子不會被洩漏出去？」阿酒趕緊問道。

最後村長說了幾戶家人，其中一家就是他弟弟，姜安邦。

姜安邦家裡的酒坊在村子裡算得上是數一數二的，光是工人就請了二十個。只是他們家釀的是普通的酒，說起來利潤不算高，如今有這樣的機會，姜安國當然不會忘記他弟弟；再說了，他弟弟也是個可靠的人。

阿酒見村長提的，都是姜五跟姜老二認為可靠的那幾家，就知道村長雖然有點私心，但還是挺公正的。

至於如何防止方子外流的這個問題，村長說，這件事就交給他處理，阿酒見村長打了包票，也就放心多了。

村長的辦事效率很快，第二天，幾個酒坊東家就被請來村長家。

當那些東家們聽完村長說的事，都笑得樂開懷，有種出門被錢砸到的感覺。

他們的酒坊平時雖然能賺錢，可那也只是比種田好一點，眼看著姜老二家釀酒沒多久，就還完了債，還請了人，而且出的工錢還比一般人家高，說他們不羨慕，那是不可能的。

他們雖然羨慕，卻也沒什麼壞心眼，畢竟這是人家用自己的方子賺來的錢，卻沒想到姜老二會願意交出這方子，讓他們一起賺大錢，這太讓人意外了。

阿酒見他們的興致都很高，就把要加入的條件說了。

一，就是用這方子釀出來的酒，只能賣給他們家的酒坊，他們會按每罈八百文的價格收，當然這只是現在的價格，以後可能會再作調整。

二，就是一定要保證不能將這個方子洩漏出去。

聽完阿酒的要求，大家都明白這些要求很合理，便都點了點頭。唯一讓他們沒想到的是，一罈酒竟能賣上那麼高的價錢，比起他們釀的酒只能賣八十文到一百文，這可足足高了八倍以上。

阿酒說完條件就不再說話，接下來都交給村長跟姜五去處理。至於保密一事，也不知道村長跟他們說了什麼，反正他們沒什麼意見地簽下了文書。

第十七章

阿酒按照村裡每一家酒坊的大小，讓姜老二去鎮上訂製蒸爐回來，然後再分配給各家酒坊。他們幾家蒸酒其實比阿酒家還要方便，畢竟他們自己就有在釀酒，只需要加一道工序就行，根本不用去別家買酒回來。

很快地，這次加入的五家就有四家出酒了，而且酒的濃度都達到要求，只有一家不知道是哪裡出了錯，濃度沒有控制好，阿酒只得讓姜老二親自去盯著，直到教會為止。

村裡的人都知道阿酒教會村裡的人釀酒，讓他們都賺了錢，而且在酒坊做工的人也都漲了工錢，這讓那些家裡釀酒，或在酒坊裡工作的人都樂開懷，也讓那些沒受到實惠的人有些眼紅。

李氏跟周氏聽到這個消息的時候，氣得嘴都快歪了，特別是李氏，她似乎感覺到那白花花的銀子從手中流掉了。

「你到底想到辦法了沒？」李氏不滿地看著姜老大。

「行了，婦道人家不要管外面的事。」姜老大心裡也不好受，他怎麼也沒想到，自己最看不起的弟弟，現在的日子竟過得比他不知道要好上多少。特別是姜老三，現在也跟姜老二走得近了，竟把自己一個排擠在外。

姜老三蓋的房子都是青磚的，而且一下子就建了兩進的屋子，就光靠分給他的那五十兩銀子哪裡夠？老二肯定是給了老三錢，而且老三媳婦跟兩個孩子還住在老二家，這讓姜老大如何不妒忌？

日子一天天過去，謝家現在每天都會派兩輛馬車，到姜家接酒。

一到結帳的日子，阿酒就會把帳算好，將該分給各家酒坊的銀錢分好之後，讓姜五送過去給各家。

阿酒看著手中的幾百兩銀子，感覺這錢來得真是有些快，這是在她剛來到這個時代的時候，完全不敢想像的。

阿酒忙把銀票收進一個青花罈子裡，然後塞進了床底下。這是她的藏錢處，而房契她則是放在另外一個地方。

天氣冷了，天一黑，村裡基本就沒有人在走動，阿酒也是早早地躺在被窩裡，跟春花閒聊幾句，就迷迷糊糊有了睡意。

半夜的時候，姜家院子裡忽然響起金磚的狂叫聲，把姜老二一家子都吵醒了。

「這是怎麼回事？」阿酒披著衣裳跑到外面，只見金磚朝酒坊的方向叫個不停。

阿酒的臉色一白。難道有人跑到酒坊裡去了？

姜老二已經把屋裡看過一遍，並沒發現什麼不妥，見阿酒站在外面，就安慰道：「沒事了，天氣冷，快回去睡吧。」

「爹，咱們去酒坊看看。」阿酒不安地說道。

這時阿曲他們也起來了，姜老二提起燈，他們一家子就一起朝酒坊走去。

「啊……怎麼會這樣？」阿曲眼尖地發現，酒坊的門竟然被撬開了，這讓他有了不好的預感。

阿酒隨著阿曲的叫聲看過去，意識到只怕有歹人光顧酒坊了。

「天殺的，到底是誰弄的？」姜老二看著一個個倒在地上的酒罈子，從來不罵人的他看到這樣的景象，都忍不住開罵了。

阿酒對這些酒倒是不在意，而是想著，這賊人來到酒坊的目的是什麼？一般的小偷肯定不會跑到酒坊來，只會進屋子去偷。

阿酒跑到蒸爐前，發現果然少了一個，看來這賊人並不是只有一個，肯定還有同夥，要不然一個人是搬不動的。

「阿酒，該怎麼辦才好？」姜老二看到蒸爐少了一個，也明白是怎麼回事了。

「沒事，那東西人家偷了也沒用。」阿酒心中雖然有些擔憂，卻還是安慰道。

姜老二只是不愛說話，但也不是蠢的，知道這件事絕對沒有阿酒說得那麼簡單。自己都蒸了這麼久的酒，當然知道那並不是件多難的事。

阿酒一臉怒氣地回到屋裡，春花也早就醒來，只是不敢一個人出去，現在見她回來了，忙問道：「阿酒姊，發生什麼事了？」

「沒事，睡吧。」阿酒並不想多說。

蒸爐不見了，不知道拿走蒸爐的賊人會不會琢磨出該怎麼蒸酒？在這古代生活久了，她一點也不敢小看古代人的智慧，他們並不比前世的人笨，只是被客觀因素給制約了。

春花見她不願意說，也不敢再問，兩人無言地躺在床上。

第二天，姜老二家的酒坊遭賊一事，就在村裡傳得沸沸揚揚了。

村長及幾家酒坊的人都過來打探消息，特別是村長，氣得臉上的青筋都爆了出來。

自從他當村長以來，這村裡雖然有些小爭吵，卻還沒有誰家被偷竊過，畢竟這個時代對小偷的處罰是很嚴厲的，小則鞭杖，大則砍頭，沒想到卻仍出了這樣的事，而且很明顯，這賊人是衝著阿酒家那釀酒的方子去的。

村長進酒坊看了看，卻根本無法找出那個賊人留下的蹤跡。

阿酒也知道，古代不像現代，這賊人入室偷竊，卻沒有丟失貴重的東西，衙門根本不會管的。

「到底是誰做的？」等看熱鬧的人走了，阿酒跟張氏他們一起坐在院子裡，忍不住猜測道。

「不會是那裡面的人吧……」張氏朝姜家老宅的方向看了看。

阿酒心裡一動。難道會是姜老大？上次他收買大江叔不成，現在就來偷？可就算是懷疑姜老大也沒有用，又沒抓到人，更沒有證據。

從這次以後，姜老二便睡到酒坊裡，以防再有賊人闖入。

姜老三家的屋子終於蓋好，兩進共八間的青磚屋，比阿酒他們家的氣派多了。

在姜老三請村裡的人吃入伙飯的那天，周氏帶著姜老大一家子都來了。

姜老三他們蓋房子的時候，姜老大一天也沒來過，更不用說幫忙，沒想到這白吃的時候卻好意思來了。

阿酒見周氏他們來了，忙躲在廚房裡，不想見他們，只是沒想到就算躲在這廚房裡，還是能聽到李氏那討厭的聲音。

「娘，我就說吧，這老三他們不老實，藏了不少私房錢。您看看，這樣好的房子，五十兩能建得起來？他們不用吃、不用穿了？」

「我真的是白心疼老三了，肯定是張氏那賤人不知道瞞著我藏了多少錢。」周氏點點頭附和道。

「娘……」李氏放低了音量，聽不到她後來又說了些什麼，看來肯定是在出什麼鬼主意。

阿酒朝春草看了一眼，只見春草的眼中充滿恨意地說：「我要去跟娘說。」

她沒有攔著。讓張氏有個心理準備也好，畢竟李氏的心狠手辣，張氏在老宅時已經深有體會。

吃飯的時候，周氏跟李氏又發揮了餓死鬼的架式，一桌子的葷菜全進了他們一家人的碗裡。雖然那碗裡已經堆得滿滿的，他們卻還不斷地從桌上挾菜。

吃完飯，村裡的人都陸陸續續地離開了。阿酒跟春草對看一眼，見周氏竟然沒有鬧起來，這讓她們覺得有些詫異，這太不像周氏的行事風格了。

阿酒見沒事，本來準備回去了，沒想到就在此時，突然傳來周氏的咒罵聲。

「你這不孝子，竟然連老娘的話都不聽了，我真是白疼你了！以前還以為你是個好的，結果卻私底下藏了錢，如今才分家，就露出馬腳來了吧？趕緊給我拿十兩銀子來！」

「娘，咱們哪有藏錢啊？蓋這棟房子之前，我還跟二哥借了二十兩呢，我媳婦的嫁妝也全都拿出來用了。大哥住著那麼大一個院子，分家時您也不分幾間給咱們，讓咱們分了家之後，馬上連住的地方都沒有了。如今我這房子才蓋好，銀錢都散了出去，您就要我拿銀子孝敬，哪有您這樣當娘的？」姜老三氣瘋了，以前他還不覺得，現在才知道自己這個娘真是狠心，認錢不認人。

「不就是十兩銀子嗎？」李氏小聲嘀咕道。

「大嫂，肯定是妳在娘面前胡亂說話吧？不就是十兩銀子，那你們有孝敬嗎？」姜老三的眼裡充滿血絲，恨不得一拳揮在李氏的臉上。

「你給還是不給？」周氏強硬地問道。

「沒錢給！才分家不到兩個月，我哪有錢？而且當時分家就已經說好，一年孝敬您五兩銀子、四季衣裳，我憑啥現在給？」姜老三不是姜老二，沒那麼好說話。

周氏見姜老三這種態度，立刻躺在地上大哭起來，邊哭邊罵。

一旁的張氏挺著個大肚子，忙了一天本就有些累，沒想到剛坐下，周氏就鬧開來。她又急又氣，只覺得心跳得厲害，下腹甚至有疼痛的感覺，這讓她有了不好的預感，果然不一會兒，就有水自身下流出來。
姜老三正與周氏對峙著，根本無暇去理張氏。
阿酒實在不想看周氏那醜陋的嘴臉，正打算轉身往外走，卻發現一旁的張氏臉色慘白地坐在地上。
「三嬸，妳這是怎麼了？」阿酒意識到不好，大聲叫了起來。
張氏這些日子住在他們家，教會阿酒很多東西，阿酒對她也越來越有好感，如今看她疼成這個樣子，不禁心疼起來。
聽到阿酒的叫喊，張氏有些無力地說道：「只怕是要生了。」
阿酒一驚。這離生產的日期可還有一段時間，這是早產了，再想想古代的醫療條件，很多女人就是死在生孩子上，她頓時有些慌了。
「三叔、三叔，三嬸要生了！」阿酒恐懼地大叫道。
「這是怎麼了？孩子他娘，妳一定要堅持住。」姜老三看著張氏從褲子流出來的血，臉色變得慘白，大聲叫道。
阿酒有些脫力地退到一邊，姜五嬸趕緊上前拉著她的手。「快叫妳爹去請穩婆過來。」
對哦，古代生孩子都是由穩婆接生的。
阿酒跑到屋外，找到姜老二後，就讓他快點去請穩婆，又讓阿曲去把大夫也請來，這樣保障一些，誰知道會不會出意外呢？
阿酒再次進屋時，只見姜老三無神地坐在外間，裡屋傳來張氏痛苦的叫聲，春草和春花兩姊妹也焦急地站在那裡，不知所措。

「三嬸怎麼樣了？裡面有誰在？」阿酒趕緊上前問道。

「姜五嬸在裡面呢。阿酒姊，娘流了好多血，怎麼辦？」春花哭著問道。

「阿酒，快點去燒些開水；春草，妳去拿些乾淨的布來。」姜五嬸從裡屋走出來，那手上全是血。

「好、好。」阿酒拉著春草和春花來到廚房。「春花，妳燒水；春草，妳去把妳娘準備好的布全拿出來。」

六神無主的兩姊妹聽了阿酒的安排，總算冷靜不少，阿酒見她們不再慌亂，就又來到外屋等著，怕還有什麼要準備的。

聽見張氏那壓抑而痛苦的叫聲，她只覺得膽戰心驚。前世看那些電視裡的女人生孩子，總覺得有些誇張，真到自己親自遇見，才知道相比起來根本是小巫見大巫。

「來了、來了。」姜老二拉著一個中年婦人跑了過來，只見兩人臉上全都是汗，想來是一路跑過來的。

「先打熱水。」那婦人把自己帶來的一個包袱放在旁邊，喘了口氣說道。

阿酒忙去打了一盆熱水，端了過來。

婦人把自己的手在熱水中仔仔細細地洗了個遍，然後打開包袱，拿出一對像是手套的東西套在手上，這才進了裡屋。

很快姜五嬸就出來了。「去準備大量的熱水來。」

姜老三這時才回過神，聽見姜五嬸的話，猛地站起來朝外面走去，很快就提了一大桶熱水過來。

姜五嬸把熱水提了進去，裡面不斷傳來張氏一陣陣的叫聲，聽得阿酒心慌慌的。

不知道過了多久，張氏竭力地叫了幾聲，之後便傳來嬰兒小小的哭泣聲。

「生了、生了。」阿酒動了動自己有些僵硬的脖子。終於生了。她轉身就見春草和春花的手緊握在一起，想來她們是擔心壞了吧。

過了一會兒，姜五嬸抱著一個小小的孩子出來，姜老三一步就跨到她面前。「孩子的娘沒事吧？」

阿酒沒想到姜老三竟不是先看孩子，而是先問張氏的情況，看來他這個人還不錯，起碼是個好丈夫。

「有驚無險。你看看吧，是個男孩，只是小了點。」姜五嬸笑著回道。

姜老三這才接過孩子，臉上歡喜的表情一覽無遺，春草她們也是高興地跑過去看弟弟。

阿酒湊了過去，只見那小小的人頭上還有一些血跡，閉著的眼看起來似乎睡得很香，皮膚紅紅的、頭還是長長的，而且瘦瘦小小，與印象中的小娃兒區別有些大。

「阿姊，弟弟怎麼這麼醜？」春花不由得說道。

「剛生下來的孩子是這樣的，等過幾天就好了。」姜五嬸笑著說道，便又轉身進去裡屋。

這一天，姜老三的孩子洗三，阿酒見那孩子身上已經乾乾淨淨，眼睛也睜開了，雖然這時他還看不清，但那眼睛卻圓溜溜地轉個不停。

「春草，妳爹沒有去叫阿奶他們嗎？」到開飯的時候，還沒有見到周氏，阿酒不禁低聲問道。

這時候的家族觀念重，哪怕像周氏那樣胡鬧，姜老二和姜老三他們也不敢不認自己的娘，而像這樣的大日子，周氏他們都應該要在的。

「叫了，但阿奶說如果爹不給她十兩銀子，她就不上門來。」春草說完，不由得撇了撇嘴。

阿酒聽了，對周氏又有新的認識。她那不只是偏心了，根本就是不講理。

第十八章

村裡產的蒸餾酒越來越多，謝家每天運酒的馬車都要跑好幾趟。阿酒正跟姜五一起抽查收回來的酒，看看有沒有不合格的，就見謝家的馬車已經駛了進來。

「今天怎麼這麼早？」姜五疑惑道，不過還是很快地放下手邊的活，朝馬車走去。

阿酒沒有過去，繼續忙碌著，她根本沒注意到從馬車裡下來的，除了平時來收酒的阿良之外，謝承文也來了。

「姜五叔，這是咱們少東家。」阿良跟姜五介紹著自家少爺。

姜五見阿酒沒注意到少東家來了，忙對著謝承文說道：「小的姜五，少東家是來找阿酒的吧？我這就去喊她過來。」

謝承文一下馬車就看到了阿酒，只見她穿著一件粉色的棉衣，襯得那白皙的皮膚更加粉嫩，她的手裡拿著筆，正在清點那些酒罈子，專注而認真。

幾縷陽光透過樹葉，灑在她的身上，那畫面看起來寧靜而溫馨，頓時讓他那原本浮躁的心，很快地平靜下來。

只見姜五走到阿酒面前，低低說了幾句話，她便馬上抬起頭朝他看了過來。隔著那麼遠他都能感受到她的驚詫，她那充滿靈氣的眼睛頓時彎起，像一輪月牙兒。

「少東家，今日怎麼有空光臨寒舍？」阿酒壓根兒沒想到謝承文會來。

「沒事就過來看看了，看來妳挺忙的啊。」隨著她的靠近，一股特殊的香氣慢慢飄了過來。與一般小娘子所用的胭脂水粉不同，那淡雅的少女香中帶著酒香，讓人不禁沈醉其中。

「還好，有姜五叔幫我，我還挺輕鬆的。」阿酒一邊回他，一邊示意姜五，讓他去叫姜老二回來，畢竟對方是個男客。

阿酒對他的態度不失熱情，卻與他保持著距離，領著他走進院子。

謝承文隨意打量起院子來。這是個典型的農家院子，有幾間土磚屋，院子左側被整理成菜地，菜地裡綠油油的，種滿了蘿蔔和白菜，還有幾隻雞悠閒地在那裡抓蟲吃，偶爾也啄上幾片菜葉，但似乎無人管牠們。忽然間，一隻全身都是黃毛的小狗跑了過去，惹得那些雞咯咯地跑開來。院子右側則放滿了酒罈子，前方不遠處還有一間小小的酒坊，從那裡頭冒出陣陣酒香，想來她家的酒都是在那裡釀出來的吧。

「少東家，請坐吧。」阿酒指著院子中間的石桌道。

謝承文朝那石桌看了過去，小小的石桌上面鋪著一塊碎花布，而那些石凳上也都放了一個個像是枕頭般四四方方的墊子，看起來很是雅致。謝承文坐在墊子上，只覺得特別柔軟，一點也感覺不到石凳傳來的涼意。

「少東家，您來了。」姜老二有些拘束地站在謝承文面前，兩手不由得搓在一起。

謝承文的目光從姜老二的身上移到阿酒身上，他不敢相信這樣一個老實的男人，居然能養出這麼一個精明能幹的女兒。

「爹，您陪陪少東家，我去倒茶。」阿酒忙說道。男女有別，雖然在村子裡不是那麼講究，但該注意的時候還是要注意，要不傳出去，那名聲就難聽了。阿酒雖不是特別在乎，但既然來到這裡，就得遵守這裡的規矩。

溪石村雖然每家都喝茶，但茶葉都是自己家種的，味道很一般。阿酒想著，那謝承文一定吃不慣，就泡了自己做的菊花茶。小小的花苞在熱水的浸泡下，慢慢地綻放開來，在那白色的茶杯裡飄著，別有一番風味。

謝承文客氣地接過阿酒遞來的茶杯，並不打算喝，他現在不渴；再說，一般的茶他也喝不慣，接過來只是不想讓她難堪而已。不過等看到茶杯裡那一朵菊花時，他才發現，這杯茶看起來竟一點也不比家裡那些昂貴的花茶失色，而且似乎更增添了幾分野味。

謝承文輕輕地喝了一小口，一股菊花的清香馬上在舌間散開，他再一次把目光放在這個鄉下女子的身上，只覺得她似乎跟這菊花一樣，淡雅中自有一股特別的氣質，明明沒有牡丹的富貴、梅花的高傲，卻讓他無法忽視她。

不知為什麼，明明來之前，他有著滿腔的壞情緒，可竟在這個農家小院裡平復了下來。

阿酒見謝承文似乎沒有立即要走的意思，正想著該弄什麼菜來招待這位貴客？

「少爺，酒裝好了，咱們要回去了嗎？」阿良跟姜五一起把酒罈擺好之後，就見少東家悠閒地坐在那裡，不時地喝上一口茶，少東家在出發之前的那一股鬱悶之氣，看起來竟是一點也沒有了，他心裡不由得鬆了一口氣。

謝承文看了阿良一眼，然後對他說道：「你先回鎮上，等下午再來接我。」

阿良不禁驚訝地張大了嘴，卻什麼也沒有說，只是彎身點頭，便駕著馬車離開了。

阿酒聽到馬車漸行漸遠，走了出來，她以為謝承文也離開了，這樣她就不用想著要弄些什麼菜來招待他。結果一出來，就見他還坐在那石桌前，不過他面前站的不是姜老二，而是換成阿曲了。

最後阿酒絞盡腦汁，總算是把飯菜做好了。

香噴噴的蘑菇炒雞肉，以及看起來就讓人食慾滿滿的剁椒魚頭，還有讓人流口水的酸菜燉魚尾，再加上雪白的骨頭蘿蔔湯，最後還有一盤酸溜小白菜。

對於謝承文來說，這些飯菜可能算是簡陋，但在農家來說，已經很豐富了。

謝承文在阿曲的陪伴下走進堂屋，見桌面上那些散發著香氣的菜，不禁露出微笑。

「粗茶淡飯，不知道少東家能不能吃得習慣？」阿酒見他臉上沒有什麼嫌棄的表情，有些忐忑的心總算是放了下來。

只見姜老二還特地去把村長請過來作陪客，阿曲也把姜五叫了進來。阿酒讓阿曲去拿一小罈酒放在桌子上，然後她就退了出來，不打算跟男客一起吃飯。

謝承文在村長刻意的討好，還有姜五圓滑的交談中，基本把阿酒這些日子的所作所為都弄清楚了。

「吃菜、吃菜。」嘴拙的姜老二內心為自己的女兒感到驕傲，無奈卻說不出多少好聽的話，只得提醒客人們多吃些菜，讓他們知道女兒的廚藝也是很不錯的。

謝承文平時在家吃的菜，都是廚子精心烹調的，每一樣食材也都是精挑細選。再看看桌上這些菜，可能還比不上自己家僕人吃的，可他吃在嘴裡，卻覺得比任何時候吃得都香，他在這些菜裡，能吃出溫暖的味道。

吃完了飯，謝承文在阿曲和阿釀的陪同下去村子裡轉悠，竟一點也沒有要回鎮上的打算。阿酒不知道他到底在想些什麼，乾脆不管他了。

阿酒心血來潮地想起前些日子釀的酒，便拿了出來放在石桌上，卻是半天也不敢打開。

「阿酒，妳家來客人了？」阿美的聲音在外面響起，接著就是她輕快的腳步聲。「這是妳釀的酒？」她看見桌上的酒罈子，不等阿酒反應就拿了過來，伸手便打開。

「阿美。」一個溫柔又悅耳的聲音響起，那聲音裡明顯有著不贊成。

阿酒這才注意到，跟著阿美一起進來的還有一個小娘子，明顯不是村裡的，她的打扮比村裡的小娘子更加好看。只見小娘子穿著一件淺粉色上衣，下面是一條月白色湘妃裙，上頭還繡著蓮花，腳下踩著一雙精緻小巧的繡花鞋，頭上梳著雙丫髻，髻上簪著的兩隻金色小蝴蝶栩栩如生，隨著她的動作顫動著。

阿美聽見小娘子的叫喚，手中的動作停了停，然後看了一眼阿酒。「表姊，沒關係，阿酒才不是那麼小氣的人。」

阿酒聽見這話，不禁失笑，而那小娘子則是抱歉地看了阿酒一眼。

「阿酒，這就是妳釀的酒？」阿美一下子就揭開蓋子。

阿酒猛地站起來，情緒有些激動。這次的酒明顯沒有了上次的酸味，卻也沒有那種大麴芬香的味道，難道又失敗了？她的臉色不由得白了幾分，而阿美似乎沒有注意到，只是拿起身邊的碗，倒出一小碗酒來。

「味道比一般的酒要烈上幾分，但是有些澀。阿酒，妳釀的是什麼酒？」阿美喝了一口之後，評價道。

阿酒的臉色稍稍恢復一些。這麼說來雖然沒有成功，但比起上次釀的要好了？

她忙倒了些酒，小心地嚐了起來。正如阿美所說，這酒比普通的酒濃度要高，喝在嘴裡有些辣，隨之而來卻有些澀，根本沒有阿酒想要的那種細膩和清爽，而且酒的色澤明顯有些濁，不夠清澈。

阿酒很是失望地看著手中的酒。又失敗了……到底是哪裡出了錯呢？明明她每一步都很小心，難道是原料的問題？

阿美被她表姊輕輕拉了一下後，總算是後知後覺地發現阿酒的不對勁。「阿酒，妳不要難過，雖然我不知道妳想釀什麼樣的酒，不過這酒比起外面賣的，已經要好上許多了。」

阿酒還在想著自己到底是哪裡出了錯，也沒注意阿美說了什麼。

阿美急了，想起阿酒上次因為那酒沒有釀成，她就像變了個人似的，難道這次又會像上次一樣？

「阿酒，我跟妳說，妳釀的這個酒已經很不錯了。阿酒，妳有沒有聽到我說話？」阿美使勁拉了阿酒一把，然後急促地說道。

阿酒回過神來，看著阿美充滿擔心的眼神，朝她笑了笑。「放心，我沒事，我剛才只是在想到底是哪裡沒到位，謝謝妳了。」

阿美這才拍了拍自己的胸口。「嚇死我了，我以為妳又會像上次一樣，動不動就出神，做啥事都提不起勁來……」

阿酒看著她那誇張的動作，不由得噗嗤一聲笑了出來，心中那一點鬱悶，也被她的關心給帶走了。有一個真心為自己著想的朋友真好。

「對了，阿酒，這是我表姊雅婧。表姊，這就是我跟妳常提起的阿酒。」阿美這才想起來還沒為她們介紹彼此呢。

雅婧朝阿酒笑了笑，她的笑容淡淡的，恰如其分，像是經過訓練一樣，不像阿美笑得那樣張揚，難道這就是古代所謂的大家閨秀？

阿酒也朝她笑著點了點頭，然後把酒罈子收起來，進屋端了兩杯茶出來，還拿了從鎮上買來的糕點招待她們。

三人圍著桌子坐定，雅婧就如她的名字一樣，坐在那裡都讓人覺得雅致，一舉一動就如同畫中人一樣，這還是阿酒頭一次看到這麼講究的小娘子，不由得多看了她幾眼。

阿美卻根本不管她們，伸手抓了一塊糕點便塞進嘴裡，然後對阿酒說道：「妳去鎮上了？這糕點沒有妳做的那個綠豆餅好吃。」

雅婧看著阿美大剌剌的動作，那修得秀氣整齊的眉不由得皺了下，然後從衣袖裡拿出一塊潔白的帕子擦了擦手，這才拿起一塊糕點慢慢地品嚐起來。

雅婧的動作優雅，但阿酒卻更喜歡像阿美這樣讓人放鬆的女孩。再說，在一個農家小院，卻把大家閨秀的那一套擺出來，本就顯得格格不入。

三個人的性格雖不同，倒也不影響她們的相處。雖然雅婧講究了些，但並沒有要求別人非要按她的習慣行事，這可能就是阿美明明跟她不是一個世界的人，卻還能合得來的原因。

「阿酒，等過了年，咱們一起去松靈府吧，那裡能看到好多漂亮的煙火。」阿美又丟了一塊糕點到嘴裡，然後眼睛閃亮亮地說道。

「是呀，到時候妳跟阿美一起來，我再去訂一個包間，這樣咱們就可以坐在酒樓看煙火了，還可以猜字謎。」雅婧等吃完了糕點，用帕子擦一擦嘴，然後才秀聲秀氣地說道。

阿酒聽了心中一動。一直以來她都是待在村裡，最遠也就去了鎮上，還真不知道松靈府是什麼樣子，有機會去看看也不錯。

「現在還說不準，等到時候再說吧。」她是想去，但畢竟離過年還有些日子，誰也不知道會不會有變故發生？

阿美還想勸她，雅婧卻說道：「行，等妳們確定了，給我來個信就好。」

越相處，阿酒越覺得雅婧是個通透的人兒，她不會讓妳感到為難，似乎總能明白妳心底在想什麼，要不是兩家的差距太大，阿酒都想交她這個朋友了。

這時候，只見謝承文回來了，阿曲不知道在和他說些什麼，他居然笑了開來，本來有些冷漠的臉，忽然變得溫暖起來，讓人有些移不開目光。

阿酒忙把視線挪開，卻發現阿美跟雅婧的眼神都落在謝承文身上。

阿美的眼睛睜得大大的，滿眼都是欣賞，她沒想到竟有人能生得這麼好看。

而雅婧則是含蓄得多，只看了一眼就低下頭，一張臉變得紅通通的，神情中多了點嬌羞，讓人不由得心生憐惜。

謝承文一走進來，才發現院子裡除了阿酒之外，還有兩個小娘子坐在那裡。一個看起來就是這村子裡的，雖然看向自己的目光很大膽，卻不讓人討厭；而另外一個一看穿著就不是這村裡人，雖然沒有直視自己，但那神情中顯露出的情意他卻太熟悉了。

「這是妳釀的酒？」謝承文隨意看了她們一眼，就把眼光轉到別處，正巧看到放在一旁的酒罈子，他好奇地走上前打開一看，不由得出聲問道。

「是呀，不過還是沒釀成。」阿酒走到他身邊，有些不好意思地說道。

「給我嚐一點。」謝承文抱著罈子聞了聞，這酒味似乎與平時的不一樣，他馬上來了興趣。

阿曲立刻去拿了一個碗出來，謝承文便自己動手倒了些酒在碗裡，輕輕地嚐了一口。只覺得這酒比普通的酒濃度要高上一些，但又比那烈酒的濃數要低上不少；喝在嘴裡有股辣味，等酒滑到喉嚨時，嘴裡卻生出一點微微的澀意，不同於以往的任何酒。

「妳怎麼會說這酒沒有釀成？」謝承文看了眼阿酒，只見她的臉上充滿失望。

「這酒香應該是清香綿長，而不是像這樣淡淡的，還有那酒的味道，應該是醇厚且爽口，後味較長；再來就是酒色必須要清澈明亮，不是像這樣有些混濁。」

謝承文越聽越心動。現在這種酒，他已經覺得很不錯，根本無法想像她描述出來的那種酒會是什麼樣子？如果她真釀成那樣的酒……他想想都激動。

「那妳這酒？」謝承文不動聲色問道。

「留著給我爹喝，起碼比那些普通酒水好一些。」阿酒倒是沒有了上次的頹唐，畢竟這次總算是酒而不是醋了，雖然不知道是哪裡沒有做好，但還算有進步不是？

「給我一罈吧。」謝承文一點也不客氣。

「行。」阿酒沒多想。反正是失敗的酒，他既然不嫌棄，自己也沒什麼好捨不得的。再說他讓自己賺了不少，送他一罈酒也不算什麼。

一旁的阿美聽了阿酒跟謝承文的對話，就知道對方是誰了，忙拉著雅婧離開。

謝承文又問了阿酒很多關於酒的問題。他家雖然也有酒坊，但自己只負責銷售，所以對酒的釀造過程還真是不瞭解。他看著說得眉飛色舞的她，竟有些移不開眼，身邊像她這種生氣勃勃的女子還真沒有，就連青梅也不及她。

到了下午，等阿良再次駕著馬車過來，把酒一一擺好，謝承文這才抱著那一罈子酒跟著離開了。

阿酒送走了貴客，便又開始忙著釀製新酒。

而這些日子裡，阿美帶著雅婧又來找了她好幾次。

當雅婧委婉地問起謝承文的情況，阿酒不由得多看了雅婧幾眼。只見雅婧面上紅潤，眼睛閃著光澤，像極了戀愛中的女孩。難道雅婧只是見了謝承文一面，就看上他了？

阿酒對謝承文根本不瞭解，所以回答雅婧的也只是一些道聽塗說的話，雅婧每每聽完，臉都要紅上好一會兒，這讓她感到新奇不已。前世她從沒有對人心動過，而圍繞著她的都是一些喜歡花天酒地的公子哥兒和富家小姐，她從沒見過這麼清純的女孩，竟還一見鍾情。

阿美卻是擔心不已。她自己就是因為喜歡明子，嘗盡了那種想而不能、愛而不得的痛苦，她一點也不希望表姊像她一樣。

「阿酒，妳說這可怎麼辦？」這天阿美自己一個人來了，愁眉苦臉地看著她問道。

「他們很難見到面吧？等見不到了，也許就不喜歡了。」阿酒也不知道該怎麼辦，只得安慰道。

「希望如此吧，否則我姨媽絕對不會讓她嫁給一個商戶的。」阿美嘆著氣道。

阿美的姨父家在松靈府也算是書香門第，雖然他不能幹，但他的兄弟都在府衙裡當差，而阿美的表哥聽說特別聰明，十五歲就已經是秀才了，家裡對他有著很大的期望。

如果阿美的表哥以後真的做官了，那麼雅婧就是個官小姐，她家裡更不會允許她跟商戶結親了。就算是如今，想來他家裡也希望她能夠嫁進官家，為自己的兄弟出點力，讓以後她兄弟的為官之路能順遂一點。

等阿酒之後又見到雅婧時，發現她再也沒提過謝承文了，而她臉上的表情也是萎靡不振的，想來是阿美跟她說了些什麼。

「阿酒，我要回松靈府了，如果哪天妳要來松靈府，記得來找我玩。」雅婧要離開時，來跟阿酒告別。

阿酒剛把她送到門口，謝家的馬車就來了。雅婧的眼睛一下子亮了起來，兩手抓著帕子，緊張地看著那輛馬車。

阿美跟阿酒兩人無奈地對視一眼。雅婧明明知道不可能，卻還是忍不住懷著希望，這叫旁人都不知道該怎麼勸了。

雅婧見從馬車下來的是阿良，失望極了，可緊接著走下來的，竟是謝承文！

「少東家？」阿酒沒想到他居然又來了，不由得朝雅婧看過去，只見雅婧的雙眼正緊盯著他，那炙熱的眼神讓人想忽視都難。

謝承文剛下車就感受到那個小娘子的視線，這種目光他並不陌生，不過他已經有了青梅，對其他女子根本沒興趣。

雅婧見謝承文目不斜視地走過去，眼神一下子就變得黯淡無光。

阿美在一旁搖了搖頭，硬是拉著雅婧快步朝外面走去。

阿酒的心情有些複雜，默默地領著謝承文進了院子。

謝承文坐在石桌前，一言不發。

阿酒替他泡了壺茶，還放了一點自己做的蘿蔔糕在桌子上，就不管他了，只叫阿釀把阿曲叫回來，打算讓阿曲陪著他。

謝承文也不知道自己為什麼要來這裡？當時他只覺得心情異常煩悶，迫切地需要一個可以發洩的地方，而剛好阿良要來姜家運酒，他就跳上了馬車。

坐在這個小院裡，哪怕沒有人作陪，自己一個人飲著小酒，也別有一番風情。

第十九章

如今都十一月底了，天氣已經很冷。

阿酒昨天去村裡的時候，還聽那些老人在說，今年可能會比往年更冷。就像今日，太陽明明高高地掛在天上，但她還是不斷感覺到有寒氣往身上鑽。

「如果有羽絨衣就好了。」阿酒不由得低聲說道。她心中盤算著要再替姜老二做一件棉衣，不然他睡在酒坊裡，那裡空蕩蕩的，更加寒冷。

而謝承文坐了一會兒，伸手去端茶喝時，發現那茶已經有些涼了，不由得叫道：「來人啊。」說完才意識到自己現在並不在家裡，身邊也沒有丫頭伺候。

阿曲正拿著一本《三字經》讀得起勁，這些日子他在山子那裡已經認識了很多字，也慢慢能自己讀書了。聽到謝承文的聲音，他抬起頭時還有幾分迷糊。

阿酒也聽到了謝承文的叫喚聲，抬頭剛好看到他的動作，就明白他剛才那話的意思。只得無奈地放下了手中的活，朝廚房走去，重新拿出熱水給他泡上一杯茶。

「謝謝。」謝承文有些尷尬地說道。

「少東家，您還有事？」阿酒見他並沒有要離開的意思，只得問道。

「沒事，妳忙吧，有阿曲陪我就行了。」謝承文拿著茶杯的手不由得頓了頓。他總不能說是因為自己心情不好，所以就跑過來吧。

阿酒聽了，點頭表示明白，然後就示意阿曲看著點，自己便忙去了。

從這次以後，謝承文隔幾天就跑來，有時坐一會兒就跟著阿良走了，有時在這裡吃了午飯才離開。

阿酒跟姜老二他們漸漸習慣他時不時就過來，也沒有第一次見他時那般拘束了。

日子就這樣飛快地過去。這天阿酒醒來，感覺外面特別的亮，她還以為是自己起晚了。打開房門，才發現竟是外面下了雪，到處都是一片雪白，空中還有雪花在飛舞。

「阿姊，下雪了、下雪了！」阿釀歡喜的聲音頓時充斥在院子裡。

阿酒還是第一次近距離看到雪花。前世她家在南方，一年四季都比較溫暖，只有在電視上才看到雪。

她不由得伸手抓住幾片雪花，冰冰的、涼涼的，這就是雪花帶給她的感覺。

等吃過早飯，阿美跟春草兩姊妹說說笑笑地過來了。「阿酒，咱們來打雪仗。」

阿酒心裡有些蠢蠢欲動，正猶豫不決的時候，就被阿曲從後面一推。「阿姊，去吧，好好玩。」

春花跟阿美跑過來，拉著她便往雪地裡去，而春草更是抓起一團雪就朝她們丟了過來，阿酒三人忙往一旁躲開，然後也都抓上一團雪，不管是誰就扔了過去，頓時雪地裡響起女孩們清亮而歡快的笑聲。

阿酒自從來到這裡，就一直沒有放鬆過，一開始是為生存擔心，哪怕賺了錢，也一直為一家人操心，每天都是忙忙碌碌的。直到今日在這雪地中，她才真正放鬆下來，暫時忘掉了一切煩惱。

「哈哈，春草妳太笨了，又被打中了。」阿美靈巧地躲過春花扔過來的雪團，在一旁哈哈大笑起來。

阿酒忙把手中的雪團捏緊一些，然後就朝阿美扔過去，正中目標。

阿美本來正得意著，哪知轉眼就被打中，一看竟是阿酒扔過來的，她氣壞了。「阿酒，妳竟敢扔我，讓妳嘗嘗我的厲害。」

阿酒忙跑得遠遠的，迅速地又抓了一團雪。這時春花則被春草打中，頓時又聽到春花的哇哇大叫。

「看招。」阿酒見春草正在抓雪，乘機甩了一團雪過去。

「哎喲，是誰？」前方傳來一陣吃痛的叫聲。

阿酒本來正要笑春草的，結果一看竟是打到了姜五嬸，不由得吐了吐舌頭，忙把手中的雪丟掉。

「姜五嬸，打痛了嗎？」阿酒關心地問道。

「妳們這些孩子，快點丟了那雪，也不怕冷，要是受了寒就不好了。」姜五嬸拍了拍身上的雪，朝阿美怒看過去，急急地說道。

「娘，再讓咱們玩一會兒。」阿美拉著姜五嬸的手撒嬌道。

「不行，這雪是越下越大了，妳們自己看看，妳們的頭上、衣裳上全是雪，等雪融了就變成水，等一下衣裳都要濕了。」姜五嬸卻根本不理阿美，嚴厲地說道。

阿酒她們在姜五嬸的視線下，只得把身上的雪花抖掉，然後朝屋裡走去。

「今年這雪真是夠大的，昨晚就下了那麼厚，看來今天這雪是不會停了。」姜五嬸看著外面的雪，有些擔心地說道。

「不是每年都這樣嗎？爹還老念叨著『瑞雪兆豐年』呢。」阿美一點也不明白姜五嬸的擔心，反而說道。

「妳懂什麼？去年下的雪可不像今年，妳看看外面的雪是不是越來越大？就連遠處的山都已經看不清了。」

阿酒跟著阿美一起朝外面看去，發現遠處的山竟像被霧籠罩住一樣，已經看不清了，而且那雪花越來越密集，一點也沒有要停的意思。

不管外面如何，阿酒她們很快又開始圍著火爐，嘻嘻哈哈地說笑起來，而姜五嬸雖然還是皺著眉，但也知道自己根本沒辦法讓這雪不下，她只能無奈地說道：「看來又有一些人家的房屋要倒塌了。」

雪一直下了兩天才停，路上的積雪已經到人的大腿處了。幸而溪石村的房子都是磚屋，最差也是土磚蓋的，並沒有發生倒塌事件。可聽村裡人講，隔壁的幾個村就沒那麼好運了，到處都有傷亡。

「阿姊，快看！」阿釀從外面跑進來，開心地叫道。

阿酒隨著阿釀的叫聲看過去，發現他的手中抓著一條大魚。

「這魚是從哪裡來的？」阿酒驚喜地問道。

「在河裡抓的，山子叔跟哥哥還在那裡等著呢，妳快點拿個桶子來。」阿釀催促道。

阿酒聽了忙叫他把魚放在一個盆裡，然後提著一個木桶跟著他出門。他們很快就來到河邊，只見有許多大大小小的孩子站在那裡，有些大膽的已經跑在河中央了。

河面早已結成厚厚的冰，而阿曲跟山子也在河中央，手中還拿著一個鐵鍬。

「阿姊，妳快來看，這裡有好多魚。」阿曲在冰面上揮手叫道。

只見阿曲在冰面上弄的小洞裡，一下子就跳出好多條魚來，幾個孩子馬上朝那些魚撲了過去。阿釀見狀，也趕緊拿著木桶跑過去。

阿酒看得心驚膽戰。這可是在河面上，這冰結實嗎？能經得起他們在上面蹦啊跳的？

「阿曲，抓幾條就行了，快點回來。」阿酒擔心地叫道。

「沒事，這冰面很厚。」阿曲朝她擺擺手，繼續在冰面上抓著魚。

阿酒站在岸上乾著急，覺得阿曲他們站著的地方，人實在是多了點，而且又打了洞，那冰面一旦碎了可不得了。

山子可能是感覺到她的焦急，低聲跟阿曲說了些什麼，阿曲這才提著木桶，拉著阿釀一起朝她走來。

「阿姊，妳看，咱們抓了這麼多。」阿釀開心地叫著。他腳下的動作很快，一下子就滑了過來，倒也沒有摔跤。

阿酒把他拉上岸，然後看著阿曲，直到阿曲也站在自己的身邊，這才放下心來。

「阿姊，那冰面那麼厚，不會破的。」阿曲放下木桶，有些不在意地說道。

「不好了，有人掉水裡了，救命呀！」他話音剛落，河中央就傳來叫喊聲。

幸虧河面上的人多，掉下水的人馬上就被救了上來，抱到岸邊。

阿酒一看，發現那個被救上來的人竟是鐵牛，他全身濕透，嘴唇凍得都紫了。

阿酒瞪了阿曲一眼，然後拉著他跟阿釀道：「走，回家。」

阿曲這下連大氣都不敢喘一下，乖乖地跟著她走，直到回到家，阿酒才鬆開他們。「阿曲，你知道自己錯了嗎？」

見阿酒臉色不好，阿曲不敢吭聲，只是低頭站在那裡，似乎不認為自己做錯了什麼。

「阿姊，咱們不是沒事嗎？」阿釀小聲辯解道：「而且咱們還抓了那麼多魚。」

「還敢說！如果我沒有及時叫你們上來，那掉下去的可能就是你們了。」鐵牛掉下去的位置，離他們捕魚的地方才離不到五步遠。

見阿姊的臉色更黑，阿釀也不敢說話了，學著阿曲低著頭，不敢看她。

「阿姊，我錯了。」阿曲總算是抬起頭，小聲說道。

見他總算明白自己錯了，阿酒的臉色好了一些。「你做事要先認真想想，看這件事有沒有隱藏的危險？你覺得那冰結得厚，就認為沒有危險，結果還不是有人掉進水裡了？」

「姊，妳別說了，我知道錯了。」阿曲認真地點頭道。

阿酒知道阿曲聰明，只是男孩子總是喜歡刺激，有些貪玩。經過這次的教訓，想來以後他不會再如此莽撞了。她沒再多說什麼，忙叫他們去烤火，他們的手可都冷冰冰的。

姜老二見家裡有這麼多魚，忙把魚給殺了，然後醃了起來，阿酒也在一旁幫忙。

就在阿酒家裡忙著殺魚的時候，姜家老宅卻是鬧開了。

鐵柱拉著全身濕透的鐵牛回到家，李氏一瞧見就忍不住罵了起來。

周氏見李氏光顧著罵，很是不滿，趕緊拉著鐵牛進屋，讓李氏快去準備乾淨的衣裳。

「這麼冷的天，誰讓你們到處跑的？要死了，凍成這樣。」周氏接過李氏手中的衣裳，快速地給鐵牛換上。

「阿奶，又不只有咱們，村裡的孩子也都去河邊了，就連阿曲他們也在呢。」鐵牛打著哆嗦，凍得說話都直發顫，卻不覺得自己做錯了什麼，聽周氏這樣說，不由得反駁道。

「阿曲他們也在？有沒有掉進水裡？」李氏不由得問道。

「沒有，他們剛走開，那冰就裂開了。」鐵牛搖搖頭。現在他不敢欺負阿曲他們了。

「什麼？是不是他們搞的鬼？」李氏一聽，馬上怪叫了起來。

鐵牛沒有回答，他這時只覺得全身發冷，臉色也變得蒼白。「阿奶，我冷。」

李氏完全沒有注意到鐵牛的異常，還在一個勁兒地罵阿曲他們，認為是他們把那冰面弄碎的，恨不得去找他們算帳。

「鐵牛，你這是怎麼了？」周氏很快就注意到鐵牛的不正常。

「妳別在那裡囉嗦了，快點煮些薑湯來。」周氏讓鐵牛躺在床上，著急地吼道。

李氏這時才後知後覺地發現鐵牛不對勁，心急地跑著去廚房準備薑湯，心中更是打定主意要找阿曲算帳。

阿酒把魚處理好後，見阿曲正拿著一本書乖乖地看著，阿釀也拿著樹枝在地上寫著字，她滿意地笑了起來。

「阿酒姊、阿酒姊，大事不好了！」

阿酒一聽是春花的聲音，心裡一驚，不知又發生什麼事，忙走了出去。

「春花，怎麼了？」阿酒見春花急急忙忙地跑過來，趕緊問道。

「阿酒姊，我跟妳說……」春花拉著阿酒，小聲把方才聽說的事跟她講了一遍。

聽完春花的話，阿酒不由得想笑。

就因為阿曲他們離開後，那冰才裂開，李氏就硬說是阿曲他們故意弄的，這才讓鐵牛掉到水裡。如今鐵牛凍病了，李氏就想著來訛銀子了。

「怎麼辦？阿酒姊，阿奶她們很快就要過來了。」春花焦急地看著她。

自從上次周氏鬧過之後，總算是安靜了一些日子，卻沒想到這平靜的日子竟是這麼短。

阿酒低下頭朝春花說了幾句，春花疑惑道：「這樣能行嗎？」

她朝春花點點頭，春花便一點猶豫也沒有地跑走了。

阿酒冷笑著轉身進了屋。李氏想來訛銀子，她今天就要讓李氏大出血。

第二十章

李氏剛把郎中送到院子門口，就迎來村裡除了周氏以外，最潑辣的菊花嫂。

「菊花嫂子，妳怎麼來了？」李氏疑惑地問道。

「妳家鐵牛掉到河裡了吧？」菊花嫂一開口，語氣就有幾分不對。

「是呀，都是那殺千刀的阿曲，故意把冰面弄破，我家鐵牛才會掉下去。我可憐的兒子啊，如今都病了，我等一下就要去找阿曲算帳，讓他們出藥錢。」一提起這事，李氏就來氣。

菊花嫂聽了，冷笑連連。這李氏以為村裡的人不知道阿曲是什麼樣的人似的，今天在冰面上的那些孩子，當時可都看見了，是鐵牛自己不小心掉下去的。這李氏真是想銀子想瘋了，什麼事都能抓著咬一口。不過這不關自己的事，但鐵牛害得自家長福掉到河裡，到現在還沒有退燒，這件事卻不能這樣算了。

「姜老大家媳婦，明人不說暗話，我家長福為了救妳家鐵牛，受了寒，如今高燒不退，妳是不是應該表示一下，拿點藥錢出來。」菊花嫂瞪著李氏說道。

「什麼？要錢？」李氏一聽菊花嫂是來要錢的，根本沒注意到她前面到底說了什麼，馬上就叫嚷起來。

「怎麼，不給？」菊花嫂兩眼一瞪，眉頭一皺，大有妳不給我銀子，我就找妳拚命的架式。

李氏本就是個蠻橫的人，但在比自己更兇的人面前，她卻是蠻橫不起來。一見菊花嫂露出這架式，她說話的聲音也不由得放低了點。

「菊花嫂子，妳看這是不是誤會啊？咱家鐵牛不也病了嗎？剛剛才送走郎中呢。等他病好了，我一定帶他過去看長福。」李氏低聲下氣地說道。

菊花嫂見李氏避重就輕，根本就不提銀子的事，心裡更是看不起她。再想想自己在村裡頭聽到的閒話，更加堅定今日一定要拿到藥錢。

李氏見菊花嫂不說話，還以為這件事就這樣過去了，不禁鬆了口氣。

「廢話少說！我剛才請大夫用了半兩銀子，抓藥又花了半兩，加起來就花掉了一兩。郎中可說了，明日還要再去抓藥呢。長福可是為了救妳家鐵牛才會病成這樣，妳快點給我拿錢出來。」菊花嫂冷冰冰地說道。

李氏沒想到，她竟一開口就要一兩銀子，而且聽她的意思，事情還不是只給這一兩銀子就能解決。

「菊花嫂子，妳這也太黑了吧，長福是讓誰看的病，怎麼就這麼貴了？」李氏尖叫道。「再說了，我家鐵牛也沒有叫長福去救他吧，怎麼現在就把這筆帳算到他頭上了？」

菊花嫂一聽，頓時怒火朝天，馬上就大喊大叫起來。「天呀，你們來聽聽，我家長福救人還不對了！我那苦命的兒啊，如今可還躺在床上呢，要是我家長福有個三長兩短，我也不要活了！」

本來長福救了人，她也沒有多想，畢竟都是村裡的孩子，救了就救了，雖然心痛銀錢，但到底救了人命不是？

誰料到她剛送走郎中，就在村裡聽到閒言閒語，說是鐵牛回家後，不光怪阿曲故意把那冰面弄破，還說長福看起來是救了他，實際上卻是長福掉下去的時候扯到他的褲腳，害得他也跟著掉了下去。

菊花嫂聽了，心中馬上一股火衝上來。她兒子救人竟還被誣陷了！雖然長福回來什麼都沒來得及說，但自己的兒子她自己清楚，兒子一點也不像自己，倒是像他那個死鬼爹，老實又嘴拙，怎麼會做出那樣的事？

既然這樣，她就要為兒子討回公道，順便要些藥錢回來。

姜家老宅就在村子中間，一點動靜便鬧得整個村都知道了。現在這種大冷天，村子裡的婦人都在家裡閒著，一見有熱鬧可看，都跑了出來。

「菊花嫂子，這是怎麼回事啊？」一個婦人好奇地問道。

菊花嫂一見圍觀的人多了，就把事情的來龍去脈說了一遍，說完就問圍在旁邊的人。「你們說，我來找姜老大他媳婦要這醫藥費，是不是合理？」

村裡的女人大部分都跟李氏不合，這時候若是不踩上一腳，要等到什麼時候？

「當然合理。」一旁邊幾個人同時說道：「妳就應該多要一些，這孩子病了，可不是只吃點藥就行的，還需要好好補補。」

「就是，那結冰的河水可是會要人命的，也就妳家長福懂事，還肯跳下去救人。」

李氏越聽那臉色越難看。看來不給錢是不可能了，否則肯定會落下罵名。

周氏在裡面照顧鐵牛，見李氏只是送郎中出去，卻半天都不進來，心中不禁冒火。她接著又聽到外面越來越熱鬧，還夾雜著爭吵聲，於是急匆匆地跑出來。一出來就見李氏黑著一張臉站在那裡，而村裡出了名嘴裡不饒人的菊花則是怒瞪著李氏，院子周圍滿滿都是看熱鬧的婦人。

「老大媳婦，鐵牛還病著呢，妳站在這裡幹麼？」周氏雖然不知道發生什麼事，但看情形也知道不是好事。

「姜老太您出來得正好，您可要為咱們長福作主，他救了您家鐵牛，如今卻高燒不退，我可是還靠著他給我養老呢。」菊花見周氏出來，忙說道。

周氏疑惑地看著李氏。鐵牛回來時她光顧著心疼他去了，倒是忘記問是誰救他上來的？李氏走到周氏面前，把剛才發生的一切都說了一遍。

周氏聽完，恨恨地看了李氏一眼。這李氏真是越老越蠢，竟讓事情發展到這個地步，要是當時請菊花進屋，好聲好氣地道謝，哪裡會鬧成這樣？如今這樣也只能給錢，而且還不能給少了，要不然以後鐵牛就變成忘恩負義的人，他們一家的名聲也臭了。

「這藥錢是應該給的，明日我就讓我家老大媳婦過去看長福，那藥該吃就吃，可別省著。」周氏說完就拉著李氏進屋了。

菊花本來還想多說幾句，沒想到周氏竟一下就同意了。她明顯愣了愣，等反應過來，李氏已經被周氏拉進屋裡。果然薑還是老的辣，最後她只得轉身回去。

春花也悄悄地混在人群中看熱鬧，一見沒戲看了，她馬上來到阿酒家，把方才菊花在姜家老宅大鬧一事，繪聲繪影說給阿酒聽。
阿酒聽了覺得有些不滿意。沒想到周氏這麼快就答應下來，還想著周氏會鬧上一番呢，看來自己還是嫩了些。不過一想到不管怎麼樣，李氏這次都要破財，她的心情不禁又好了起來。
「阿酒姊，妳說阿奶她們還會找過來嗎？」春花忐忑地問道。
阿酒搖了搖頭。現在她也不知道了，不過就算是她們鬧上門，自己也不怕，當時可是有那麼多雙眼睛看著呢。

姜老大剛回來，就聽李氏念念叨叨地說了半天，也算是明白今天發生的事了。
過了好一會兒，他才問道：「妳說阿曲他們離開後，鐵牛就掉進河裡去了？」
李氏聽他這樣一問，頓時聲音都提高了幾分。「怎麼不是呢？鐵牛就這樣說的。那些狠心的狼崽子，怎麼就沒有掉進那河裡去。」
姜老大那狹長的雙眼裡閃出幾分陰森，說出來的話更是陰涼涼的。「明天妳就去看看長福，老二那裡就不要去了，我自會處理。」
李氏本能地想反對。聽說姜老二他們這段時間可是賺了不少錢，她本想藉著這件事讓他們拿點錢出來，不過看著姜老大陰沈的臉，拒絕的話到底沒有說出來。
這天雪終於停了，可是卻更加冷了，屋簷上結著一條一條的冰錐，晶瑩剔透，讓阿酒想起前世的冰棍。

阿曲和阿釀好奇地摘下冰錐，把它含在口中，結果被冰得直哈氣，舌頭都被凍麻了。

「這次不知又有多少人的屋子倒了。」姜五站在屋簷下感嘆地說道。

「聽說周家村已經死了好幾個人了。」姜老二跺了跺鞋子上面的雪道。

阿酒也跟著嘆了一口氣。幸好自家建了這土磚房，屋裡雖然也是涼涼的，但比起那些茅草屋可要好上不少，起碼不怕它倒下來。

她原本等著周氏她們來鬧，誰知道幾天過去，姜家老宅竟是一點動靜都沒有。她倒是聽阿美說，李氏第二天還真去看了長福，連藥錢都痛快地給了。

難道那些人轉性了？

阿酒疑惑不解，不過很快就把這件事拋到腦後。反正她們不來鬧更好。

因為前幾天雪下得大，路不通，阿良已經好幾天沒來拿酒，院子裡的酒堆得滿滿的。要是他再不來拿，阿酒打算讓各家酒坊先不要送酒過來，等這一批酒被拉走後再送過來。

天氣冷，村裡的人都早早睡了，只見一個黑影一閃而過，一下子就不見蹤影。

阿酒怕冷，天一黑就睡了，躺在床上卻是睡不著，便找出上次買的書，在油燈下認真地看了起來。

這個國家有些像前世的古代，但又有些不同，雖然也有大江、大河，但那流向竟跟前世的不一樣。這裡的朝代也完全不同，現在是梁國，在位的皇上為李姓。松靈府在梁國的中間，地理位置很是重要，啟南承北，這裡的糧食豐富、交通便利，相當繁榮。

書上還介紹了一些農作物，可惜阿酒前世對農作物並不熟悉，很多東西她雖然吃過，但並不知道它原本是長什麼樣，所以她也不能判定這裡的農作物跟前世有沒有區別？

正當阿酒看得津津有味的時候，忽然聽到院子裡有聲音，而金磚的叫聲也從酒坊那邊傳了過來。

自從上次酒坊出事後，姜老二就一直帶著金磚在那邊過夜。

難道又有賊來酒坊了？阿酒心裡這樣想著，忙披上衣裳，提著燈朝外面跑去。

阿酒沒想到的是，她剛剛跑出去，就有人跑進了她的屋子，那人到處看看，然後就四處找，也不知道他想找什麼？

「爹，沒事吧？」這時姜老二也起來了，她忙問道。

「沒事，妳放心吧，有爹在這裡，還有金磚，賊人不敢來的。」姜老二看著凍得直打哆嗦的女兒道。

阿酒提著油燈，跟著姜老二一起繞著酒坊轉了一圈，並沒有發現什麼異樣。

她這才放下心，順便去看了看阿曲他們，只見他們兩兄弟並排睡得正香，就轉身回自己房裡。

實在是太冷了，而且油燈似乎也沒有油了，那光只能照亮一點點地方，阿酒回到屋裡後，根本沒注意到屋裡的異樣，就直接爬上床睡了。

隔天一大早，阿良就急急地趕來搬酒，跟著他一起來的還有謝承文，害得阿酒只得趕緊從溫暖的被窩裡爬起來。

「少東家，您怎麼來了？」阿酒實在有些不懂謝承文，不是聽說他家大業大嗎？而且他家的酒肆分布在各個府城，難道他都不用去看看嗎，怎麼就這麼有空，一直待在這流水鎮，還有事沒事就跑到她家來？

「阿酒，過來坐坐。」謝承文的心情很好，根本沒注意到阿酒臉上的異樣。

這是我家好嗎？阿酒忍不住在心裡吐槽，面上卻不顯，在他的對面坐了下來。

「阿酒，上次那種酒是妳自己釀的？有沒有方子？」謝承文貌似不經意地問道，只有他自己知道他有多緊張。

「是我自己琢磨的，不過那酒還沒有成功。」阿酒有些不明白他怎麼會這麼問，上次不是已經跟他說清楚了嗎？

「喔，其實妳釀的這種酒，真的已經很不錯了。」謝承文有點不知道該怎麼跟她說自己心中的盤算？

「不行，我一定要釀成功。」阿酒無法忍受自己釀出來的酒，存在那麼多的缺點，她一定要釀出自己心目中的酒來。

謝承文本來想跟她說：要不妳把那方子給我，我覺得這酒已經很好了，而且妳認為這是不良品，外面給的價格可高了。但不知道為什麼一面對她，他平時能言善辯的口才，竟一點也發揮不出來。

阿酒根本沒注意到謝承文心中的糾結，因為她忽然想起一個重要的問題——或許這幾次釀酒不成功的原因，與密封性及溫度有關。

「少東家，我還有事，先失陪了。」阿酒急匆匆地跑了，根本沒有給人開口的機會。一旁的謝承文張嘴看著阿酒跑開，似乎有些不敢相信。

阿曲出來看到的，就是這一幕，不禁失聲笑了出來。

阿酒跑到酒窖裡仔細地檢查一番，果然和她想的一樣，這酒窖的溫度和濕度確實不利於儲酒。

找到了問題的根源，阿酒心中歡喜。看來要再挖一個更好的酒窖才行。

院子裡，謝承文一直在等著阿酒忙完，可直到阿良把酒都裝好，也不見阿酒出來，他只得鬱悶地上了馬車離開。

他想著，要是阿酒真能把酒釀成像她說的那樣，這酒肯定美味極了。不過，反正她的酒以後都是要賣給他的。這樣想著，謝承文那緊鎖的眉頭終於鬆開了。

「阿酒，妳要去鎮上嗎？」阿酒剛剛跟姜老二交代完事情，就聽到阿美的叫聲。

阿酒看著外面沒有融掉多少的雪，內心根本不想去，她還想著要把院子裡的菜整理一下，雪都把它們壓垮了。

「去嘛、去嘛，春草她們想去拿一些繡活回來做，我也想吃桃記的醬鴨了。」阿美拉著她的手撒嬌道。

阿酒正在為難時，只見姜老二大手一揮。「阿酒，妳隨她們去玩吧。」

她明白姜老二是心疼她一天到晚待在家裡，但其實她真的不想出去，特別是在這樣的大冷天。況且那路可都是泥巴路，如今雪水一融，肯定不好走。

可惜不管阿酒有多不願意，最後還是敵不過阿美的撒嬌攻勢，以及春草她們那期盼的眼神。

幸好姜五知道她們要去鎮上，就讓大春駕著牛車，特意送她們去。

因為下雪，街上的行人明顯少了許多，只有酒樓裡的顧客沒有減少，因為這樣的天氣正適合喝酒。

阿美想吃醬鴨，而春草她們則是要去繡鋪，這兩個地方剛好一個在東，一個在西，根本不同路。最後她們決定先去繡鋪，再去桃記吃醬鴨。

「阿酒，妳看那邊。」走著走著，阿美突然放低聲音，有些不安地說道。

阿酒朝她指的方向看過去，就見到有好多乞丐坐在屋簷下，凍得全身發紫，眼睛直直地看著來往的眾人。

難道這些人都是難民？

第二十一章

還沒等阿酒想明白，前面就圍了一群人，不時傳來驚叫聲。

阿美有些好奇到底發生什麼事，便拉著阿酒她們，朝人群的方向走了過去。

「可憐呢，這麼冷的天，一個弱女子還挺了個這麼大的肚子，只怕是活不過來了吧。」只見一位大娘一邊搖著頭，一邊嘆息道。

「這麼大的雪，也不知道她是從哪裡來的？」另一個大娘的眼中有著憐惜。

阿美利用人小的優勢，幾下就擠了進去，阿酒她們跟在後面，很快也擠進人群中。

只見一個女人閉著眼躺在地上，嘴唇已經裂開，臉色蒼白，頭髮凌亂地披散著，穿著一件看不出是什麼材質的衣裳，肚子明顯的凸起，看來應該快臨盆了。

「阿酒，這人好可憐，她是不是生病了？妳看她明明那麼冷，卻還在出汗。」阿美看了一眼，同情地說道。

「是呀，阿酒姊，要不咱們幫幫她吧。」春草也是一臉的不忍。

阿酒見圍著的人不少，但真正打算幫這個女人的卻是一個也沒有。她嘆了一口氣，往前走了一步。「哪位好心人可以幫幫忙，把這位嬸子送去醫館，看病的銀子就由我來出。」

見終於有人出面，不想卻是個小娘子，圍觀的人不免有些尷尬。

同時有兩個婦人出來扶起那個女子，女子閉著的雙眼終於睜開了一下，只是眼裡一點光彩也沒有。

「不要動我、我的孩子。」那女子乾燥無比的嘴唇慢慢地張開，有些沙啞的聲音斷斷續續地發出。

「咱們是要送妳去醫館，這位好心的小娘子會替妳出藥錢的。」其中一個扶著女子的婦人，指了指阿酒說道。

那女子明顯想跟阿酒道謝，可惜她的身子根本就不允許，一下又閉上了眼。

「大夫，她怎麼樣了？」見郎中收回探脈的手，阿美忙問道。

「她這是沒有吃飽，又受了寒氣，懷著身子還長途跋涉；也就是她平時身子好，要不然這腹中的孩子只怕是保不住了。我開個方子，讓她先吃幾天調養一下，重要的還是得讓她吃好一點。看她月分也大了，如果不好好地補一補身子，只怕到時候生孩子困難。」郎中一邊搖著頭，一邊拿起筆，寫下方子。

聽了郎中的話，阿酒的眉頭不由得皺了起來。這女人肯定不是流水鎮的，也不知她到這流水鎮來，是不是有親人在這兒？要是沒有的話，那現在真是有些麻煩了。

醫館的夥計把藥給那女子餵了下去，過了一會兒，那女子終於醒來了。

只見那女子蒼白的臉上看起來有些無力，明明是想笑，可那表情卻比哭還難看。她看向阿酒她們，虛弱地道謝。「謝謝小娘子。」

阿酒見她還想說些什麼，只是似乎說完這幾個字，就用盡她全身的力氣，忙說道：「妳先休息，吃點東西，等有力氣了再說。」

春草端了一碗在外面買來的白粥，小心翼翼地餵她吃。看樣子這女子是餓慘了，一碗粥沒幾下就吃完了，而且看起來似乎還沒有吃飽。

「大夫說了，妳餓太久，現在不能多吃。」春草站起來小聲說道。

那女子點點頭。吃了些東西後，她的精神好了許多，也明白自己的命是這幾個小娘子救下來的。只是她現在身無分文，無以回報，她連親人都沒有了，整個家裡就剩下自己跟這肚子裡的孩子，以後該怎麼辦？

阿酒拉著春草和阿美到了外面，看著她們說：「妳們打算怎麼辦？」

阿美一開始只是看她可憐，如今也知道事情麻煩了。人是救了起來，但接下來呢？總不可能把人領回家吧。

「阿酒，好阿酒，我知道妳最能幹了，妳肯定知道該怎麼辦。」阿美自己沒有了主意，眼睛一轉，就拉著阿酒的手撒起嬌來。

阿酒忍不住想翻白眼。阿美每次都這樣，碰到解決不了的事情就來這一招。她朝春草看過去，只見春草趕緊擺擺手，看來同樣是不知道接下來該怎麼做。

她無奈地搖搖頭，只得再次朝裡面走去。她想先聽聽那個女人怎麼說？如果她是來找親人的話，這件事還是能輕易解決的。

見阿酒她們進來，那女子掙扎著要起身，看來吃些東西讓她恢復了幾分力氣。

阿酒忙對她說：「妳還是躺著休息吧。咱們就想問問妳，妳有親人在這個鎮上或是松靈府嗎？」

那女子一聽阿酒這樣問，眼睛就紅了起來，緊接著眼淚就像斷了線的珠子般落下。

阿酒一見這情景，心中暗道一聲不好，看來事情比想像中的還要複雜。

過了一會兒，那女子才哽咽地說道：「我已經沒有親人了，他們全被大雪埋了，只有娘家的弟弟在前些年離開了家，如今不知是死是活？」

阿美和春草聽那女子說完，都默默地在一旁陪著掉眼淚。

阿酒頭痛了。她知道這次的雪下得特別大，卻沒想到雪災竟會如此嚴重，只怕外面那些乞丐也大都是遭遇雪災的人。

阿酒又問了那女子一些事，才知道原來與松靈府相臨的松江府，雪來得更早也更大，那女子村子的房子都倒了。本來他們家還剩下她跟她丈夫，只是在逃難的路上，她丈夫為了給她找吃的，不小心受了寒，沒有挺過去，就這麼去了。她一個人毫無目的地走著，走到這流水鎮之後，就再也堅持不下去，便倒在了大街上。

「阿酒……」阿美的眼睛紅紅的，一眨也不眨地看著她，她不用想也知道阿美想說些什麼。

「既然妳沒有地方去，就跟我回去吧。」要是以阿酒前世的性格，還真不想惹這麻煩，但不知道為什麼，看著阿美那雙水靈靈的大眼睛，拒絕的話就是說不出口。

「我就知道阿酒妳最好了。」不等那女子答應，阿美就迫不及待地說道。

等春草去繡鋪拿了些繡品，她們一行人就準備回家，也沒有去吃阿美那念念不忘的醬鴨。用她的話說，就是不如把那些錢省下來給那女子買藥吧。

知道阿酒她們打算把那女子領回家去，郎中就把後來幾天的藥錢都免了，直接把藥送給她們。

阿酒不禁感嘆，這個年代的人真的很純樸，都是一些熱心腸的人。

等阿酒把那女子安頓好後，才想起到現在還沒問該怎麼稱呼她？

原來她姓劉名詩秀，名字挺雅致的，而且看她說話和吃東西時，禮儀也不錯，想來關於她的過去，可能有些事並沒有說出來。

不過阿酒並不在乎，只要她老實本分，自己也不介意就這樣養著她；但如果是個喜歡挑事的，等她身子好了就打發了吧。

姜老二沒想到，自家女兒只是出去鎮上一趟，竟然就帶回來一個女人，而且還是一個大著肚子的女人。

「阿酒，妳這是……」姜老二滿臉的疑問，最後只是弱弱地問出這樣一句話。

「爹，這位是劉姨，她暫時就住在家裡了，其他的等以後再說。」阿酒總不能說自己也不知道以後該怎麼安排她吧。

姜老二有心想問，不過見女兒沒有打算說，他也就不問了，轉身忙自己的事去，反正現在家裡要多養一個人也是沒問題的。

阿曲他們回來，見家裡多了一個人，聽說是姊姊從鎮上領回來的，雖然有些好奇，不過也沒有多問。反正阿姊做什麼都是對的，這是他們這半年多來最深刻的體會。

劉詩秀就這樣在姜家待了下來。她自從身子好一些後，就搶著做事，她的女紅跟廚藝都挺好，雖然阿酒做的飯也不錯，但是跟她一比，那差別就出來了。

阿酒做菜主要是挑新鮮的食材，還有就是捨得放油，而劉詩秀的廚藝卻是絕對的硬底子，一樣的菜，吃到嘴裡的味道就是不一樣。

「阿酒，妳帶回來的那個女人怎麼樣？」張氏抱著小兒子姜圓滿，小聲問道。

「三嬸，您放心吧，劉姨這人還不錯。」阿酒捏了捏小圓滿那白白嫩嫩的臉，笑著說道。

「妳啊，就是心大，怎麼能隨意撿人回來？老宅那邊如今是沒空管你們，要是等他們一閒下來，只怕有你們好受的。」張氏擔心地說道。

「沒空？發生什麼事了？」天氣冷，阿酒便很少去村子裡，而阿美這些日子又被接去她外婆家，所以她還真不知道村裡最近發生什麼事。

「妳不知道？」張氏有些驚訝，道：「妳那小姑父聽說要納妾呢，妳小姑怎麼會答應，已經回來住好幾天了。」

阿酒一愣。納妾？想想也對，在這個年代的大戶人家，納妾應該是很正常的事，就算是在前世，她周圍也有很多人養著情婦，只是不合法而已。

「那阿奶會答應？」阿酒有些好奇。畢竟周氏那麼強勢，而且石家雖說有些家產，但也算不上大戶。

「肯定不答應了！妳小姑都已經有兒有女，在這種情況下很少有人會再納妾的。」張氏輕嘆一聲。

在與張氏斷斷續續的談話中，阿酒得知，雖然納妾在梁國是合法的，但一般只有到了妻子三十歲還沒有生兒育女才會納妾，特別是在村鎮裡。

而且一般人家的小娘子也很少會去做妾，如果家裡有個做妾的女子，她的家人會被人看不起，所以一般人家都是一夫一妻。

阿酒暗暗心喜。看來梁國對女人的束縛並沒有那麼多，不過張氏也說了，這是他們松靈府這邊的風俗，聽說京城那些大家閨秀不是這樣的。但京城與她離得太遠，影響不了自己的生活，所以她也不用在意就是了。

姜家老宅裡，姜小妹沒有了往日的盛氣凌人，如今是滿臉憔悴，看起來這些日子過得很不好。

「沒見過像妳這樣的，遇到事就知道哭，如今只是納個妾，別到時候連妳主婦的位子都被人奪了。」李氏低聲道，那語氣明顯有些不屑，與平時判若兩人。

「妳在這裡哭有什麼用？」周氏指著姜小妹的額頭，恨鐵不成鋼地說道：「這都幾天了，石家也沒讓人過來找妳，看來他們是鐵了心要納這個妾。」

聽了周氏的話，姜小妹的眼淚流得更猛了。她怎麼也沒想到自家男人會鬼迷心竅地看中那個女子，還硬是要納妾。她本來以為自己回娘家來住個幾天，他看在兒女的分上就會放棄呢。

「妳先去妳三哥那裡，叫上他，咱們下午就去石家。」周氏雖然對姜小妹遇事就沒了主意感到無奈，但誰讓她是自己的女兒呢。

「三哥會去嗎？」姜小妹站著不動。她跟三哥的關係一直不冷不熱，兩人因為年紀差不多，小時候最喜歡打架了。

「叫妳去就去。」周氏明顯不耐煩了。

姜小妹只好點了點頭，不再多說，拔腿就往姜老三家跑去。

周氏看著姜小妹的背影，沈思了一會兒，也朝外面走去。

張氏帶著兒子玩了一會兒，他胖乎乎的小手就開始不停地揉眼睛，小嘴也張得圓圓的，打了個哈欠。

「我先回去了，圓滿要睡覺了。」張氏抱起圓滿，只見他的小嘴一直朝張氏的懷裡鑽，一看就是想吃奶了。

阿酒把張氏送到院門口，正準備開門，就聽到外面砰砰作響。阿酒跟張氏對看一眼，心裡充滿疑惑，是誰敲門敲得這樣急？

「要死啊，門都不會開？」阿酒剛把門打開，就見周氏撲了進來，差點摔倒在地。

阿酒一見是周氏，心情一下就不好了。難道說姜小妹的事已經解決了，她又有精力來找事？

「老二！老二人呢？」周氏看都不看阿酒和張氏，急急朝酒坊那邊走去。

張氏見周氏的樣子，不知想起什麼，臉色有些不好，對著阿酒說道：「走，跟著妳阿奶過去看看。」

姜老二正在酒坊裡忙碌著，大春聽到外頭有聲音，忙拉住他。「有才伯，外面似乎有人叫您。」

他點點頭，剛放下手中的活，正準備出去，周氏的聲音就傳了過來。「老二，你快給我出來。」

「娘，什麼事？」姜老二不帶感情地問道。

「你這沒良心的，你小妹受了那麼大的委屈，你就這樣不管？」周氏一見到姜老二就開罵。

姜老二一張臉馬上沈了下來。對於姜小妹，他以前可是真心疼愛，可她是怎麼回報自己的？竟然想把自己的兒子帶回家當奴才！雖然不知到底出了什麼事，但他對她已經是仁至義盡，她的一切都跟自己無關了。

「你馬上換件衣裳，跟我去石家。」周氏見姜老二站在那裡，也不說話，就皺著眉頭吩咐道。

姜老二根本是一頭霧水，他沒有看周氏，而是看向阿酒。

阿酒朝他搖了搖頭，示意他不要答應。她才不想爹去惹是非，姜小妹算計他們的時候，可是沒有把姜老二當成哥哥看的。

「還發什麼呆？快點！」周氏不耐地說道。

「我不去。」姜老二說完，便轉身要進酒坊，他還有很多事要做呢。

「你這不孝子，石富貴都要納妾了，你是她的哥哥，難道就這樣看著她被人欺負？」周氏指著姜老二又罵了起來。

姜老二這時候才明白為什麼周氏會要他去石家了。要是以往，他肯定會二話不說就朝石家跑去，把那石富貴抓起來痛打一頓，但如今他只覺得一切都是報應，都是姜小妹自找的。

他知道是怎麼一回事以後，就更加不理周氏了。

周氏氣得直冒火，卻也無計可施，畢竟如果要硬拉，她是拉不動姜老二的。

「妳怎麼還在這裡？還不快點讓老三去老宅等著，一會兒跟我一起去石家。」周氏轉過身，看到抱著孩子的張氏，不禁怒道。

張氏沒想到周氏竟把怒火發到自己身上，她顧不得回話，抱著孩子就走了。她得快點回家，好仔細想想該怎麼讓姜老三躲過這件事？

阿酒見周氏邊罵邊出了院子，卻沒有回老宅，而是去了姜老三家。

張氏急急忙忙回到家時，只見姜小妹正一臉的眼淚，朝姜老三哭喊道：「三哥，難道你就忍心看著我被石富貴欺負嗎？你幫幫我吧。」

姜老三坐在一旁低著頭，沒有出聲。張氏心裡暗暗著急，也不知道姜老三是怎麼想的？按理說自家妹妹出了這樣的事，哥哥們肯定要上門為她討個公道，但姜小妹平時做人實在是太囂張。以前在娘家，除了李氏，她從來就沒有把張氏跟林氏看在眼裡，後來嫁人了，更是時時插手娘家的事。

張氏就因為生了兩個女兒，都不知道被她譏諷了多少次。

「老三，小妹受了委屈，你這做哥哥的就不為她出口氣？你要想想，你可是有兩個女兒的人，將來她們出嫁了，還不是需要兄弟撐腰？小妹家的長生可是地主的兒子，如今你幫他們一把，將來能少了你們的好處？再說了，那可是你親妹妹，你不替她出頭，就不怕村裡的人在背後議論？」周氏跟著來到姜老三家之後，就開始說服姜老三去石家幫姜小妹出氣。自從姜老三分家以來，周氏對這個兒子也是越來越失望了，現在見到他冷漠的樣子，不禁怒從中來。

姜老三聽了周氏的話，總算是抬起了頭。「行了，別哭哭啼啼的，妳想怎麼做？」

張氏聽姜老三這樣說，就知道他這是打算去石家了。想想自己的兩個女兒，她到底沒有阻擋，只是覺得都鬧成這樣，姜小妹只怕是不想同意也得同意了。

阿酒見姜老二雖然沒有跟著周氏去石家，但這兩天他的心情似乎不大好，想來對姜小妹還是放心不下，她只得去找張氏打探消息。

「這石家也真是太過分了，等妳三叔他們到的時候，石富貴已經把那個女人接到家裡去了。」雖然張氏看不起姜小妹，卻也是氣憤難當。

「那阿奶就這樣回來了？」阿酒好奇地問道。

「人都接回來了，再送回去也不可能，不過妳阿奶怎麼會那麼輕易就放過石家？聽說這次她替妳小姑把當家的權力搶到手了，而且還把房契、地契什麼的都抓在手中。咱們就等著看吧，以後石家肯定有不少熱鬧看。」張氏說完，露出一個等著看好戲的表情。

阿酒對這些不感興趣，回到家後，只是把打聽到的消息跟姜老二提了一提，見他皺著的眉頭鬆了下來，也就安心了。

第二十二章

眼看著天氣越來越冷，離年關也越來越近，在鎮上做工的好些人都回到了溪石村。

這些日子阿酒家挺熱鬧，村裡很多女人都拿著女紅到她家來，藉口是過來做女紅，其實是想過來探探消息，看過了年酒坊還要不要人？如果自家男人也能在阿酒家做事，那肯定比去鎮上要好多了。

阿酒此時並沒有擴大酒坊的打算，雖然謝承文希望再增加烈酒的產量，但阿酒覺得現在這樣就很好。村裡酒坊每天產出來的量已經夠了，如果再多，只怕價格就會壓低，那就不划算了。

阿酒當然想擴大酒坊的規模，不過那得等自己把酒釀成，而且不止釀成一種酒的時候。每當村裡的女人旁敲側擊打聽的時候，她都只是笑笑，不接話，而那些女人雖都是一臉的失望，卻也鬆了口氣，也不知道她們是什麼心理？

這天早上起來，外面已經落了一層厚厚的雪，阿曲帶著阿釀去了山裡，說是看看能不能抓到野味。

阿酒只提醒他們要注意安全，就讓他們去了，畢竟男孩子不能總是關在家裡。這些日子以來，他們兩兄弟每天都在家看書寫字，那個認真勁兒，讓阿酒看了總忍不住要叫他們停一停。

「阿酒，我來了。」阿美穿著一身紅色的衣裳，上面繡著銀色的梅花，特別的好看，那張小臉因為冷被凍得紅紅的，看起來竟更可愛了。

「阿美，妳不冷嗎？」阿酒搓了搓手，哈了一口熱氣說道。

「沒事，我穿得多。阿酒，明子回來了。」阿美低聲說道。

阿酒暗暗嘆了口氣。前幾天聽村裡的人說，梅寡婦放出話來，說她家明子以後娶媳婦要找個識字的，還要娘家家境好的，那些話根本就是看不起村裡這些女孩子。阿美想要跟明子在一起，那根本就是一個字——難。

似乎明白阿酒所想，阿美沒再說話，只是在她身邊坐了下來，然後把頭靠在她的肩膀上，過了好半天才幽幽說道：「我知道我配不上他，妳放心吧，我不會做傻事的。」

阿酒聽了心裡一陣難過，但她覺得明子確實不是阿美的好歸宿，於是勸道：「妳以後肯定會碰到一個比明子更好的男子，而且一定會比明子強許多倍。」

阿美的臉色一下子刷白了。她知道自己跟明子不可能，但聽阿酒這樣說，心裡還是有些難過。難道阿酒也喜歡上明子？她不由得朝阿酒看了過去。

可阿酒的臉上除了擔心外，根本沒有別的表情，阿美忙低下頭，掩飾著自己的心思。

「阿酒，妳在家嗎？」一個爽朗的聲音從外面傳了進來。

阿酒跟阿美對看一眼，沒想到她們剛剛在討論的人這時找上門來，而這時劉詩秀已經打開院門，只聽見明子的腳步聲正朝屋裡走了過來。

阿酒忙拍拍阿美的手，只見阿美手忙腳亂地整理著自己的衣裳，似乎這樣明子能多看她一眼似的。

阿酒無奈地搖了搖頭。看來要阿美一下子把明子放下是不可能的，幸而她現在離說親的年紀還有一、兩年，慢慢來吧。

「阿酒。」明子激動地叫道，一門心思全落在眼前這個女孩身上。

他在學堂裡時常會想起阿酒，她雖然不愛說話，但是心地善良，特別是這幾個月來，她就如同脫胎換骨一般，變得更加明媚動人，明明穿著極普通的衣裳，頭上更是只有一根木簪，但她坐在那裡便自成風景，吸引著他的目光。

阿酒朝明子點點頭，對他笑了笑，示意劉姨去倒茶，然後她讓明子坐下來，結果他卻只是盯著自己，她忍不住皺了皺眉。

明子對自己有好感，她是知道的，但以前他並沒有像今天一樣失態過。阿酒朝阿美看過去，生怕她會因為明子誤會自己。

阿美自明子進來，眼睛就一動也不動地注視著他。雖然她總提醒著自己，明子跟自己是不可能，但當他活生生站在面前，她根本無法控制住那顆跳動的心。

阿酒見阿美並未注意到明子的異常，心裡不由得一鬆，忙提高自己說話的聲音，讓明子終於意識到自己的失態。

「阿美，妳也在啊？咱們三人也好久沒聚在一起，今天就好好地聚聚吧。」明子的臉微微泛紅，見阿美也在，忙說道。

「明子哥，你什麼時候回來的？」阿美的視線還是不願意從他身上移開，明知道這樣不好，但她就是忍不住要看著他。

「我昨日回來的，今年太冷了，所以先生提早放了咱們假。」明子的神智終於恢復清明，慢慢跟阿美聊了起來。

阿酒聽了，眉頭不由得皺了起來。這些日子她都沒有去鎮上，對外面的事也不清楚，姜老二雖然經常去鎮上，可他從來都不愛說鎮上的事。

「明子，你說一說現在鎮上如何唄？」阿酒忽然打斷明子跟阿美的談話，一臉認真地問道。

「對呀，明子哥，我娘這些天都不讓我出去，我也好久沒去鎮上了，鎮上有什麼新鮮事嗎？」阿美這時也恢復了往常的活潑，再加上想多聽聽明子說話，忙應道。

明子想了想，說道：「要說新鮮事倒是沒有，只不過鎮上的流民是越來越多了。聽說別的地方雪災特別嚴重，咱們先生說，這是幾十年來不曾見過的大雪，雖然現在朝廷已經發了救災的糧食，但根本解決不了問題。本來之前的水災就淹掉不少農民的心血，如今又遇到雪災，先生說只怕明年立春時，災民會更多。」

聽了明子的話，屋裡一下子就沈默了，就連阿美都是滿臉的嚴肅。

阿酒沒想到外面的情況居然這麼壞，那糧食的價格是不是已經在漲了？只怕酒的價格也會跟著漲。看來她需要找姜五叔好好談一談，還得找錢叔問問情況。

「那些人真可憐。」阿美過了半天才說道。

「是呀，聽說北方受災比咱們這裡還要嚴重得多。幸虧咱們流水鎮有港口，物資比較流通，要不咱們這裡只怕也會受影響。」畢竟明子交往的都是書生，他們對時局更為關注，再加上他親眼見過那些流民，大雪天裡只穿著單薄的衣裳在街上乞討，內心的感慨也就更深了些。

阿酒送走了明子和阿美之後，馬上就找姜老二打聽一般酒水的價格還有糧價。

「這一般酒水的價格有漲，倒是不多，也就幾文錢，只是糧食漲得有些多，如今一貫錢才能買下一石米了。」姜老二嘆著氣說道。

知道糧食的價格漲了這麼多，她十分著急。他們家只有幾畝旱地，根本沒有種稻穀，每天要吃的糧食可都要用銀子買。如今只是漲價，就怕到時連糧食都沒得買，那可就麻煩了。

「爹，您現在就去鎮上多買些糧食，儘量多買一點，如果別人問您怎麼買這麼多，您就說是要用來釀酒的。」

「家裡沒有糧食了嗎？」姜老二有些詫異。不是昨天才買了幾百斤糧嗎？

「爹，我聽明子說，這次的雪災有許多地方都受到影響，我怕再過一陣子就沒有糧食可以買了，咱們必須趁現在多存一些糧食。再說咱們家也沒有地，多買一些糧食，以備不時之需也好。」阿酒分析道。

姜老二想了想，覺得有理。以前在姜家老宅，自家有那麼多水田，家裡從來沒有缺糧過，也就從沒想過要存糧，但如今可不是在姜家老宅，有些準備總是好的。

阿酒見姜老二點了點頭，又去找姜五過來，三個人一起去了鎮上。她讓姜老二直接去買糧食，她則帶著姜五來到「謝記酒家」，打算問問錢掌櫃最近有沒有什麼消息？

「阿酒，妳來了啊？我正要讓阿良去告訴妳，讓妳過來一趟呢。」錢掌櫃看到阿酒，放下手中的算盤，笑著說道。

「錢叔，生意怎麼樣？少東家有來嗎？」阿酒急急地問道。

「眼看要年關了，少爺忙得很，就沒有來這裡了。阿酒妳找他有事？」錢掌櫃一邊招呼他們坐下，一邊問道。

「我就是想問問，今年的雪災如此嚴重，這酒的生意會不會有影響？還有就是，糧食已經在漲價，就連一般的酒水也在漲價，咱們這酒的價格是不是也該調整一下？」阿酒沒有拐彎抹角，直接說道。

錢叔聽完，看了她一眼。「我正要跟妳說這事呢。少爺的意思是，年前還是按現在的產量出酒，等過了年，酒的產量就該縮一縮，畢竟如今很多地方的人都沒有飯吃，而糧食的價格只會越來越高，成本也就越來越高，最要緊的是，就怕到時候沒有糧食可以買。」

阿酒贊成地點點頭。這謝承文想得還挺周到，在這一點上，他們倒是不謀而合了。

她又跟錢掌櫃商量了一下現在酒的價格，然後就走出了酒肆。

鎮上還是那樣熱鬧，各式穿著的人在街上走來走去，只是行色匆匆。酒樓裡喝酒的人也少了許多，而街上屋簷下那些穿著破爛乞討的人似乎又比上次更多了。

阿酒的心情有些不好。雖然流水鎮也受到雪災的影響，但畢竟不是很嚴重，就怕到時候流民越聚越多，一發不可收拾。她雖然沒有經歷過這些事，但畢竟在前世的電視劇裡看得多了，很擔心剛剛穩定下來的生活又出現變化。

等阿酒回到家時，姜老二已經買了一車糧食回來。

他並不只買了大米，還有很多雜糧，這讓阿酒很欣慰。她這個阿爹只是不喜歡說話，但做事還真是讓人放心。

到了晚上，村裡的大鼓響了起來，姜老二對阿酒說道：「不知道村長有什麼事要交代，我去看看。」

姜老二走後，阿酒才從阿曲的口中得知，村裡的大鼓只有遇到大事才會被敲響。

阿酒有些擔心，不知道村長是因為什麼事才敲響了大鼓，但願不是壞事才好。

姜老二回來的時候，夜已經深了，阿酒躺在床上卻是一點睡意也沒有，聽到他的腳步聲，忙爬了起來。

「爹，發生什麼事了？」阿酒迫不及待地問道。

姜老二的身上滿是雪花，他跺了跺腳，看著女兒說道：「村長看這天氣越來越惡劣，怕那些流民會跑到村裡來，便打算安排村裡的男人晚上輪流值夜。」

看姜老二一臉的平靜，想來以前也發生過這樣的事。阿酒倒是有些驚訝，沒想到村長的警覺性這麼高，想來這些古人並不傻，也懂得未雨綢繆。

阿酒聽姜老二說完，便放心地去睡了，而村裡大部分人卻是睡不著了，有些人心惶惶。

這兩天的雪有些大，阿曲他們每天去山上都沒有空手回來，家裡竟多了幾隻野雞跟野兔。

阿酒跟劉詩秀把這些野味都醃了起來，放在地窖裡凍著，等要吃的時候再拿出來。

這幾天阿美都沒有過來，阿酒雖然有些不習慣，卻也沒有太在意。這幾天她忙著做新衣，眼看著就要過年了，她不想委屈了阿曲他們。

「阿酒，妳這做衣裳的手藝還要再練練。」阿酒正拿著做好的新衣，喜孜孜地看著，可劉詩秀一句話就把她的好心情給破壞了。

「我這衣裳縫得還不錯吧？」阿酒有些不服氣地說道。

阿酒經過張氏跟姜五嬸這幾個月的訓練，雖然還不能繡花之類的，但縫衣裳時的針腳已經很是平直均勻了。

「妳看看，這裡從外面都能看到針腳，還有這裡都彎了，再說這裡穿上去肯定會有痕跡在，不好看。」劉詩秀一把將那衣裳拿了過去，隨意一指就是好幾個不滿意。

阿酒隨著她的手看過去，一張臉變得通紅，沒想到自己本來還挺滿意的衣裳，被人一指就有這麼多不足之處。

「阿酒，妳在嗎？」正當阿酒尷尬時，救命的聲音就響起來了。

「我在，就出來了。」阿酒連衣裳都沒拿，轉身就朝外面跑去。

「阿美，妳這是怎麼了？」阿酒沒想到自己一出來，看到的卻是阿美兩眼紅腫，一副傷心欲絕的樣子，明顯是受到很大的打擊。

「阿酒……」阿美看到她，馬上一把抱住她，然後放聲大哭起來。

「阿美，妳這是怎麼了？」跟阿美相處的這幾個月來，阿酒是真心喜歡這個女孩，把她當成了真正的朋友，如今看她這樣難受，自己心裡也是不舒服。

阿美不說話，只是越哭越傷心，似乎只有哭泣能讓她好受一些。

阿酒沒辦法，只得抱著她，輕聲安慰著。

「阿酒，他拒絕了我，他不喜歡我。」阿美哭了半天，總算把事情的緣由說了出來。

原來她昨天無意中聽到父母在商量兄長的婚事，也聽到他們在討論自己的親事，心裡難免有些著急。

她一個晚上都沒有睡好，今天吃完早飯就走出了家門，誰知道一走就走到明子家門前，剛好看到明子一個人走了出來，她便鼓起勇氣，走到明子面前說道：「明子，我喜歡你。」

誰知道明子聽她這樣說，看起來很吃驚，卻是一點驚喜都沒有，然後馬上就拒絕了她。

「阿美，我一直把妳當成妹妹。」

阿美傷心透了，轉身就跑，就這樣邊跑邊哭來到阿酒家。

阿酒聽完，不禁暗暗豎起大拇指，沒想到她竟有這麼大的勇氣告白。要知道這裡畢竟是個講究媒妁之言的時代，而阿美身為一個女子，居然敢去告白，真的有夠大膽。

「阿酒，為什麼他不喜歡我？」阿美終於沒有那麼激動了，她抬起頭，無力地問道。

阿酒看著她那充滿失望的雙眼，不知道應該怎麼安慰她才好。「阿美，他看不上妳是他的眼光不好，妳值得更好的人。」

阿美搖了搖頭，小聲說道：「更好的人，但不是他。」

阿酒無言以對。她從未對哪個男人動心過，所以真的無法明白那是種什麼樣的感情？如今似乎任何的言語對阿美來說，都是那樣的蒼白無力，安慰不了她破碎的心。

「既然他拒絕了我，以後我就把他忘了，這一次是真正的忘了。」阿美說完，就拿帕子抹了抹自己的臉，然後拿起銅鏡，認真地打理起自己。

阿酒默默地看著她，知道這時阿美根本不需要別人的安慰，她只能靠她自己。

「阿酒，嚇到妳了吧？」阿美放下手中的梳子，朝阿酒笑著問道。

阿美笑了，只是她的笑容，不知道為什麼，竟讓阿酒有種酸酸的感覺，不過她知道，這時的阿美是真的把明子放下了。

「阿美……」阿酒心疼地叫道。

「阿酒，有妳真好。放心吧，我沒事了，其實本來就沒有希望，只是我不甘心而已。」阿美搖了搖頭，她那美麗的雙眼透著一種本不該屬於她的成熟。

「現在好了，我對他死心了，以後就安心聽從娘的安排，乖乖嫁人，那樣我的整顆心也會落在自己以後的男人身上了。」阿美釋然地嘆了一口氣。

阿酒不知道自己該說什麼，似乎說什麼都是多餘的，只好走上前輕輕把她擁在懷中。

當阿美走出阿酒家時，她又恢復了以往的活潑，只是笑容中少了一分光彩，卻又多了一些成熟。

下午的時候，明子來找阿酒，看著他那欲言又止的樣子，阿酒到底不忍為難他，畢竟這也不是他的錯。

「阿美沒事了，你以後還是少來找我吧。」阿酒緩緩說道：「明子，你是個聰明人，應該知道我的意思……再說你娘對你的期望你也不是不曉得，所以不要讓咱們連朋友都做不成。」她不喜歡拖泥帶水，有些事明知道不可能就別給希望，就像明子直接拒絕阿美一樣。

明子最終失落地離開了。他知道娘對自己的要求很高，而自己也是娘唯一的希望。

從小到大，他就比別人懂事，因為別人有爹，而他沒有，他是家裡唯一的男人。所以他努力地學習，在學堂裡他付出最多，而他也終於讓娘親感到驕傲，十一歲就考上了秀才，而且還去了鎮上的學堂，先生對自己的前途也是非常看好。

只是不知道從什麼時候開始，他喜歡上那個不愛說話，只會用那雙充滿暖意的眼睛，靜靜看著他的女孩。他以為她也是喜歡自己的，所以他一直都告訴自己，等她長大一些，就要讓她嫁給自己。

讓他沒想到的是，一段時間不見，她的變化竟是那樣大，雖然人還是那個人，但氣質卻完全不同。最讓他擔心的是，以前她看向自己那暖暖的眼神變了，雖然她還是像以前一樣，在自己跟阿美說話的時候靜靜聽著，但那種感覺卻是不一樣了。

早上阿美來跟自己表白，他的心就不平靜了。一直以來，他都把阿美當成妹妹、一個談得來的朋友，沒想到她竟對自己有了不一樣的感情，所以他想都沒想就拒絕了阿美。

只是沒想到，阿酒竟然連讓他說出來的機會都不給。原來她的心裡一直都沒有他，也只是把他當成是一個朋友而已。

明子垂頭喪氣地回到家，梅寡婦忙迎上來，關心地問道：「明子，你這是怎麼了？哪裡不舒服？」

看著娘擔心的眼神，他又回想起阿酒的那些話，竟覺得有些心煩意亂。「沒事，讓我靜一靜就好。」

第二十三章

這個晚上，阿酒睡得並不踏實。隔天一大早她就起來了，弄好早飯後，她便跑去姜五家，想看看阿美怎麼樣了。

「阿酒，怎麼這麼早就過來了？」姜五嬸驚訝地問道。

「姜五嬸，我過來看看阿美，她人呢？」阿酒說完就朝阿美的房間走去。

「她還沒起床呢，妳去叫她起來吧。」姜五嬸笑著道。

「阿美，我來了。」阿酒心裡有些不安，不知道阿美有沒有發現明子對自己的感情？

「阿酒，是妳啊？等等我，就起來了。妳不會是擔心我，所以才這麼早就過來吧？」阿美穿著衣裳的手一頓，忙問道。

阿酒很想把昨天下午明子來找自己的事跟阿美說，可不知道為什麼，她就是說不出口，最終只是搖了搖頭。

阿美迅速地穿好衣裳，拉著阿酒坐在床上，然後抱住了她，把頭埋在她的懷裡，低聲說道：「阿酒，妳真好。」

阿酒不知為什麼，明明她什麼也沒做，但一看到阿美，就覺得有些愧疚。她對明子一點感覺也沒有，但總忍不住會想，如果沒有自己，明子是不是就會喜歡上阿美？

「阿酒，妳不用擔心，雖然心很痛，但我是真的放棄了。他那麼好，值得更好的女子，而我以後也會遇到一個相伴一生的男子。」阿美悠悠地說道。
阿酒聽她這樣說，覺得有些心酸，卻也驚訝於她的早熟和灑脫。
「阿美，妳真的很好，以後一定會遇到更好的人。」阿酒無比認真地說道。
阿美沒說話，不一會兒阿酒便聽到輕輕的抽泣聲。果然說得容易，受了傷的心哪有那麼容易癒合？
「阿美，昨日下午明子是不是去找妳了？」忽然間，阿美小聲問道。
阿酒心一驚。她是怎麼知道的？她不會誤會什麼吧？
「是的，他來找我了，他來問問妳如何了？還有……」阿酒有些猶豫，不知道要不要把明子那些未說出口的話告訴阿美？
「阿酒，明子之所以去找妳，肯定不是因為擔心我吧。」阿美的語氣很肯定。
阿酒聽她這樣說，嚇得從床上跳了起來，愣愣地看著她。
「妳不用覺得奇怪。以前咱們三個人一起玩的時候，雖然妳一直很少說話，但明子的眼神總是有意無意地飄向妳。本來我以為妳也是喜歡他的，如果是那樣的話，我就不會讓你們知道我的感情，可是我知道妳根本就不喜歡他，只當他是朋友。就因為這樣，我才會認為自己還有機會，畢竟我跟明子兩人在一起時，總是很聊得來。可我如今才明白，是我太天真了……阿酒，妳不用擔心，就算妳跟明子最後在一起了，我也不會怪妳的。」阿美說完，屋內又是一陣沈默。
阿酒沒想到阿美什麼都知道，可她還是表白了，這讓阿酒很佩服，如果是自己，可能根本沒有那個膽去表白。

「妳們兩個在做什麼？阿美，妳這個懶丫頭，不餓嗎？」姜五嬸在外面叫道。

阿美終於抬起了頭，只見她的雙眼紅紅的，臉上也還有著淚痕，她有些不好意思地看了阿酒一眼。「不准笑我。」

本來阿酒一點也沒有笑她的意思，可一聽她這樣說，卻莫名覺得好笑，終於忍不住哈哈大笑起來。

「叫妳不要笑，妳還笑、妳還笑。」阿美氣極了，便撲到阿酒的身上撓起癢來。

「阿美，我不笑了，妳別撓了。」阿酒往旁邊一閃，求饒道。

她已經笑得全身無力，阿美卻還不放過她，甚至將兩隻手都伸進她的棉襖裡。

「阿美，我知道錯了，下次再也不敢了，妳放過我吧。」她只好再度求饒。

阿美見阿酒這時候一點也沒有了平時的穩重，她的頭髮已經打散，臉上充滿笑意，看起來是那樣的美。阿美不禁停下手邊的動作，但眼睛卻是一動也不動地看著阿酒。

「怎麼了？」阿酒見阿美停下了動作，忙跑到屋子另一端去，轉過頭來，卻瞧見阿美正目不轉睛地看著她，好似不認識她一樣。

「阿酒，妳真美，妳應該多笑笑。」阿美真心讚美道。

阿酒聽見這話，便伸手抬起阿美的下巴。「是不是被本娘子迷住了？要不妳就從了我吧。」說完她又趴在床上笑了起來。

阿美聽了先是一愣，然後也跟著笑了起來，從小聲的笑，慢慢變成了哈哈大笑。

「妳們兩個瘋丫頭，快點出來。」姜五嬸見她們兩人好半天都不出來，忍不住又過來叫人，結果就聽到兩個人誇張的笑聲。

見姜五嬸又來催促，阿酒跟阿美兩人相視一笑，然後朝對方吐了吐舌頭，伸出手幫對方打理頭髮。雖然沒有說話，她們卻感覺彼此的友情又更加深刻了。

等她們來到姜五嬸面前時，已經又過去一刻鐘。

姜五嬸擔心地看了阿美一眼，發現她的眼裡充滿笑意，一點也沒有昨日的失意，自己懸著的一顆心也總算是落了下來。自己生的女兒，她的那點心思哪會不知道呢？不過，明子不會是她的良人。

隨著臘八節的到來，村裡的年味也越來越濃。

村裡的女人忙著準備臘八節要用的東西，但阿酒在這方面卻是一點也不懂。前世她根本不用準備什麼，而在原主的記憶中也沒有準備過，原主每天只要做好周氏安排的事就好。

「阿酒，明日就是臘八節了，妳要準備各式的豆子，還有雜糧，今晚就要開始熬粥。」張氏一早就抱著小圓滿過來。

「三嬸，除了這些，還要準備些什麼？」阿酒認真地問道。

「明天妳把煮好的粥送一些去老宅，還有村長和鄰里家。」張氏一一教導道。

阿酒點點頭，記在了心上，暗自算了算要送給哪些人家，然後就去跟劉詩秀說了。至於要煮多少粥，想來她心裡有數。

劉詩秀的肚子越來越大，阿酒看著都有些怕，都不敢要她幹活了，誰知道她卻怎麼都不肯，尤其是廚房裡的活，她一點也不讓別人幫忙。

張氏卻說阿酒大驚小怪，村裡的女人哪個不是到生產前都在忙？再說如果不讓她幹活，她不是更不自在？畢竟阿酒可是她的救命恩人，又收留了她。

阿酒只得同意，卻特別叮囑劉詩秀，如果有什麼不舒服一定要說。不過老實說，吃慣了她做的飯，再吃自己做的，阿酒還真不習慣了。

第二天一早，阿酒就讓姜老二去給周氏送粥，打算等他回來以後，再讓他帶著阿曲和阿釀，一起去村長家及村裡的一些長輩家送粥。

「阿姊，劉姨熬的粥真好吃。」阿釀端著一碗臘八粥，猛地吸一口，然後滿足地說道。

「就是，劉姨這粥好好吃。」阿曲點了點頭。「只是娘熬的粥還要更好吃一些。」

聽了阿曲的話，三姊弟都沒有再說話。阿酒記憶中那個溫柔的女人，模樣已經有些模糊了，阿酒只記得她的手很輕、很溫暖。

「阿爹，您這是怎麼了？」阿釀突然叫了起來。

阿酒抬起頭，就見姜老二全身上下都是粥，連頭上都有一些因為天冷而結成冰的粥。這究竟是怎麼一回事？

姜老二聽到兒子的問話，本想說些什麼，卻發現自己什麼話都說不出來，只是那眼裡的傷心卻是想掩蓋都掩蓋不了。

「是不是阿奶又罵您了？」阿曲把手中的碗一放，眼睛一紅說道。

姜老二長嘆一聲，轉身就朝自己的房間走去，只剩下三姊弟面面相覷。

「早知道就不要給阿奶送粥了。」阿釀不滿地說道。

阿酒看著姜老二的背影，只覺得特別落寞。自己爹雖然不喜歡說話，但對親情卻是特別珍惜，要不周氏他們也無法欺負他這麼多年。今兒個他去送粥，心裡肯定是有些期盼，只是現實永遠是那樣的殘酷，讓他那本就七零八落的心，又受到了打擊。

「阿曲、阿釀，咱們走吧。」姜老二已經換好一套衣裳，走了出來。

姜老二的表情雖然恢復了正常，只是阿酒他們都知道，姜老二心裡肯定特別痛苦，卻連一個可以安慰他的人都沒有，如果林氏還在就好了。

「妳爹這是怎麼了？」劉詩秀方才也看到了渾身是粥的姜老二，就在他換好衣裳又出去送粥後，她便從外面走了進來，問阿酒到底發生了什麼事？

阿酒搖了搖頭，沒有說話，劉詩秀則看著姜老二的背影，有些出神。

不一會兒，阿美和春草她們都送粥過來，幾人說說笑笑又吃了一些粥，阿酒的心情才慢慢地好起來。

到了晚上，阿酒三姊弟陪姜老二喝著粥，而姜老二竟難得地搬出了一罈酒，讓劉詩秀替他準備一些下酒菜，一個人喝了起來。

「阿姊，阿爹這樣會不會醉呀？」阿曲擔心地說道。

阿酒看著姜老二一杯接一杯地喝，這雖然不是蒸酒，但也是有點濃度的，像他這樣喝肯定會醉，但她卻不想阻止，與其讓他把那些不好的情緒壓在心裡，還不如發洩出來。

「英兒，妳在那邊還好嗎？我好想妳……」沒過多久，姜老二就開始哽咽了，口裡還不斷地喊著林氏的名字。

阿酒聽了心裡酸酸的。他這是有多麼傷心，才會藉著醉酒哭喊出來，他心中的苦根本無處訴說。

「阿姊，我難受。」阿釀抱著阿酒，他的眼裡含著淚。

「阿曲、阿釀，你們以後一定要記住，無論什麼時候都要對爹好；還有更重要的，兄弟必須團結，不要受爹這樣的苦。」阿酒摸著阿釀的頭，和兄弟兩人說道。

「阿姊，妳放心，咱們記住了。」兩兄弟異口同聲回道。

「英兒，妳知道嗎？咱們阿酒真的長大了，家裡的事都是她在操心；阿曲他們也長大了，等過了年就要去學堂。我高興呀！英兒，我最對不起的就是妳了，都怪我、怪我……」姜老二說完，就「碰」的一聲倒在地上。

阿酒跟阿曲兩人合力，終於把姜老二扶到床上。阿酒幫他把衣裳脫了，就在要替他蓋上被子的時候，姜老二忽然輕聲說道：「英兒，我真想妳啊，妳等等我。」

阿酒跟阿曲輕輕地退出房間之後，阿曲看著阿酒，低聲道：「阿姊，我想娘了。」

她忍著淚，摸了摸阿曲的頭，什麼話也沒有說，回到自己的房間。

躺在床上，阿酒不禁想到前世的那個家，不知道父母在她不見以後，有沒有想過她這個一直被他們當作是包袱的女兒？

臘八一過，姜老二明顯比以前更加沈默了，也不知道那天周氏到底跟他說了什麼？

這天阿良來拉年前的最後一次酒，並帶來了消息。「少東家說了，明年是否要酒，還要等他的通知，這些日子已經有些流民在鬧事了，路上不安全。」

阿酒雖然失望，卻也能理解，就連他們村子裡都有流民闖入。前兩個晚上流民偷跑進來，幸虧村長早有安排，那些人在剛進村時就被發現了，接著便被村裡的人趕了出去，要不然村裡的損失可就大了。

阿酒家的位置在村頭，而且只有一家，同時又離村子裡有些遠，這讓她很是擔憂。幸虧金磚現在已經長大不少，而且特別機靈，只要有陌生人靠近，一般都會被他嚇跑。

村裡幾家酒坊聽阿酒說暫時不需要再蒸酒，都理解地點了點頭，大家還關心地問她家裡的存糧夠不夠，要不要從他們那裡拿一些過來？

阿酒笑著道了謝，說如今還不用，等家裡沒有了再說。不管他們是真心還是假意，阿酒都領了他們的情。

劉詩秀這幾天忙著準備過年的東西，她做了許多糕點，有些甚至比鎮上糕點鋪賣的還要好吃。特別是那紅豆糕，甜而不膩、糯而不黏；還有那個炸餃，又脆又香，讓人吃了還想再吃。

阿酒看著劉詩秀，只覺得她一點也不像普通的農婦，只是她不願意說，阿酒也就不問。自己從沒有把她當成是下人，這一點家裡人都明白。

「妳把這些送去村長家，這些送去給姜五叔，這些送去給三叔。」阿酒把糕點分成了好幾份，讓阿曲去分送。

「阿姊，我知道了，我馬上去。」阿曲把糕點放在籃子裡，便走了出去。

「阿酒姊，我娘讓我送來一些蘿蔔糕。」不一會兒，春花的聲音就在外頭響起。

「春花姊，妳快過來吃紅豆糕，可好吃了。」阿釀笑著招呼道。

「好啊。」春花如今跟在姜家老宅時也大不相同了，而且從不跟阿酒他們客氣。

「阿酒姊，昨天我偷聽到娘跟爹說話，說是阿奶在臘八那天跟二伯要錢了，而且好像是要很多錢。」春花拿起一個紅豆糕，低聲說道。

「妳還聽到了什麼？」她就知道周氏果然又找事了。如果只是幾兩銀子，姜老二肯定會給的，可看他那天回來的樣子，想來是周氏要得多了，而他不同意，便被潑了一身粥。

「他們說話的聲音小，我沒有聽清楚。眼看著要過年了，阿酒姊妳可得多注意一些。」春花說完，兩眼還朝阿酒眨了眨。

阿酒忍不住笑了起來。春花比春草的心眼多，鬼靈精怪的，不過這段時間相處下來，她知道春花的心地還是很好的。

送走春花以後，阿酒的臉就沈了下來，看來周氏的心思又活起來了。眼看著要過年，分家的時候就說好一年給周氏十兩銀子，這已經不少，如今周氏看他們的日子好過一點了，就又想多要一些，世上哪有這麼便宜的事。

二十三日這天，阿酒一家子便忙碌了起來。

阿曲他們忙著打掃家裡，不過是新建的房子，倒也沒有多少灰塵，而姜老二則帶著姜五他們把酒坊打掃好，從明天開始酒坊就放假了。

阿酒把準備好的紅包交給了姜五，每人一個，感謝他們這幾個月來的辛勞。

「這就不要了吧。」姜五推卻道：「妳給咱們的工錢已經很高了，這就不用了。」

「拿著吧，這是你們應得的，當時那樣的情況下你們選擇來幫我，我就說過不會讓你們失望的，這只是你們的酬勞而已，不要覺得不好意思。只要明年開工後，你們像今年一樣認真幫我做事就行。」阿酒笑著把紅包放在姜五手裡。

他看了阿酒一眼，沒有再推辭。「阿酒，妳放心，明年咱們肯定還會跟著妳幹。」

姜五把紅包分給了大江他們，並把阿酒的話轉述給他們聽，他們既高興又感動，都拍著胸脯說明年一定做得更好。

而二十四日以後，村裡便時常聽到豬叫聲，大家都已經開始殺年豬了，這幾天阿曲更是帶著阿釀，在村裡吃了不少殺豬飯。

阿酒則跟著劉詩秀一起準備年貨。本來還要準備年禮給外家的，只是不知道為什麼，林氏自從嫁到姜家之後，從來沒有回過娘家，在阿酒的記憶中，也沒有外家人來過姜家。

眼看著已經二十八日，再過兩天就要過年了，阿酒見姜老二竟沒有說要去給周氏送年禮，覺得很是奇怪。這不應該呀，難道臘八那天給他的打擊太大了？

第二十四章

阿酒準備去姜老三家看看，問問張氏他們家的年禮送過去了沒？如果沒有，她就跟他們一起送過去，如此一來，周氏想找麻煩也沒有那麼容易了吧。

「臭丫頭，站住！阿奶說了讓你們三十日下午來老宅吃飯。」阿酒剛走到門口，就傳來鐵牛那囂張的叫聲。

難怪周氏都沒有找上門來，看來她早就想好了，等三十日那天要祭祖的時候，她就可以逼著姜老二給錢。如果不給，她是不是連祖先都不讓他祭拜了？

阿酒越想越氣憤。這周氏到底跟阿爹有什麼樣的仇恨，竟然這般算計他。不行，這事不能由著周氏，要不然以後她肯定會越來越過分。她一邊想，一邊走，不知不覺已經來到姜老三家門口。

「阿酒，我剛剛煮了豬雜湯，快來趁熱喝一碗。」張氏看到阿酒來了，忙招呼道。

阿酒隨著張氏走了進去，只見春草姊妹倆圍著小圓滿，正在逗著他。

「阿酒姊，妳快來看看小圓滿，是不是長大了很多，可不可愛？」春花一把拉住阿酒，把她推到了小圓滿面前。

小圓滿圓溜溜的眼睛就這樣看著阿酒，不一會兒，他竟朝阿酒笑了起來，讓阿酒的心瞬間軟化了。

阿酒逗了小圓滿好一會兒，這才跟張氏說起了來意。「三嬸，阿奶的年禮你們送了嗎？準備送些什麼？」

「還沒有送，剛鐵柱才過來說讓咱們三十日下午去老宅吃飯，我打算到時候再送年禮過去。」張氏想了想，又道：「就準備了十兩銀子跟一條肉，還有年糕。」

阿酒心裡有了底，知道年禮該送些什麼了。她忽然間想起之前春花跟她說過的話，忍不住問了張氏。「三嬸，您知道我阿爹臘八那天送粥去老宅的時候，到底發生什麼事嗎？」

「聽說是妳阿奶跟妳爹要銀錢，妳爹沒有同意，妳阿奶一氣之下，就把粥全都潑在他身上了。」張氏小聲說道。

「那三嬸知道阿奶想要多少銀錢嗎？」阿酒臉色不大好地問道。

「這個我也不清楚，我也是聽杏花嬸說的，不過數目應該不小，要不然妳爹也不會不同意。」張氏嘆了一口氣，又想起了什麼，便問道：「你們的年禮送了嗎？要是還沒送，到時候可以跟咱們一起送過去。」

「還沒呢，那就一起送去吧。」阿酒點了點頭，又與張氏閒聊了一會兒，便起身告辭。

周氏在臘八那天沒要到錢，肯定不會放棄，三十日下午她肯定會藉機鬧起來，到時候阿爹不就又要再受一次傷？不行，她一定要想個辦法堵住周氏的嘴，不能如了周氏的意。

阿酒回到家以後，就一直在想，該怎麼樣才能讓周氏沒辦法開口要錢呢？

「阿酒，妳在想什麼呢，怎麼叫妳半天都不應？」劉詩秀拉了拉阿酒問道。

「劉姨，什麼事？」阿酒看起來有些恍忽。

「你們三十日去老宅吃飯，我就不過去了，留下來守著家。」劉詩秀看了看她，說道。阿酒其實也不想去，只是一般來說，就算分家了，到了三十日這天還是要一起吃飯的，畢竟周氏還在。

「好，我知道了。」阿酒回了話，便又再度陷入沈思。

「妳在想什麼？」劉詩秀見阿酒回來後就一直心事重重，不禁關心地問道。

「我在想，要怎麼樣才能讓阿奶乖乖接了咱們送的年禮，又不再要求這、要求那的。」阿酒苦惱地說道。

劉詩秀在阿酒家生活了一段日子，對姜家這些是非也算是有些瞭解，因此聽阿酒這樣說，也不覺得意外。

「妳送年禮的時候，儘量讓多一點人知道；還有就是可以準備一些不大值錢，但看起來又特別顯眼的東西，像是布疋之類的。到時候村裡的人都知道妳送了不錯的年禮，要是妳阿奶還想再多要點什麼，肯定會被村裡的人說話，妳阿奶也拉不下面子再來討東西了。」劉詩秀想了想，便說道。

「劉姨，這個主意好，您做的蘿蔔糕還有吧？您再幫我多準備一些，一會兒我就去鎮上買一疋布回來。」阿酒興奮地說道。

阿酒在去鎮上之前，又去了姜老三家一趟，跟張氏說不一起送年禮了，她打算明日一早就先送過去。

就在阿酒忙著給周氏準備年禮的時候，姜家老宅卻鬧開了，李氏正在那裡嚎啕大哭。

「娘，怎麼辦？」李氏哭得一把鼻涕、一把眼淚。

「妳現在哭有什麼用？給我閉嘴。」周氏厭惡地說道。

李氏趕緊收斂了哭聲。「就要過年了，孩子他爹卻還在人家手裡呢……」

「我知道，不用妳提醒，妳快去照顧鐵柱他們，我再來想辦法吧。」周氏看著只知道哭的李氏，一時間感到心煩意亂。

李氏用衣袖擦了擦眼淚，慢吞吞地走出周氏的房間。

周氏見李氏出去了，這才一屁股坐了下來。

想起剛才那個人惡狠狠地闖進她家的模樣，如果姜老大在她面前，她肯定賞他幾枴杖。他都已經是幾十歲的人了，女兒早就嫁了，兒子也馬上就要說親，卻還惹出這樣的事，這可怎麼辦才好？

周氏跟李氏在家裡急得直跳腳，而原本應該在歹人手中的姜老大，卻在鎮上的酒樓裡，跟著一幫人痛快地大吃大喝。

「姜老大，這樣真能要到錢？」一個臉上有傷疤的男人粗聲問道。

「放心吧，我娘肯定會想辦法讓咱家老二拿銀子出來。」姜老大一臉的信心滿滿。

「沒想到姜老二生了個好女兒，居然能賺那麼多錢。」旁邊一個瘦子用手抹了抹嘴，一臉猥瑣地說道。

「打死我也不相信那個臭丫頭會釀酒，還不是咱家老頭子偏心，把方子只留給了咱家老二。」姜老大吐出一塊骨頭。「這件事你們給我做周全一些，別露出馬腳來。」
「放心吧，姜老大。」幾個人互相看了一眼，都保證道。

阿酒一早就拿出昨日買回來的布，然後提起一個竹籃，裡面放滿了糕點，還有一條三斤重的肉，帶著阿釀一路朝老宅走去。
「阿酒，妳這是要去哪兒？」一來到村裡，就有婦人笑盈盈地湊過來打招呼。
「去老宅，給阿奶送些東西。」阿酒故意大聲地說。
「哇，阿酒，妳送這麼多東西呀？」一個婦人朝籃子裡一看，不禁羨慕起來。
「姜老二就是孝順，分家的時候分到的不多，如今卻送這麼多東西給姜老太。」
「可惜啊，姜老太那人分不出哪個兒子對她好。」
不一會兒，阿酒身旁就圍了不少村婦。這個時候正是婦人們來村中那口井邊挑水、洗菜的時候，八卦又是女人的天性，經過這些婦人們七嘴八舌的口耳相傳，阿酒送年禮一事，很快就傳遍了全村，而阿酒要的就是這種效果。
阿酒還沒有到姜家老宅，她來送年禮的消息就已經傳到這裡，杏花嬸拉著周氏說道：「妳的命真好，妳那樣對妳家老二，妳家老二對妳的孝心還是沒有變啊。妳啊，再不珍惜的話，以後總有讓妳後悔的時候。」
「兒子孝敬娘本就是天經地義的，再說他要是真孝順我，就不該處處跟我作對。」周氏板著臉說道。

她昨晚因為姜老大的事，一夜沒睡，剛起來就聽到阿酒來送年禮的消息。那死丫頭要送東西來就送來，這東西都還沒到呢，就傳遍了全村，讓她不由得惱火。她原本還想著等一下要去找姜老二要錢呢，如果他不給，她就要去族長那裡告他不孝，沒想到竟被阿酒那個死丫頭給攪亂了。

「阿奶，咱們來給您送年禮了。」阿釀在阿酒的示意下，故意站在姜家老宅門口大聲叫道。

「阿酒、阿釀，來看你們阿奶了？真是越來越乖了。」杏花嬸聽到到動靜，伸出頭來大聲說道。

阿酒跟阿釀連忙和杏花嬸打了聲招呼，然後才走進老宅。

李氏一早就聽到阿酒來送年禮的消息，當然也聽說那年禮很是豐盛。雖然她心裡還擔心著姜老大，但一想到有周氏在，肯定會想法子解決的，也就不把姜老大的事放在心上了，反而是打起阿酒送來那些年禮的主意。

因此阿釀的聲音在門口一響，李氏就從屋裡走了出來。「阿酒，你們來了啊，快、快，你們阿奶正在裡面等著呢。」

阿酒朝李氏點了點頭，一眼就看出她的打算，只是不知道等一下看了這些年禮之後，她是不是還能有這麼好的臉色？

周氏坐在正廳裡，聽到李氏的說話聲，那火上更是加了油。她男人都被人抓了，昨兒個她就只會哭，沒想到今日連哭都不哭了，竟還有心思想著要占便宜，真是氣死人了！

阿酒牽著阿釀的手來到正廳，就瞧見周氏氣勢洶洶地坐在那裡，看到他們進來，那眼光彷彿恨不得殺了他們。

「阿奶，咱們來送年禮了，您看看，這可是我特意為您準備的，喜不喜歡？」阿酒根本不理周氏的臉色有多難看，逕自歡喜地說道。

周氏朝那籃子裡看了一眼，只見一塊醬青色布料，還有幾包糕點，以及一大塊肉，看起來滿滿一籃子，可卻不值幾個錢。她又不缺這些，還用得著他們送？

「喜歡、喜歡。」周氏皮笑肉不笑地說道：「難道就只有這些？」

阿酒知道周氏想問什麼，無非就是要銀子。

「當然不止，爹可是特別交代我了，說雖然分家的時候您只給了咱們一兩銀子，但過年時要孝敬您的十兩銀子，還是必須給的。幸虧因為賣酒賺了些錢，要不然咱們家還真得去借錢才能孝敬您呢。」阿酒故意大聲地說，就是想讓鄰里們都能聽到，周氏對姜老二的態度村裡人都知道，而這年禮既然一定要送，那也要送得讓她不痛快。

周氏一聽，氣得差點沒吐血。

「阿酒啊，今年你們釀酒賺了不少吧？妳爹就沒說要多拿一些銀錢給阿奶？」周氏不死心地問道。

「阿奶，您怎麼會這麼問？」阿酒裝出很意外的樣子。「當時分家的時候可是您說好，只要在過年時給您十兩銀子的。再說了，咱們賺來的錢，除了還掉蓋房子欠下的債，也就剛好夠吃飯，咱們家可是連一畝水田都沒有。這不前些日子為了買糧食，就把手裡的銀錢都用光了。不過，阿爹還是記得把要孝敬您的錢留了下來，說是您養大他不容易。」

周氏聽完，氣得頭都有些發暈了。這個臭丫頭什麼時候變得這麼精了？

阿酒才不管周氏怎麼想，她把東西一樣一樣地從籃子裡拿出來，指給周氏看。「阿奶，這是我特地去鎮上買的布料，您喜歡嗎？我還記得您最喜歡吃蘿蔔糕，特意給您做了一大塊過來呢。」

周氏的臉色已經變成鐵灰色了，阿酒說完卻還裝作一臉期待地看向周氏，似乎在等著她的誇獎。

周氏氣得指著阿酒，半天都說不出話來，胸膛上下起伏著。她這幾十年來都沒有吃過這樣的悶虧，沒想到今日在這臭丫頭面前，她竟連一句話都說不出來。

「阿奶，您是不是太高興了？」阿酒開心地笑了起來。「我可是想了好些天，才想到要送您這些年禮的，想著您看到肯定會高興，果然是這樣沒錯。阿奶，既然您滿意了，那咱們就先走了，明日咱們再過來吃飯。」阿酒說完就拿起那空了的籃子，拉著阿釀離開了。

周氏撫著自己的胸口，她本想叫住他們，可她不敢。如今村裡任誰都知道這臭丫頭給自己送來不少年禮，如果自己還鬧，想來族長又會過來教訓她了。

李氏見阿酒他們出來了，假意挽留道：「阿酒啊，這就走了？吃了中飯再走吧。」

阿酒上下打量了李氏一眼。對周氏她還有些顧忌，這李氏可就好對付多了。不過她剛剛才贏了周氏，心情正好，就放過李氏好了。

「不吃了，阿爹還在等著咱們回去，明日咱們再回來吃好吃的。」阿酒笑咪咪地說完，就走出去了。

李氏見阿酒他們離開，忙朝正廳走過去，想著從周氏那裡討一些好處。

周氏心中一股怒氣正無處發洩，就見李氏樂呵呵地跑過來。

「娘，阿酒送來這麼多年禮啊。」李氏顧著看那些年禮，完全沒注意到周氏的異常。

周氏見李氏都這個時候了，竟還在算計著這點東西，不由得一枴杖打了過去。「妳這個眼皮淺的蠢貨，老大一個晚上都沒有回來，妳卻一點都不急。快去把妳手裡的錢都拿過來，等一下那個歹人就要上門來拿錢了。」

李氏本來還幻想著周氏會分一些好處給她，結果卻聽到周氏想打自己手中那一點錢的主意，頓時就不依了。「娘，我手裡哪有什麼錢？錢不是一直都讓您收著的嗎？」

周氏不由怒道：「妳以為我是瞎的啊？快去把錢拿來，要不然妳就等著老大被打殘了回來吧！」

李氏心裡急了，她可是認定周氏一定會救姜老大，如今聽周氏這樣說，頓時慌得哭了起來。「娘，那可是您兒子，您不能見死不救，鐵柱他們還這麼小，可不能沒有爹啊……」

周氏聽李氏一哭，只覺得頭更痛了。「人都還沒死呢，妳哭什麼？去拿錢來。」

「娘，我哪有錢呀？錢都是孩子的爹拿著，我沒錢呀！」就算到了這個時候，李氏也死咬著說自己手裡沒有錢。

周氏恨不得打死這個婆娘，卻也知道是無法從她手裡拿到錢了，可一想到要拿出那麼多錢來贖老大，周氏就覺得肉疼。這該死的老二，明明賺了那麼多錢，居然讓他拿一點出來也不肯。不行，她一定要讓老二把錢交出來！

阿酒心情大好地從老宅走了出來。這一仗完勝！只要想到周氏那明明氣得要死，卻又說不出話來的場面，她就覺得好笑。

「阿姊，阿奶的臉色很難看呢，明天會不會找爹的麻煩呀？」阿釀有些擔心地問道。

「阿釀，咱們一定要多用用腦子，不管是對付什麼樣的人，只要想出對應的計策就行，這樣才是最省時省力的。」阿酒答非所問，拍了拍他的肩膀說道。

阿釀有些不明白阿酒是什麼意思，卻還是把這些話記在了心中。

「阿姊，這麼快就回來了？阿奶沒多要銀錢？」阿曲見阿酒回來，忙迎上來問道。

阿酒見姜老二張口想說什麼，不知想到什麼又閉口不說了，就對阿曲道：「咱們送了這麼多年禮，阿奶怎麼還會再多要銀錢？再說了，分家的時候就已經說好了一年十兩，何必多給？」

阿曲了然於心地看了阿酒一眼，又抬起頭看了看姜老二，便沒再問下去。

姜老二什麼都沒說，只是嘆了口氣，就又忙去了。

第二十五章

只是阿酒似乎高興得太早了些，劉詩秀剛把午飯弄好，一家人正準備吃飯時，就聽到周氏那彷彿死了人般的哭喊聲。「老二啊，這次你可要救救你那苦命的哥哥啊，老二你開開門啊！」

阿酒一聽到周氏的聲音，就知道她肯定又是來鬧事的。

「爹，我出去看看，您就別出去了。」阿酒說完，轉身就朝外面走去。

姜老二本想叮囑她幾句，嘴角動了動，卻成了一聲長嘆，只是搖了搖頭。

阿曲跟阿釀生怕阿酒被欺負，哪裡還顧得上吃飯，也都跑了出去。

「阿奶，您這是怎麼了？」阿酒用力地打開門，大聲問道。

「阿酒啊，妳爹呢？妳大伯欠了別人的錢，昨晚都沒有回來。那要債的可說了，如果今天不給錢，他們就要把妳大伯打成殘廢。阿奶沒有那麼多錢，你們幫著想想辦法吧。」周氏一邊哭，一邊哀求道。

阿酒沒想到周氏為了錢，真的是無所不能，這次竟使出苦肉計。

「阿奶，咱們也想幫忙，只是家裡最後的十兩銀子，剛剛都拿去孝敬您了，您說該怎麼辦才好？」阿酒假裝急得哭了起來。

妳會哭，難道我就不會哭了？阿酒的雙眼一下就哭腫了。

周氏不禁怒了。早上就是這個臭丫頭，讓她憋屈了一上午，如今又是這個臭丫頭，害她準備好的一堆話全派不上用場。

「老二，你這個沒良心的，給老娘滾出來！你大哥都快要被人打死了，難道你就這樣狠心不救他？」周氏這時也不哭了，放聲大吼起來。

阿酒家門前已經站滿看熱鬧的村民，有人忍不住說起公道話來。

「姜老大又不是姜老二的兒子，他被打，找姜老二幹麼？這不就是看姜老二一家賺了幾個錢嘛，想要坑一些去。」

「就是啊，早上阿酒才剛給姜老太送了年禮過去，姜老太居然還不知足，馬上又跑來要錢，還真沒見過這麼偏心的娘。」

「這姜老二也是個命不好的，碰上了這樣的娘，專找姜老二的麻煩，也沒見她去找姜老三啊，還不是看姜老二好欺負嘛。」

周圍的人指指點點，周氏卻不理睬，只想著要怎麼樣才能讓姜老二乖乖拿錢出來？

「老二，你這白眼狼，老娘養你這麼大，你就是這樣回報的？」周氏插著腰罵道：「你賺了那麼多錢，過年就給我那一點，是在打發叫花子嗎？」

阿酒一聽真的怒了。十兩銀子還少？有些人家一年都存不到十兩銀子呢。況且聽周氏這口氣，只怕是姜老二再拿出幾十兩給她，她也會覺得少，就算是把全部身家都給了她，她都覺得不夠吧。

「阿奶，十兩銀子可是咱們這一年來的全部收入呢，您怎麼能這樣說呢？」阿酒哭道。

「就是啊，阿奶，咱們家連一畝水田都沒有，過年後就沒錢買糧食了，要不咱們先跟您借點銀子？」阿曲一張臉脹得紅紅的，好似要哭出來了。

「你們這幾個兔崽子，給我滾開，叫你們的爹出來！」周氏一枴杖就朝阿酒打過去，怒吼道。

「娘，該給的我都已經給了，您回去吧。」姜老二從阿酒身後一把抓住周氏的枴杖，無比沈重地說道。

「我打死你這個不孝子，你大哥一夜未歸，還等著錢去救他命呢，你倒好，見死不救。」周氏說完就揮起手中的枴杖，毫不留情地朝姜老二打去。

「娘，您打吧，打死我吧！」姜老二忽然朝周氏跪了下來，大喊道。

只見姜老二一個大男人，就那樣低著頭跪在周氏的面前，眼神裡充滿絕望。

周氏似乎被姜老二這個舉動給嚇住了，那揮起的枴杖沒能打下去，只是呆呆地看著眼前的姜老二。

阿酒似乎都能感覺到姜老二心中的淒涼。她知道，姜老二不是在乎錢，而是被周氏傷透了心，一次次把他逼到了這個地步。

「阿奶，求您了，放過我爹吧。」阿酒拉著阿曲，一起跪在姜老二身邊，哀求著周氏。

「好、好，你是想氣死我是吧？那我就死給你看。」周氏朝四周掃了一圈，忽然就往前面跑了過去。

阿酒心中暗叫不好。如果今天周氏真在這裡弄出個三長兩短，那麼姜老二就完了，而且連阿曲他們都完了。

「阿奶，您這是想做什麼？咱們真的沒有錢了呀！大伯那麼厲害的人，怎麼可能被人抓？而且您那床頭的小箱子裡，不是有很多個銀元寶嗎？還不夠救大伯嗎？」阿酒一邊飛快地攔住周氏，在村裡婦人的幫助下，讓她無法再尋死覓活的，一邊大聲哭道。

村裡的人有多少家當，其實大家心中都有數，周氏手裡頭到底有沒有銀錢，村裡的人都知道。這也是村裡的人看不起周氏的原因。明明自己手中有錢，卻要逼著這個兒子去救另一個兒子，哪有這樣的道理？再說以姜老大的精明，要說他被人抓了，還真沒有幾個人相信。

在離姜老二家不遠的山頭上，幾個人正注視著姜老二家院中的情形，其中一人便是周氏口中被抓走的姜老大。

「姜老大，看樣子你家老太太是弄不到錢了，怎麼辦？」刀疤臉說道。

「就是啊，姜老大，是不是你的消息有誤，這姜老二家看起來不像賺了錢的樣子。」瘦子接著說道。

「滾一邊去，我的消息還能有誤？看樣子不來狠的是不行了。」姜老大朝姜老二家的方向惡狠狠地看了一眼，然後跟他們兩人嘀咕起來。

周氏被人按住了，而且她本來就沒有想死的念頭，剛剛只是氣急了，做做樣子罷了。如今她一口氣緩了過來，又開始一個勁兒地罵起姜老二。

姜老二低著頭，一聲也不吭，就這樣跪在那裡。

阿酒跟阿曲想扶起他，卻沒想到姜老二像是鐵了心似的，一動也不動。

阿釀畢竟還小，被眼前的一切嚇得臉色慘白，緊緊地抓住阿酒。

阿酒對周氏真是恨之入骨，這哪裡是娘，根本就是好幾世的仇人。

「快走！」就在此時，院子外頭傳來一個囂張的聲音。

眾人朝那聲音看過去，只見兩個流裡流氣的人正壓著姜老大，朝這邊走了過來，而姜老大看起來一身的狼狽，正求饒著。

「求你們放過我吧，等我回到家就給你們錢，你們輕點。」姜老大還沒說完，只見一個臉上有疤的男人，抬起一腳就踢向他。

「少廢話，要是拿不到錢，我就取你狗命！」另外一個瘦瘦的男子狠狠地說道，說完便給了姜老大一拳，姜老大馬上疼得大叫起來。

「孩子他爹，你這是怎麼了？」李氏本來一直躲在村民背後，如今一見自家男人被打，哪裡還顧得了那麼多，馬上撲了過來。

「找死呀！錢拿來了嗎？沒錢就滾遠一點。」那刀疤臉兇惡地說道。

「娘、娘，您看看，您兒子都被打成這樣了，難道您就忍心嗎？」李氏不敢再靠近姜老大，只是跑到周氏的面前哭道。

「兒啊，我的兒啊，誰讓你們打我兒子了，誰讓你們打了?!」周氏馬上怒氣沖沖地衝到那些人面前，大吼道。

「妳這老太婆不想活了是吧？錢呢？快點拿來！現在是五十兩，再多過一會兒，可就要一百兩了。」刀疤臉惡聲道。

聽刀疤臉這樣說，就算是周氏這個在村裡蠻橫慣的人，這時也不得不忍氣吞聲。眼看姜老大被打得鼻青臉腫，她忍不住轉過頭，恨恨地看著姜老二。「老二，你看到沒有，你大哥都被打成這樣了，你還不拿錢出來？」

阿酒沒想到就算是到了這種時候，周氏不是想著要快點拿錢出來把姜老大解救出來，而是轉過來逼著姜老二要錢，她不禁有些目瞪口呆。

姜老二看了一眼姜老大，又朝阿酒他們看過去，最後把目光落在了周氏的臉上。他的嘴張了張，好一會兒才說道：「娘，我沒有錢，您不用逼我。」

在姜老二說話之前，阿酒的心都提到了喉嚨上，她生怕姜老二答應周氏。畢竟姜老二老實慣了，如果他真答應下來，她也不可能不拿出錢來，那麼就會讓周氏認定他們之前說的一切都是假話，以後只怕更難打發周氏了。

「你、你氣死我了，我打死你這個白眼狼，都這個時候了，還不肯拿錢出來。」周氏頓時跳了起來，朝姜老二罵道。

在一旁圍觀的人，紛紛議論開來了。

「真不知道這周氏是怎麼想的，都這個時候了，還想著要坑姜老二。」

「就是啊，姜老二哪裡有錢？他賣酒是賺了些錢，但分家的時候那可是身無分文。後來借錢蓋了新房，又給了姜老太十兩銀子，還得買糧食，賺來的錢哪裡夠用啊！」

「就是啊，如果錢真有那麼好賺，大家不都發大財了嗎？」

「這姜老大一看就是個心眼多的，看著吧，就算這次姜老太出錢把他贖了出來，只怕又會有下次。」

「這姜老太也不知是哪隻眼瞎了，非把魚目當成是珍珠，以後有得她後悔了。」

姜老大把這些話都聽在心裡，對姜老二的恨意也更深了。明明有錢卻把別人當成傻子，既然你不仁，那就不要怪我不義！

「媳婦兒，妳回去把櫃子裡那個盒子給我拿過來。」姜老大對李氏說道。

「盒子？哪個盒子？」李氏一時間沒有反應過來。

「妳這個臭婆娘，還不快去！」姜老大怒吼了一聲。

李氏這才想起來，忙朝家裡跑去。

周氏還在那裡罵著姜老二不孝，而姜老二一句話也不說，只是跪在地上一動也不動，讓阿酒他們看得心痛不已。

瞥見姜老大那陰森的眼神，阿酒心裡突然有種不好的預感。她使了個眼色給阿曲，讓他去找村長，阿曲頓時明白，馬上點了點頭，跑了出去。

這時候，李氏已經抱著一個盒子過來了，後面還跟著她的兩個兒子。

「這是怎麼了？」姜老三不知道什麼時候也過來了，他一把拉起姜老二，臉色很不好地問道。

這時眾人的注意力都放在那個盒子上，根本沒有人告訴姜老三發生了什麼事，而站在一邊的姜老二則是呆呆地看著姜老大，一句話也不說。

「阿酒，發生什麼事了？」張氏也來了，她方才跟姜老三去鎮上買年貨，順便回了娘家一趟，回來時經過姜老二家，見許多村民圍在這裡，才發現是周氏又來鬧事。

阿酒這時也不知道姜老大到底要做什麼，只是朝張氏搖了搖頭，沒有說話，然後等著姜老大拿出盒子裡的東西。

第二十六章

姜老大瞪著姜老二道：「姜老二，是你不仁在先，就怨不得我了。」

「鬆手。」姜老大朝抓住他的那個刀疤臉說道：「放心，我會把錢給你們的，就算我不給，也會有人乖乖送錢給你們。」

姜老大說完，露出一個奸笑。他打開盒子，從裡面拿出一張紙，然後慢慢地走到姜老二面前。「老二，睜開你的眼睛，看看這是什麼？你不會不認得吧？」

姜老二抬起頭，朝姜老大手中看過去，頓時他的眼睛睜得大大的，阿酒隔著一段距離，都能感受到他的憤怒。

阿酒忙走到他跟前，朝姜老大手裡看過去，她不敢置信地看著他手中的東西。「爹，咱們家的房契怎麼會在大伯手中？」

「妳把房契收在哪裡了？快去看看。」姜老二沈聲道。

阿酒這才想起來，房契一直是由自己收著，怎麼會跑到姜老大的手中呢？她忍不住問道：「大伯，您拿出這張假房契，是打算做什麼？」

「臭丫頭，想不到吧？如果還想要這房契，就拿銀子出來，要是不拿出銀子來，你們就通通都給我滾出這裡，這裡是我的了。」姜老大得意地說道。

「姜有良，你還是人嗎！」姜老二忽然揮著拳頭，朝姜老大打了過去。

姜老大被姜老二一拳打得後退了好幾步，摔倒在地上，鼻子都被打出血來。

「你竟然敢打我？看樣子，你是不想要這房契了。」姜老大用衣袖擦掉臉上的血跡，惡狠狠地道。

姜老三拉住還要撲上前的姜老二，張氏則急急地對阿酒道：「妳快去看看妳家的房契還在不在？」

阿酒也從慌亂中清醒過來，馬上跑到房間裡，伸手去摸她藏房契的地方，卻摸了個空。真的不見了！看樣子姜老大手中的確實是自家的房契，還包括那酒坊的。

見阿酒慌張地從房間裡跑出來，姜老二就知道姜老大手中的東西是真的了，只是不知自家的房契怎會到了姜老大手中？

「大哥，你到底想要怎麼樣？」姜老三忍不住問道。

「我想怎麼樣？這房契可是我花了一百兩銀子從別人手中買來的，如今老二想要，可以啊，拿銀子來。」姜老大站在姜老二面前，囂張地叫道。

「你、你無恥！」姜老二舉著拳頭又要朝姜老大揮去，姜老三忙抱住他。

「大哥，你太過分了吧。」姜老三一邊阻止姜老二，一邊說道。

「我過分？要不是我幫老二買回這房契，他早就不能住在這裡了。如今我出了事，他明明賺了那麼多錢，卻捨不得拿出一點銀錢來救我。既然他心中沒有我這個大哥，那我也不用顧念兄弟情分了。」姜老大說完，還示威似地揚起手中那張薄薄的紙。

看著姜老大囂張的模樣，阿酒他們氣得不行。他說是從別人那裡買來的，誰信？哪有那麼巧的事？

「姜有良，你這是幹麼？」姜安國剛從松靈府回來，就被阿曲拉了過來，他大老遠就聽到姜老大那囂張的叫聲。

「村長，您老人家來了啊。」一見村長來了，姜老大立刻迎了上去，有些討好的意味在。

「怎麼回事？」姜安國有些頭痛地看著這一家子，不明白他們家怎麼就那麼多事？

見姜安國來了，周氏和李氏大氣都不敢喘一下，只是擔心地看著姜老大。

姜老大其實是有些心虛的，別人不知他這房契是怎麼得來的，難道他自己還不知道嗎？因為覺得理虧，在村長問起時，他竟不說話了。

阿酒在一旁被氣得七竅生煙，馬上走到村長面前，把事情的經過從頭到尾快速地說了一遍。

「你們家的房契不見了，結果卻正好被姜老大買下來？」姜安國聽完阿酒的話，問道。

「是的。」對於自己是怎麼丟的房契，阿酒實在想不明白，畢竟東西是自己藏的，雖然不是藏在很隱密的地方，但也不是隨意就能找到。

「妳想想，最近家裡有沒有發生什麼奇怪的事？」姜安國知道肯定是姜老大動了手腳，畢竟哪有這麼巧的事，但現在無憑無據，也奈何不了他。

阿酒靜下來想了想，如果硬要說奇怪的話，就是那個晚上明明金磚叫得厲害，但他們跑到酒坊卻沒發現什麼異常。難道那晚賊人的目標根本不是酒坊，而是她的臥房？

「不對啊，隔天我也不覺得房裡有變亂呀？」阿酒喃喃自語道。她百思不得其解，難道小偷早就知道她把房契放在哪裡？這不可能，連阿曲他們都不知道呢。

「阿姊妳在說什麼？」阿釀就站在阿酒面前，聽到了她的嘀咕聲。

「阿釀，就是雪停之後，謝少東家一大清早就跟著阿良一起來的那一天，我記得一早你就去了我房間，有發現什麼不同嗎？」阿酒那天因為謝承文早早就過來，她一起床便手忙腳亂地換好衣裳，出來招呼謝承文，根本沒去注意房間是否有異樣？之後再回到房間，房裡也確實不亂，她就沒多想了。

阿釀知道阿酒說的是哪一天，馬上就回道：「有呀，妳房間裡很亂，還是我幫妳整理的呢。」

看來真是那晚丟的！阿酒恨恨地看著姜老大，實在沒想到他竟會做賊。

姜安國一聽，哪裡還不知道這其中的彎彎繞繞。他皺著眉看向姜老大，沒想到這人為了銀錢，還真是無所不用其極，連親兄弟都要算計，真不是人。

「姜老大，你現在想怎麼處理？」姜安國問道。

「看在兄弟一場的分上，只要老二拿出一百二十兩銀子，這房契我就還給他，誰讓我是他大哥，吃點虧就算了。」姜老大得意洋洋地說道。

「你剛才不是說花一百兩買的嗎，怎麼又要一百二十兩？」姜老三氣憤地問道。

「我是花了一百兩從別人手中買下來的，總不可能一點也不讓我賺吧？再說我如今等著錢用，你沒看到我的債主還在那裡等著嗎？」姜老大特意朝那兩個惡人看了一眼。

刀疤臉這時也朝姜老大叫道：「姜老大，你動作快點，要不等一下還得漲價。」

「老二，你還不快拿錢出來！」周氏見姜老大被人吼了，轉過身就朝姜老二叫道。
「阿酒。」姜老二絕望地看著她。
阿酒知道今天不拿錢出來是不行了，但她絕對不能讓人知道自己家裡有多餘的錢，忙對姜五嬸道：「姜五嬸，您能不能幫幫忙……」
「我回去拿。」姜五嬸忙道：「家裡有二十兩。」
「阿酒，我這裡也有十兩。」張氏也跟著說道。
村裡的人見狀，都你五兩、他十兩的把錢遞到阿酒手中。
阿酒感激地接過這些錢。這些人情，她都記在了心裡。
眼看著還差三十兩，正在阿酒焦頭爛額的時候，明子擠了進來。
「阿酒，這給妳。」明子掏出銀子，放在阿酒的手中。
「這是……」看著手中的二十兩銀子，阿酒很是感動地看向明子，畢竟他家也不是富裕人家，只怕這些錢是他要用來買書的吧。
「妳先拿著，如果妳還當我是朋友，就不要跟我客氣。」明子堅決地說道。
姜安國見離一百二十兩只差十兩了，就對姜老大說道：「姜老大，你先把房契拿過來，這裡有一百一十兩了，剩下的十兩，等一下我回去拿給你。」
姜老大看著那些白花花的銀子，心裡樂開了花。沒想到真能弄到一百二十兩銀子，他本以為能弄到五十兩就不錯了，畢竟就這幾間土磚屋，還有一個破酒坊。
「行。」姜老大把房契往姜安國手中一丟，就伸手要去拿阿酒手裡的銀子。

「慢著。」姜老二卻突然擋在阿酒面前，沈聲說道。
眾人沒想到姜老二會忽然出聲，視線都落在他身上。
「怎麼，不肯給了？」姜老大的眼睛瞪得大大的，似乎恨不得吃了姜老二一樣。
「村長，還有姜家的叔伯、兄弟和村中的鄰里們，今日就請你們作個見證，我姜有才要跟姜有良斷了兄弟關係，以後他是他、我是我，咱們不再是兄弟。還有，以後姜家老宅的事一概與我姜有才無關，我娘那裡的話，我姜有才該孝敬的會孝敬，一年四季衣裳，還有十兩銀子，都會按時送過去，但沒事就請你們都不要再來登我家的門了。」
姜老二說完，就朝周氏跪下，磕了三個頭，然後把阿酒手中的銀錢全拿過來，塞給了姜安國。
「老二，你反了？」周氏第一直覺就是反對。自己是不喜歡老二，但要是真如他所說，那以後自己不是什麼好處都撈不到了？
村裡大多數人都趕來看熱鬧，瞧見這一幕，紛紛搖頭，卻也知道姜老二這個要求並不算過分，畢竟都被自己的娘跟親兄弟逼到這個分上了，想不心寒也難。
「斷得好，我也要跟姜有良斷了關係。」姜老三在一旁說道。
以前大哥欺負二哥，他從沒有幫過二哥，那是他明白，如果自己幫了二哥，只會讓大哥用更狠的手段欺負這個老實的二哥。再說那時候娘和大哥也只是讓二哥多幹一些活，還不算是太過分；如今卻不同了，明白人都知道那房契是怎麼一回事，這讓他無法接受。
「行，既然你們不想認我，那以後咱們就一刀兩斷。」姜老大把錢拿到手了，對這些事也覺得無所謂，反正從小他就沒有把這兩個弟弟放在眼裡。

姜安國見當事人都這樣說了，而他也覺得跟姜老大斷絕關係，對姜老二只有好處，就默認了。

「行，那就一起去祠堂吧。」姜安國說完，轉身就走了。

阿酒沒想到今日的鬧劇竟會有這般意想不到的結果。花一百二十兩銀子就能斷了跟姜家老宅的關係，她想想都值得，心中不由得暗自欣喜。

姜老二和姜老三都跟著姜安國去了祠堂，看熱鬧的村民也都散了，只剩下周氏呆呆地站在原地，似乎沒料到兩個兒子都想要跟她撇清關係。姜老二還無所謂，可她沒想到一直在自己眼前甜言蜜語的老三，竟也提出了這種要求。

「娘，走吧。」李氏捧著姜老大給她的七十兩銀子，樂得嘴都閉不上了，哪裡還管什麼斷不斷絕關係。

很快地，院子裡就只剩下張氏、姜五嬸還留著，她們關心地看著阿酒，勸道：「阿酒，妳也不要著急，錢沒有了可以再賺，但如果家沒有了，你們可就沒地方住了。要是遇到什麼困難就來找咱們，咱們會幫妳想辦法的。」

「就是啊，阿酒，雖然沒有了銀錢，但以後可以跟老宅那邊斷了關係，這樣就不用擔心他們再來找你們麻煩，不是更好？」張氏安慰道，眼神中還有著羨慕。

阿酒高興都來不及了，不過她沒有表現出來，不管她們說什麼，她都只是點點頭。

不一會兒，張氏和姜五嬸也離開了，畢竟明天就過年了，家裡還有一堆事要忙呢。

「阿姊，咱們真的跟老宅斷了關係嗎？」阿曲到底大一些，想得也多一些，他知道要與阿奶他們斷絕往來，並不是件容易的事。

「嗯，看樣子是的。阿曲，你覺得爹做得對嗎？」阿酒可不想阿爹被阿曲誤會。

「對！阿姊，咱們的房契是被大伯偷走的吧？」阿曲生氣地問道。

「沒有證據的事別亂說，記在心裡就行了。」阿酒輕輕地拍了拍阿曲的頭，示意他別說了。

聽阿姊這樣說，阿曲沒有再問，只是暗自下定決心，以後一定要有出息，讓那些欺負過他爹的人都後悔。

阿酒回到自己房間後，馬上爬到床腳下，確定那些銀錢還在，一顆心才放了下來。看來，這房契要另外收在一個更隱密的地方才行。

姜老二過了很久才回來，他看起來很低落，臉上一點表情也沒有，姜老三跟在他後面，也是一言不發。

「阿酒，好好照顧你爹。」姜老三說完就離開了。

「阿爹。」阿酒擔心地叫道。

她知道姜老二這個時候心情肯定不好，換成是誰遇到這樣的事，心裡都不會好受的。

「爹沒事，只是有些累了，我先去歇會兒。」說完，他朝房間走去。

阿酒想著讓他一個人靜一靜也好。如果林氏在就好了，這個時候還能陪陪他，讓他不那麼孤單。

「妳爹呢？」阿酒剛走到廚房，就見劉詩秀擔心地問道。
「他回房間歇息了。」阿酒無力地坐下，剛才她的情緒一直緊繃著，這時候才感覺到累。
「妳那大伯感覺還真不像是親的。」劉詩秀不禁疑惑道。
阿酒心裡也懷疑過，只是看著姜家三兄弟那有著八分相似的外貌，可以肯定他們是親兄弟沒錯，但姜老二卻一直過著像是撿來的孩子般的生活。
一直到傍晚，也不見姜老二出來，阿酒擔心極了，便讓阿曲過去看看。
「阿姊，妳快來看，爹好像發燒了。」阿曲一打開房門，就看到躺在床上、滿臉通紅的姜老二，忙上前摸了摸他的額頭，發現竟燙得厲害，於是趕緊叫來阿酒。
阿酒急忙從廚房奔了過來，只見姜老二衣裳也沒脫就倒在床上，他黑黑的臉上出現不正常的紅，一摸竟是有些燙手，看來是發高燒了。
「阿曲，你快去請大夫。」阿酒緊張地說道。
阿曲馬上跌跌撞撞朝外面跑，阿酒則輕聲喊道：「爹、爹。」
姜老二只覺得自己全身無力，聽到阿酒的叫聲，他想回答，卻發現喉嚨乾澀不已，根本無法發出聲音。
「爹，您先喝點水。」阿酒見他嘴唇乾乾的，忙倒了杯水過來。
阿酒跟阿釀花了全身的力氣，終於扶起姜老二，餵他喝了杯水，然後讓他躺好。看著他很是難受的樣子，阿酒頓時心急如焚。

「阿釀，你快去拿些酒來。」阿酒記得好像可以在發燒的人身上擦一些酒，酒精能幫助降溫。

等阿釀拿了酒過來，兩人合力在姜老二的後背擦上了酒，接著便只能耐心地等著大夫了。

不知道過了多久，終於聽到院子外面傳來急促的腳步聲，是阿曲拉著鎮上的老大夫回來了。

「大夫，快看看我爹！」阿酒焦急地對大夫說道。

那大夫也顧不上說話，直接坐下替姜老二把脈，然後說道：「這是受了寒，再加上心中鬱結、心火上升，才會燒得這麼厲害。」

阿酒知道姜老二心中鬱結，肯定是因為周氏的關係。從臘八那天開始，就很難從姜老二的臉上找到笑容，今日他又在冰冷的地上跪了那麼久，想不生病都難。

第二十七章

大夫開了方子後，阿曲跟著大夫去鎮上拿藥。等他把藥拿回來，熬好後餵姜老二喝完，已經很晚了，一家人連晚飯都沒吃。

「阿姊，妳去睡吧，我來守著爹。」阿曲小聲說道。

阿酒摸了摸姜老二的頭，發現燒是退了一些，但一張臉還紅紅的，讓她很不放心。「你去睡吧，我來顧著就好。爹病了，明天還有很多事需要由你去做，你好好休息吧。」

阿曲還想說話，見阿酒已經坐到了一旁的椅子上，他只得退了出去，準備睡一覺就來接替。

阿酒把油燈撥得亮亮的，仔細觀察著姜老二，只見他的眼窩有些塌下去，眼角充滿皺紋，明明才三十多歲，看起來卻像五十。

「英兒。」姜老二低聲叫著，似乎開始說著夢話。

阿酒摸了摸他的頭，發現有些濕濕的，想來開始出汗了，她長長地吁了一口氣。出汗了就好。

姜老二又迷迷糊糊地說了一些話，才慢慢睡沈了，阿酒也靠在床邊，跟著睡著了。

「阿酒，妳去睡吧。」不知道過了多久，屋裡響起姜老二的聲音。

「爹，您醒了？感覺怎麼樣？難受不？要不要喝水？」姜老二一出聲，阿酒一下就醒了過來，忙問道。

「辛苦妳了，爹沒事的。」姜老二的聲音有些嘶啞。

阿酒倒一杯溫水，扶他起來喝了，感覺他身上沒那麼熱，不禁鬆了口氣。

阿曲很早就起來了，他一進來，見阿姊正在幫爹擦臉，忙搶了過來。「阿姊，妳去休息一下，這裡讓我來。」

阿酒朝他點了點頭，走出房間，來到了廚房。今天要忙的事還多著呢，哪裡有空休息。

「阿酒，妳爹沒事了吧？」劉詩秀已經在廚房裡忙碌了。

「沒有那麼燒了，不過怕是沒那麼快好。」姜老二主要是心病，如果他自己不想通，只怕那病去得也慢。

「難為妳爹了，遇到這種事，是個人都受不了，以後你們要多關心、關心他。」劉詩秀的臉色不是很好，想來是想到了自己的家人吧。

三十日這天，家家戶戶都要祭祖，得備好雞、豬、魚等牲禮，然後由家中的男子提著去祠堂祭拜。

以前姜老二是跟姜老大他們一起，以姜老大為首去祭祖，如今跟他們斷絕了關係，阿酒不知道姜老二是怎麼打算的？

「阿酒，要祭祖的東西準備得怎麼樣了？」正當阿酒準備去找姜老二問一問時，姜老三來了。

「三叔，我都準備好了，只是我爹昨晚病了，到現在還沒有起來呢。」也不知道姜老三昨日是不是真的也跟姜老大脫離了關係？

「妳爹病了？那我先去看看。」說著便來到姜老二的房中。

很快地阿曲從裡面走了出來，而房間的門也關了起來，阿酒不禁疑惑地望著阿曲。

「三叔讓我出來，說他有話要跟爹說。」阿曲說道。

阿酒點點頭。讓他們兄弟倆聊聊也好。

過了一會兒，從房間裡傳來低低的嗚咽聲，還有不甘的責問聲，不過很快房間裡又恢復了平靜。

姜老三過了很久才從房間裡走出來，他看起來沒什麼異樣，只是跟阿酒說道：「讓阿曲提著東西，帶著阿釀跟我去祠堂，讓你爹好好休息，妳要照顧好他。」

阿酒忙讓劉詩秀把準備好的東西遞給阿曲，讓他們跟著姜老三去祠堂。

本來他們是要去老宅吃團圓飯，一起守歲的，可如今也不用去了。阿酒拿出食材，打算要做一頓豐富的晚餐。不管怎麼樣，她希望能一家人一起吃一頓開心的年夜飯。

在村子的另一頭，梅寡婦氣極地看著明子，她沒料到她的乖兒子竟然會背著她，把家裡的銀錢借出去。

「你把錢借給了阿酒，等過了年，你要拿什麼去學堂？」梅寡婦怒道。

「娘，我都說了，我自己會想辦法，您能不能別再問了。」明子一點也不後悔昨天把錢借給阿酒，他只恨自己沒本事，不能保護她，讓她被人欺負。

「你能想什麼辦法？我知道你跟酒丫頭好，也明白你想幫她，但你也不想想，如今天災連連，收成少了那麼多；再說酒丫頭他們肯定賺了不少銀子，就算你不幫她，她自己也有辦法解決的。」梅寡婦指著明子恨聲道。

明子低著頭不再說話。雖然阿酒拒絕了自己，但他就是無法看著她被人欺負，自己卻無動於衷。

「你不會是看上那個丫頭吧？」梅寡婦見兒子不說話，想了一下，突然大聲驚叫起來。

「娘，您亂說什麼呢？」明子頓時滿臉通紅，急聲說道。

兒子是她生的，梅寡婦看著他的表情，哪裡還不明白？

「我告訴你，你馬上給我死了這條心，我辛辛苦苦供你上學堂，可不是要你討個一字不識的媳婦回來，我不會同意的。」梅寡婦嚴厲地道。

「娘，您想到哪裡去了，我之所以幫她，不過是看在咱們是一起長大的分上。」明子知道如果不說清楚，只怕又要鬧出什麼事來。

「那銀錢你借了就借了，從今以後，我不希望再看到你再跟那個丫頭有任何往來。」梅寡婦說完，也不看明子，直接進了裡屋。

明子的手握得緊緊的，在心中暗想道：妳不稀罕人家，人家還不要妳兒子呢。

今晚是除夕夜，家家戶戶都開開心心地準備過年。在松靈府的謝家，桌上也早已擺滿美味佳餚。

「大哥，聽說你弄到了一種新酒，等一下一定要讓我嚐嚐。」一個帶著變聲期特有嘶啞嗓音的少年說道。

「行，不過我可提醒你，那酒很烈，不要喝多了。」爽朗的聲音中透著幾分歡快，看來這聲音的主人心情不錯。

「大哥，是不是過了年，爹就會把生意全交給你？」少年好奇地問道。

謝家在松靈府也算是有名的大戶，謝家的酒一度成為貢酒。這幾年謝家的酒肆更是遍布松靈府和松江府，而且他們總能找到新的酒品，讓酒客們趨之若鶩，這也是謝家酒肆獨一無二之處。

而謝家的當家謝長初，更是把謝家的生意發展得如火如荼，不但把酒賣到了北方，甚至還賣到了鄰國。

謝長初有三個兒子，分別是承文、承志、承學，前面兩個是嫡子，從小就特別聰明。謝承文更是年紀輕輕就展現了他在商場上的才幹，他最近讓謝家的酒肆裡又多了一種新酒，這種酒跟以往的不同，更香醇且濃烈，在北方很受歡迎，也讓謝家的荷包賺得滿滿的。

在外人眼裡，謝家兄弟和睦，生意興隆，讓人羨慕不已。但只有謝承文自己知道，他的笑容中總帶著幾分苦澀，那些羨慕他的人哪裡知道他的付出？他從六歲開始就學著打算盤，七歲被送到店鋪裡跟著掌櫃學做生意，十二歲就獨自一人四處查帳、管帳，回到家還要面對爹娘的責難、兄弟的妒忌。

「大哥，到底是不是嘛？」少年不死心地又問了一次。

謝承文看著面前明明是一母所生的弟弟，不知道他為什麼會如此在意這個問題？

「我還年輕，爹又不老，怎麼會讓我管生意？」謝承文搖了搖頭，回道。

聽了謝承文的回答，謝承志似乎還是不大滿意，還想再問些什麼，卻見謝承學從遊廊走了過來，只好停下這個話題。

「大哥、二哥。」謝承學才八歲，被姨娘養得有些膽小怕事，就連跟自家兄弟也不敢多說幾句話。

謝承文率先朝正廳走了過去，兩個弟弟則跟在後面。

這時謝長初已經跟夫人唐氏坐在正廳裡，兩人都是笑意盈盈，特別是看到走進來的三兄弟時，眼神中更是充滿慈愛。

「爹、娘。」三兄弟分別走上前請安，然後才按長幼順序坐了下來。

大戶人家講究「食不言」，等謝家的幾個小娘子都來了後，各自說了幾句吉祥話，眾人開始靜靜地吃著飯。等一頓飯吃完，下人撤掉了飯菜，一家子這才圍著坐下，閒聊起來。

謝承文知道重頭戲就要來了，只是不知道今年爹、娘又要說些什麼？

「爹，您是不是打算讓大哥管理生意了啊？」謝承志仗著爹、娘的寵愛，故作天真地問道。

謝長初的眉頭不由得皺了下，朝唐氏看了一眼，唐氏忙笑著拉過謝承志，點了點他的額頭。「這些事自有你爹操心，今晚是除夕夜，你快去放煙火吧。」

謝承文有些羨慕地看著眼前的一幕。雖然自己是爹、娘的長子，可他似乎從來沒有被娘這樣對待過，娘對自己總是淡淡的、嚴厲的，在他的記憶中，娘從來沒有這樣輕聲細語地跟他說過話。

他小時候不懂事，還問過奶娘。奶娘說，因為他是長子，爹、娘對他期望特別深，因此對他的態度也就更嚴厲一些，日子一久，他也慢慢習慣了。

謝承志見爹、娘不願回答，有些失望，不過轉眼就被煙火給吸引住，開開心心地跟著一群孩子出去了。

屋裡只剩下謝承文跟他的爹、娘，氣氛也從歡快輕鬆變得有些嚴肅緊張。

謝承文知道爹肯定有話跟自己說，只是爹並不打算在今晚說，不過被謝承志這樣一問，也許會提前跟他說吧。

「承文啊，那烈酒買得不錯，讓你弄到那酒的配方，到手了嗎？」謝長初問道。

「爹，我已經說過了，那家人不願意賣配方，只打算跟咱們長期合作。」謝承文低下頭回道。

「人家不願意賣，那你就想想辦法，他們無非是想多要些銀子，這個不用我教你怎麼做吧？承文，經商也是要有手段的。」謝長初有些生氣地說道。

「我不能言而無信，既然一開始已經定下了合作的文書，就不能出爾反爾。」如果換成是另外一個人，也許他願意用些手段，把這烈酒的配方弄到手；但如今他面對的是阿酒，不知道為什麼，他不想強迫她，總覺得她以後還會有更大的驚喜給自己。

「你這個孽子，難道還要我來教你怎麼做生意嗎？不要以為你弄了個烈酒回來，立了大功，就可以為所欲為了。」謝長初怒道。

謝承文看著一下子就變得陌生的爹，倔強地不再說話。爹每次都是這樣，一言不合就開始罵他，而承志不管做錯了什麼，他都是很有耐心地跟承志講道理，雖然一點也沒有用，承志下次依舊會再犯，卻還是一次次地被原諒。

「老爺，承文還年輕，做事沒有那麼周全，你好好跟他說，他會聽的。」唐氏輕輕說道。這話聽起來沒有問題，可不知道為什麼，謝承文聽在耳裡，配合著她的表情，覺得她像是在點火一樣。

果然聽了唐氏的話，謝長初本來還算平靜的表情，一下子氣得吹鬍子瞪眼。「還年輕？他都十八歲了，在生意場上也混了這麼多年，難道不知道酒的配方有多重要？合作哪裡比得上自己釀製？他就是想氣死我，這個不孝子！」

謝承文只覺得自己的心一塊一塊地裂了開來。這就是他的父母，好似他唯一的用處就是替謝家賺錢，根本沒有人關心他真正想要的是什麼。

「行了，你也別氣了。承文，你趕緊去把那配方弄到手，想來這對你來說，是輕而易舉的一件事吧。」唐氏面無表情地說道。

「你娘說的你聽到了沒有？我給你一個月的時間，如果沒有拿到配方，以後謝家的生意你都不要再插手了。」謝長初說完，看都不看謝承文，就怒氣沖沖地走了出去，唐氏也連忙小步地追了上去。

整個大廳裡，就剩下謝承文一個人了，外面傳來弟弟一陣陣的歡笑聲，與屋裡的安靜形成了鮮明的對比。

謝承文長嘆了一口氣。他不是已經習慣了嗎？每年都是這樣，他到底還在期盼什麼？

吃完團圓飯後，阿酒跟著阿曲、阿釀來到了姜老二的房中，一起玩投壺，不過他們沒有箭和壺，只是在前面放了一個大碗，然後拿著一根雞毛當箭，看誰能射中。

「我投中了！阿姊，給錢。」阿釀高興地跳了起來，把手伸得長長的。

「給你。」阿酒笑著遞給他五文錢。

「阿姊，輪到妳了。來，我教妳，這雞毛太輕了，妳投的時候力氣不能太猛，要像我這樣輕輕地丟才會中。」阿曲仔細地說道。

阿酒聽了阿曲的建議，學著他的樣子，輕輕地把雞毛朝碗的方向丟過去。

「哈哈，阿姊，妳笨死了，還是沒丟中。」阿釀大聲笑了起來。

阿曲也在一旁笑。沒想到阿姊平時能幹又精明，卻拿一個小遊戲沒轍，學了那麼久，她還是一次也沒有射中。

「阿釀，不准欺負你姊。」姜老二在一旁笑著說道。

自姜老三關起門跟姜老二說了半天話後，姜老二的臉色總算是好了些，人也有了點精神，不再死氣沈沈。

到了晚上，他總算是吃了點東西，燒也全退了，不過身上還是無力，所以三姊弟才決定留在房間裡陪著他。

「爹，您好偏心，阿姊欺負咱們的時候您怎麼不說？」阿釀不滿地嘟嘴說道。

「你這沒良心的，我什麼時候欺負過你了？」阿酒朝阿釀的後腦拍了下說道。

「還說沒有，爹，您看，阿姊又在欺負我。」阿釀委屈地道。

看阿釀那委屈的小模樣，阿酒他們都忍不住笑了起來。

這個房間雖然簡陋，溫情卻圍繞在他們的身邊，一家子說說笑笑，終於到了午夜。

阿曲帶著阿釀在庭院中燒了一大把草，又放了長長的鞭炮，祈禱明年能風調雨順，有個好收成。

正月初一，是新的一年的開始，阿酒一大早就被阿釀給吵醒了。

阿釀穿上新衣裳，開心地問道：「阿姊，好看吧？等一下我跟哥哥要去找山子叔，然後跟他一起去拜年。」

「行，你要乖一點，記得跟緊哥哥。」阿酒幫他整理了一下衣裳，叮囑道。

「嗯，我知道了，我先去跟阿爹拜年。」阿釀說完，就蹦蹦跳跳地跑了出去。

阿酒伸了個懶腰，穿上劉詩秀幫她做的新衣。

初一兒子初二婿。一般來說，初一這天是兒子給爹、娘拜年，像姜老二這樣分了家的，初一這天原本是該去老宅那邊拜年的，不過既然昨晚他連團圓飯都沒有說要回去吃，想來今天也不會過去。

雖然阿酒是這樣想，不過還是去問了問姜老二。「爹，今天要去給阿奶拜年嗎？」

姜老二沈默了一下，然後搖搖頭。「算了，反正年禮送了，今天咱們就不過去了。」

阿酒沒有意外地點了點頭。不用去老宅看那些人的臉色，真是件開心的事。

「阿酒，拿著。」姜老二從懷裡拿出一個紅包來，溫柔地看著她。

「謝謝爹。」阿酒沒想到自己還有紅包可以收，開心地接了過來。

吃完早飯，阿曲便帶著阿釀去村長家，跟山子一起挨家給那些長輩拜年，阿酒則跟劉詩秀兩個人坐在火坑前閒聊著。

「劉姨，您這是快要生了吧？」阿酒看著劉姨圓圓的大肚子問道。

「就在月底了，到時還要麻煩妳幫忙請個穩婆。」劉詩秀摸了摸自己的肚子，滿臉母愛地說道。

阿酒點點頭。「如果還有什麼需要準備的，您再提早跟我說，我也可以早些準備妥當。」

劉詩秀感激地看了她一眼，覺得自己真是運氣好，能遇到阿酒，要不自己這條命早就沒了，更不要說生孩子了，以後在阿酒家做事，自己得更用心一些。

「二伯、阿酒姊，咱們來了。」春花人未到，聲先到。

「三叔、三嬸，你們來了啊。」阿酒馬上迎了出去。

「阿酒，妳爹呢？好些了嗎？今兒個咱們打算來妳家過年，好一起熱鬧、熱鬧。」姜老三抱著小圓滿對她說道。

「當然好啊。爹剛吃了藥躺在床上呢，三叔去陪陪他吧。」阿酒笑著說道。

對三叔一家的到來，阿酒很是開心。在這個家庭觀念十分強烈的年代，有兄弟跟沒兄弟肯定是不一樣的，這也是為什麼以前姜老大那樣欺負他們，他們卻一直忍著的原因。

不一會兒，阿美還有村裡的一些小孩也都來找阿酒玩，頓時家裡便熱鬧起來，大家說說笑笑，吃著劉詩秀做的糕點，時間很快就過去了。

下午阿曲帶著阿釀回來了，只見他們的荷包都鼓鼓的，看來收穫不錯。

「阿姊，妳看，我有好多錢。」阿釀歡喜地跑到她面前，獻寶似地說道。

「哇，這麼多錢？阿釀發財了。」阿酒裝出驚喜的樣子。

「阿姊，給妳。」讓她沒想到的是，阿釀竟把整個荷包都塞到她的手中。

「這是你的錢，怎麼能給阿姊？」阿酒不解地問道。

「我知道家裡欠了很多錢，阿姊把這些拿去還債吧。」阿釀認真地說道。

看著認真的阿釀，阿酒只覺得所有的付出都值得了。「不用了，這些你自己放好，欠下的錢有阿姊跟阿爹扛著呢。」

在阿酒再三保證有辦法還得了錢後，阿釀才把那些錢收好。

第二十八章

初二，是嫁出去的女兒回娘家的日子，不知道什麼原因，林氏從沒有回過娘家，就好像他們根本沒有外家一樣。

「阿爹，為什麼咱們沒有外家可以回去？」阿釀見玩得好的小夥伴今天都去了外家，不由得問道。

姜老二聽了這話，臉上露出痛苦的表情，然後不知想到什麼，過了好一會兒才說道：「阿酒，妳去準備一些東西，咱們回去外家。」

「去外家？」姊弟三人面面相覷。難道他們的外家還有人？

「是的，去林家。」姜老二再次說道。

林家對阿酒三姊弟來說是陌生的，他們很想問問姜老二，外家是什麼樣的，為什麼那麼多年都沒有聯繫過？林氏病重去世時，林家人也都沒有出現，如今為什麼又要去林家呢？

姜老二並沒有要向他們解釋的樣子，他緊閉著嘴，坐在馬車裡的身體繃得緊緊的，眼睛無神地看著外面，一直沈浸在自己的思緒裡，忘了周圍的一切。

「上水村到了。」外頭車夫的聲音打破了平靜，姜老二一聽，馬上跳下了馬車，等阿酒三姊弟也下了車，他付了車錢，這才帶著他們朝村裡走去。

上水村的條件一看就沒有溪石村好，這裡的房子大部分都是土磚蓋的，然後都是茅草做的屋頂。不過這裡的地勢比較平坦，村裡的房子都建在一起，不像溪石村的房子都是分散開來。

「這就是娘長大的地方？」阿釀小聲問道。

姜老二還是沒有出聲，只是默默地帶著他們朝村中走去，村裡的人瞧見他們一行人，都用好奇的眼光打量著他們。

當來到一間青磚屋前面時，姜老二停了下來，他伸出手，卻又縮了回去。

「爹，這就是外家嗎？您怎麼不進去啊？」阿酒跟阿曲能明白姜老二那種近鄉情怯的心理，阿釀卻完全不明白為什麼明明到了屋前，爹還不願意走進去？

就在這個時候，一聲吱呀的開門聲，讓姜老二退無可退。

「你們是誰？怎麼站在我家門口？」從裡面走出一個大約十五、六歲的男子，他長得眉清目秀，跟記憶中的林氏有七分像，想來他應該是外家的孩子。

「這是林秀才家吧？」姜老二總算是說出了一句話。

阿酒怎麼也沒想到，明明自家娘親那樣的溫柔可親，怎麼這大舅會是這樣一個彪悍的存在？回想起方才姜老二在門外被這剛認的大舅一頓毒打，她就有些後怕。

「姜老二，你有種啊，怎麼今日敢上門來了？」林松喘著粗氣大聲問道。

「大哥，我錯了，你就看在孩子的分上，原諒我吧。」姜老二小聲求饒道。

林松看著阿酒三姊弟，最終只是深深嘆了口氣。「這就是我妹妹留下來的幾個孩子？」

「嗯。孩子們，快來見過舅舅。」姜老二忙把阿酒他們拉到林松面前。

「好、好，都這麼大了。阿酒，妳長得真像妳娘。」林松說道，眼睛有些紅了。

「大哥，都怪我沒有照顧好英兒。」姜老二低聲說道。

「不怪你，這都是命，既然今天你帶著孩子們上門了，過去的事就不要再提了。阿曲多大了？有去學堂嗎？」林松關心地問。

「沒有，我打算等過完這個年，才送他去學堂。」姜老二搓著雙手，有些不安地說道。

林松眼睛一瞪，似乎又想罵他，只是不知想到什麼又搖了搖頭，轉過頭對身邊的男子說道：「這就是你姑父，還有表妹跟表弟們。」

林宥之知道自己有個姑姑，不過已經去世很多年了，沒想到今天竟然還能見到姑父跟表妹、表弟們。

「表妹、表弟，歡迎你們來玩。」林宥之笑著說道。

「行了，你帶他們去見見你娘，我要跟你姑父說一會兒話。」林松吩咐道。

林宥之點點頭，便牽起阿釀的手，走在前面帶路。「我娘患有腿疾，走路有些不方便，我帶你們去見她。」

阿酒這才明白為什麼舅媽不出來見客，不知道舅媽是個什麼樣的人？正想著，林宥之已經帶他們走進內院，只見院子裡種滿各式的花草，就算如今天寒地凍，這裡看起來卻也是一片生機。

「是宥之嗎？你爹應該沒有嚇到你表妹他們吧？」一個悅耳的聲音響起，輕快地說道。

「娘，我帶表妹跟表弟他們過來看看您。」林宥之回道，然後推開房門。

阿酒他們跟在後面走了進來，只見一個穿著深藍色上衣的中年婦人坐在那裡，一條被子蓋在她的腿上，臉上充滿笑意，讓人看了就想親近，給人一股春風般的感覺，很是舒服。

「你們就是英兒的孩子吧？快點過來讓我看看。」宋氏的身子迫不及待地向前傾，想要拉住阿酒他們的手。

「娘，您小心點。」林宥之急聲道。

「行了，你這孩子，難道我還會摔倒不成。」宋氏笑著回道。

阿酒帶著阿曲跟阿釀上前見了禮，宋氏馬上拉著阿酒的手不放，她仔細地打量了她一番，然後說道：「長得真像妳娘。」

阿酒被舅舅跟舅媽的態度給弄糊塗了。看他們樣子根本不像是不待見林氏呀，怎麼這幾年兩家會沒有聯繫呢？

宋氏問了阿曲他們一些問題，然後就讓林宥之帶著他們出去玩了，只留阿酒下來。

「阿酒，妳是不是想著，為什麼這些年兩家都沒有往來？」宋氏看著神情困惑的阿酒，拍了拍她的手道。

阿酒朝她點了點頭。她確實是百思不得其解，畢竟就連林氏生病和去世時，林家都沒有來人，而且這些年阿酒他們在姜家老宅過得那麼慘，如果當時能有外家的人幫襯著，也許會好上許多。

「妳娘的身體一向都不好，當時咱們就不贊成她嫁給妳爹，無奈妳娘就是看中了妳爹，結果嫁過去受盡妳奶奶的欺負。妳大舅看不過去，跑過去跟妳大伯大打出手，妳奶奶來勸架，結果被妳大舅一個不小心推倒在地，妳奶奶就哭鬧著逼妳爹跟咱們斷絕關係，還說要是妳娘再跟咱們林家聯繫，就要妳爹休了她。妳娘當時懷著身孕，一時傷心就暈倒了，妳爹跟妳大舅怕她再受到刺激，只得答應妳奶奶，兩家就這樣斷了關係，一斷就是十幾年，就連妳娘走了，妳舅舅也只能偷偷地去看了她一眼……」說到這，宋氏明顯很生氣。她氣丈夫做事的魯莽，氣周氏的絕情，氣林氏的不爭氣，也氣姜老二的愚孝。

「這麼多年來，只要想起這件事，我就忍不住要怨妳舅舅，要不是我的腿不方便，也不會這麼多年不管你們，妳舅舅則是放不下面子。再說，他一直認為妳奶奶對妳娘不好，是因為她是林家人，而你們都是他們姜家的子孫，又沒了親娘的照顧，妳奶奶肯定會對你們更加疼惜一些，他也怕咱們一跟你們聯繫，妳奶奶反而對你們不好了。因此每當過年、過節的時候，他就叫宥之去外面不停地四處看看，雖然他不說，但咱們都知道他是在盼著你們能來，結果一盼就是這麼多年。」

阿酒這才知道事情的來龍去脈。大舅的想法是不錯，卻是把周氏想得太好了些，不過這些都過去了，也說不出是誰對誰錯。

「阿酒，你們今年怎麼來了？妳奶奶肯讓你們認咱們林家了？」宋氏緊盯著阿酒問道。

阿酒終於明白姜老二為什麼現在敢來林家了，反正已經跟老宅那邊斷了關係，周氏也就管不了他們要跟誰來往。

當宋氏聽完這些年來他們是怎麼過日子的時候，忍不住抱著阿酒直說可憐，接著又一直抱怨林松，說都怪他，才會讓他們受了這麼多的委屈。

阿酒搖了搖頭，知道這件事根本不關林松的事。就算林家跟他們一直有聯繫，也不見得他們就能過得好點，只怕林家送的東西，最終也會落到周氏和李氏的手中。

「不過，你們跟妳大伯那邊斷絕了關係也好，以後要經常來舅舅家，不要生分了。」宋氏叮囑道。

阿酒跟宋氏又聊了許多，宋氏細細地教了阿酒很多生活中的大小事，阿酒很快就喜歡上這個舅媽。

「娘，該吃飯了，我過來帶阿酒，阿曲他們已經先去正廳了。」林宥之笑著走了進來。

宋氏點了點頭，就讓阿酒先跟著林宥之去正廳吃飯，自己則在房裡吃就行。

阿酒跟在林宥之身後，邊走邊打量著林家的院子。林家的家境看起來還是不錯的，兩進的院子，都是青磚造的，打理得乾乾淨淨，家具也擺放得井然有序，給人一種舒適又整潔的感覺。

想著舅媽的腿不方便，也做不了什麼家務活，難道這些全是那個彪悍的舅舅做的？她越想越覺得驚悚。

林宥之見阿酒邊走還邊搖頭，好笑地問道：「阿酒，妳在想什麼？」

對於這個表哥，阿酒是喜歡的，他是她所見過的男子中，除了謝承文外，長得最帥氣的一個，而且他的氣質特別出眾，真可以用溫文爾雅、文質彬彬來形容。

他自見到他們以來，態度一直很好，這讓阿酒有些懷疑，舅舅那急躁的性格怎麼會生出這樣的兒子？

「表哥，舅媽的腿一直都是這樣，不能治嗎？」阿酒疑惑地問道。

「娘的腿疾都有十多年了，以前還可以慢慢地走，這幾年腿疾加重，就只能坐在椅子上了。」說到自己母親的腿疾，林宥之的臉上露出一絲憂鬱。

阿酒心中嘆了聲可惜。這麼好的人偏偏讓病痛折磨著，幸好宋氏看起來已經接受自己不能走的事實。

等阿酒他們來到飯廳，才發現除了舅舅、阿爹、阿曲和阿釀外，還有兩個沒見過的男孩，想來這就是舅舅的另外兩個兒子了。

「阿酒，快點過來，這是妳的表哥林茂之，還有這是妳的表弟林盛之。」舅舅介紹完，就招呼姜老二一家坐下來吃飯。

「嫂子呢？」姜老二問道。

「她在屋裡吃，你也知道她的情況，這些年藥是吃了不少，但那腿總不見好。」林松邊說邊挾了塊紅燒肉，放進阿酒的碗裡。

姜老二聽了沒再說話，心中覺得很遺憾。

阿酒見舅舅跟爹的關係似乎好了許多，也就開心地吃起飯來。這舅舅家的飯菜味道還真是不錯，特別是這一道紅燒肉，肥而不膩、酥軟可口，讓人吃了還想再吃。

「這飯菜做得真好，是舅舅做的嗎？」阿酒感嘆地問道。

「哈哈，妳舅舅就是一個大老粗，哪裡做得來這些，妳猜猜是誰做的？」林松聽了哈哈大笑起來，臉上卻是帶著驕傲的表情。

阿酒朝林宥之看了過去。不會是他吧？她又看了一眼林茂之跟林盛之。林茂之長得很粗壯，一看就像舅舅，就連說話也像，大剌剌的；而林盛之的年紀卻又小了點，應該不可能是他做的飯。

見阿酒半天沒有回答，林松笑著說道：「這一桌子菜都是妳宥之表哥做的，也是苦了這孩子。自從妳舅媽不能走之後，這做飯和家務活都是他一個人在做，我本來想著要找個人來幫忙，他卻說不用，這一做就是這麼多年了。」

阿酒感到無比意外，她想像著林宥之穿起圍裙、手裡拿著鍋鏟炒菜的樣子，不知是不是也如同他吃飯這樣，都是斯斯文文的？

可能是阿酒的眼光太熱烈，林宥之的臉上竟微微紅了，有些不好意思地說道：「我都做習慣了，也就不覺得有什麼，爹不也常說『吃得苦中苦，方為人上人』。」

阿酒這時才想起來，雖然舅舅看起來像個大老粗，但他可是一名秀才呢，而且還在鎮上的書院當先生；而林宥之也是在十三歲時就考上秀才，如今在松靈府的書院讀書。

吃完飯後，林宥之很自然地收拾起碗筷，林盛之也來幫忙，只有林茂之陪著阿曲他們去了屋外。

阿酒本來想要幫忙，被林宥之一口拒絕了，她只得去內院陪著舅媽。

她從舅媽口中也更加瞭解林宥之，越瞭解越是佩服他，他這樣的人，以後肯定大有出息。

「舅媽，如果表哥去了書院，家裡的事怎麼辦？」阿酒提出心中的疑問。

「妳舅舅請了住在咱們隔壁的鄰居幫忙，再說盛之如今也能幫上一些。哎，都怪我這腿不爭氣，讓幾個孩子受苦了。」宋氏一直笑盈盈的臉上，頓時抹上一絲痛苦。

「只要舅媽能開開心心地活著，我想表哥他們雖然辛苦，但也樂意。」阿酒安慰道。

聽阿酒這樣說，宋氏有些意外於她思想的成熟，但想想他們年紀小小的就沒了娘親，這或許是她的心聲吧。宋氏不由得點點頭，把那不快的思緒放下。

阿酒他們在林家待到下午才離開，姜老二還邀請林松來家裡玩，林松二話不說就痛快地答應了。

林松以前之所以不和姜老二來往，是怕影響姜老二他們一家的生活，如今沒了這層顧慮，自然會想經常過去看看。

從林家回來後，阿酒他們沒有再去別的親戚家，別人還要去什麼姑婆、姨婆家拜年，但他們家完全沒有。聽張氏說，姜二閂是有姊妹的，只是因為周氏的原因，都斷了關係，也就沒有來往了。

阿酒見不用走親戚，便開始為阿曲他們進學堂一事忙碌著，畢竟以阿曲這個年紀來說，早該進學堂了，這件事可不能再拖下去。

她倒是不覺得送阿曲他們去讀書，就一定要他們考上秀才什麼的，只是想讓他們明事理，再學會算算帳，以後想做什麼也都方便些。

村裡的學堂初八開課，阿酒初七就準備了拜師禮，讓姜老二帶著阿曲他們去學堂。

初八一早，阿曲他們背起阿酒準備好的小包袱，去了學堂。

自從阿曲他們去學堂後，阿酒一整個上午都有些心神不寧。

「妳放心吧，阿曲他們那麼懂事，先生肯定會喜歡的。」劉詩秀安慰道。

「不知道阿曲跟不跟得上進度？阿釀會不會被欺負？」阿酒彷彿沒聽見她的話，只是憂心忡忡地念個不停。

劉詩秀搖了搖頭。看來只有等看到阿曲他們回來，阿酒才能安心。

直到中午，阿曲跟阿釀回到家，阿酒馬上上前問道：「阿曲，怎麼樣？先生講的你都聽得懂嗎？阿釀，有沒有人欺負你？」

阿曲搖搖頭。「阿姊，妳放心吧，先生講的我都聽得懂，那些山子叔以前都跟我講過，只是先生講得更能讓人理解。」

阿釀也說道：「阿姊，沒有人欺負我，而且我在村裡的小夥伴也都在學堂裡呢，先生講的我也都能聽懂。」

見他們都能適應學堂的生活，阿酒終於放心了。

第二十九章

阿曲他們去了學堂後，家裡變得特別冷清，阿酒沒事就又開始擺弄起她的酒。

自從上次發現酒窖的溫度不對之後，阿酒就找人挖了一個新的酒窖，而上次釀的酒一直被她丟在新的酒窖裡，也沒再去看看，不知道現在怎麼樣了？

姜老二聽說阿酒要去拿酒，忙跟在她後面，一臉樂呵呵的。

「是這一罈吧？我來搬。」姜老二跟阿酒確定好是哪一罈酒之後，便迅速地搬了起來。

兩人一起走出酒窖，只見姜老二小心地把酒罈放在院子的石桌上，看著阿酒。

「爹，您先打開看看。」阿酒有些沒自信，不知道這次釀出來的酒會是什麼樣？

隨著姜老二打開蓋子的動作，阿酒越來越緊張，心也跳得越來越快。如果這罈酒還不成功，那麼可能就是酒麴出問題，要重新做酒麴了。

「好香啊，好醇厚的酒味。」突然間，自院門口傳來一個聲音。

「謝少東家，您怎麼來了？」阿酒驚訝地看著從外面急步走來的謝承文。

只見金磚正圍著謝承文叫來叫去，阿良則跟在他的身後一起走了進來。

謝承文根本顧不上回答阿酒，他直直走到石桌前，抱著罈子聞了起來。

「好酒、好酒。」謝承文閉起眼睛聞了又聞，享受地說道。

這時姜老二已經拿了兩個酒杯出來，分別往裡面倒上一點酒，謝承文馬上毫不客氣地端起其中一杯喝了起來。

「烈而不辛辣，醇厚且綿長，酒清氣香，極品呀。」謝承文喝完，感嘆地說道。

阿酒見他的樣子不像說謊，忙拿起另一杯喝上一小口，細細地品嚐起來。這酒確實比以前釀的要好得太多，但她覺得跟前世的高檔酒還是有些差別，香氣明顯不足，有可能是這酒存放的時間還不夠長，畢竟酒是越放越香醇。

「阿酒，這種酒妳有多少？」謝承文的眼裡冒著精光。

「沒多少罈。謝少東家對這種酒感興趣？」阿酒放下酒杯，笑著說道。

「妳這不是明知故問嗎？我做的是酒生意，而這酒又不錯，我當然有興趣。」謝承文跟阿酒熟了，說話也就不拐彎抹角。

「那謝少東家準備出個什麼樣的價錢？」阿酒也直接問道。

謝承文的眼睛瞇了一下，然後說道：「妳這種酒能大量生產嗎？」

這種酒她並不打算大量生產，主要是她現在還沒掌握好釀這種大麴酒的技術，不能保證釀出來的品質穩定。再說她還想把釀出來的酒存上個一年或者幾年，再拿出來看看味道是不是更好？

「這我暫時不能回答您。您也知道我還在摸索中，對大量釀製沒有把握。」阿酒認真地回道。

謝承文忍不住打量起阿酒。好些日子沒見，她似乎又長高了點，也更加漂亮了。她身上有種特別的韻味，竟讓他的心不由自主地加快了些。

謝承文忙把視線移開。她不過十三歲而已，自己這是怎麼了？

「那妳現在有多少這種酒？」謝承文不放棄地問道。

「除了這一罈，酒窖裡應該還有四罈。」阿酒數了數，說道。

「這樣吧，這四罈酒，我出五十兩銀子。」謝承文說完就盯著她看。

四罈五十兩，這價格不算低了，謝承文在價格方面，一直都能讓阿酒滿意。

「成交！其實這種酒應該再放久一些，味道會更好。」阿酒提醒道。

小麴酒在時間上沒有什麼要求，但大麴酒卻是放的越長越好。

謝承文點點頭，表示知道了。反正他也沒有打算一回去就把這種酒賣掉，好酒當然要放在適當的時候才能賣。

「對了，如今外面比較亂，糧食的價格不斷上漲，酒的價格也跟著上揚了不少。世道不穩，如果酒賣得太貴，來喝酒的人就更少了，所以那烈酒就等過段時間再釀吧，如今是賣不上好價錢的。」謝承文想起自己此行的目的，趕緊說道。

其實要是今日謝承文不來，阿酒過兩天也打算去找錢掌櫃打聽消息，畢竟現在她可是背負了一百三十兩的債，總要想辦法賺錢不是？

「行，聽您的。」既然他都上門來說了，那麼外面肯定是真的亂，畢竟像他們這種做生意的，恨不得每天都能賺錢。

謝承文見來了這麼久，都沒看到阿曲兄弟倆，便問道：「阿曲他們呢？」

「去學堂了。」阿酒笑著回道。

謝承文認同地點了點頭。這阿酒雖然是個小娘子，眼界卻比一般男子更好，知道要讓兩個弟弟讀些書，這對他們以後有很大的幫助。

阿酒見謝承文沒有要走的打算，便忙著去準備飯菜。劉姨快要生了，她是真的不敢再讓劉姨做事了。

謝少東家來找阿酒的消息，很快就傳了出去，跟阿酒合作的那幾個酒坊東家都上門來打探消息。當聽到要延遲蒸酒時，大家都有些失望，不過倒也都理解，畢竟如今外面的世道確實不好。

本來元宵節阿美跟阿酒還約好要去松靈府，如今也不敢去了，聽說松靈府外面聚集了很多流民，都在等待著救濟呢。

「都是這破天，本來還想去松靈府好好玩一玩，又去不成了。」阿美忍不住抱怨道。

「等下次再去不就行了？妳就知足吧，想想那些連飯都吃不上的流民，咱們的日子已經過得很不錯了。」阿酒感嘆地說。

「說得也是，上次表姊來信說，他們那裡有很多流民，有些流民不光是乞討，還會搶東西呢。」阿美誇張地拍了拍自己的胸口，表示害怕，那動作惹得阿酒失聲笑了出來。

「劉姨差不多要生了吧？有什麼需要我幫忙的嗎？」阿美突然想起劉詩秀，心裡覺得有些不好意思，人是她要幫的，結果最後卻丟給阿酒。

「到時還要多多麻煩姜五嬸了。」阿酒想了想，說道。

阿美拍著胸脯，一口就答應下來，也不跟她娘商量一下。兩人說說笑笑，時間過得飛快，就在阿美要回去的時候，她忽然問道：「阿酒，妳真的不喜歡明子嗎？」

阿酒愣了一下，沒想到她會問這個問題。「暫且不說我喜不喜歡他，就算我喜歡他，他娘會同意嗎？」

阿美聽阿酒反問起自己，一時間不知道該怎麼回答？

阿美被姜五嬸保護得太好，有些單純，也許在她的世界裡，只要兩個人互相喜歡，就可以在一起了。但阿酒卻知道，在這個年代，婆媳關係比夫妻兩人的關係更加重要，哪怕是在她前世那個開放的時代，婆媳關係也影響著一家子的生活呢。

「明子他娘最聽他的話了，如果明子喜歡，想來梅嬸也會同意吧。」阿美的話裡有著不確定。

「我不喜歡他。」阿酒不願意在這個問題上糾結，明確地說道。

阿美還想說些什麼，不過瞧著阿酒的臉色不大好，她最終還是沒有把話說出口。

隨著日子越來越接近月底，阿酒的心思全放在了劉詩秀身上。雖然該準備的都準備了，也跟村裡的穩婆說好，一旦劉詩秀要生了，就去請她過來，但阿酒還是有些緊張。

劉詩秀也是第一次生孩子，對這種事一知半解的，而她身邊又沒有親人在，這些天的情緒明顯不是很好。

阿酒找了姜五嬸過來陪陪劉詩秀，讓她儘量放寬心情，生產的時候也能夠順利些。

這一天的天氣特別好，阿酒把家裡的雜糧都拿出來曬一曬，準備到時釀酒用，忽然間聽到劉詩秀一聲驚叫，阿酒忙跑了過去。

「怎麼了？」阿酒慌慌張張地來到劉詩秀的房間。

只見她靠在櫃子上，腳下有些濕了，臉色也很蒼白，見阿酒進來，她連忙說道：「阿酒，我可能要生了。」

阿酒扶她坐在椅子上，自己則朝姜五嬸家跑去。

姜五嬸一聽阿酒說劉詩秀要生了，忙把手中的東西一丟，吩咐阿酒先去請穩婆過來，就一路跑到阿酒家。

等阿酒帶著穩婆一起回到家時，劉詩秀已經躺在床上，姜老二也在姜五嬸的指揮下，在廚房裡燒著熱水。

穩婆馬上進屋裡去看劉詩秀，過了一會兒便出來說：「還早呢，趕緊準備點東西給她吃，一會兒生孩子才有力氣。」

姜五嬸去弄了兩個荷包蛋，讓她吃下去，然後出來對阿酒道：「妳不用在這裡守著，沒事的。」

有了上次張氏生產的經歷，阿酒明白，還沒有出嫁的小娘子，是不能守在產婦面前的，於是便聽話地走開。

「阿酒，劉姨怎麼樣了？」阿美聽到消息，也趕了過來。

「穩婆說是還早呢。」阿酒一臉擔心地說。

幫不上忙，阿酒只能在自己的房間裡，和阿美一起等著消息。一開始都沒有聽到任何聲響，直到傍晚時，劉詩秀房裡才傳出一陣陣的痛叫聲。

「怎麼還沒生呀？」阿酒只覺得今天過得特別漫長。

「會不會出什麼事呀？」阿美急得在房間裡直打轉，眼睛時不時地朝外面看去，要不是阿酒攔著，只怕她已經跑過去了。

忽然一聲嬰兒的啼哭聲，打斷了正在交談的她們，兩人不禁對看了一眼。

「生了？」

「應該是生了吧。」

兩人迫不及待地朝劉詩秀的房間跑去，她們剛到，就見姜五嬸抱著一個包在襁褓中的嬰兒走了出來。

「快點抱到房裡去，天氣冷著呢。」姜五嬸說完，又轉身進去。

阿酒抱著嬰兒，小心翼翼地回到自己的房間，阿美也跟在後面走了進來。

「看起來紅紅的，真醜。」阿美不由吐槽道。

阿酒朝嬰兒看過去，那一張臉紅紅的、小小的，頭上還有一些血絲，頭也尖尖長長的，確實不好看。

「剛生下來的嬰孩都是這樣子的吧？」阿酒記得小圓滿也是這樣的。

不管他醜不醜，阿美跟阿酒看著他，都覺得很神奇。

過了好一會兒，姜五嬸把劉詩秀那邊都收拾好了，這才過來讓阿酒她們把孩子抱回房裡去。

「娘，他怎麼這麼醜？」阿美忍不住問道。

「傻孩子，以前妳剛生下來也是這樣的，等過些天就好了。」姜五嬸笑著拍打她一下。

「姜五嬸，我是生了男孩還是女孩？」劉詩秀躺在床上，眼睛卻是一眨也不眨地看著那新生的嬰孩。

「是男孩，妹子好福氣。」穩婆笑著說。

阿酒忙把準備好的錢給了穩婆，她的嘴角笑得更開了，好聽的話更是一句接一句。

等送走了穩婆，姜五嬸叮囑了阿酒幾句，也帶著阿美回去了。

劉詩秀見她們都走了，隨即很是不安地對阿酒說道：「阿酒，等過幾天我的身子好些，我就能做事了。」

阿酒明白她的心思，只是既然自己都已經幫了她，根本就不會介意她到底能不能幫忙做事。再說家裡自從多了她，已經讓阿酒輕鬆很多了。

「您就好好休養吧，現在不用釀酒，家裡的事也不多，我忙得過來的。」阿酒拍了拍她的手，讓她安心休息就好。

劉詩秀生完孩子後，阿酒忙著照顧她，也有些日子沒去村子裡。這天她去找阿美，發現村裡的人都對自己指指點點的，可等她看過去，他們卻又不說話了。

這是怎麼了？阿酒帶著這樣的疑問，走進姜五嬸家。

「阿酒，我正準備去找妳呢。」她剛走進院子，阿美就急急地拉住她的手。

「怎麼了？」阿酒疑惑地問。

「阿酒，妳都不知道那些人好可惡！」阿美氣得臉都脹紅了。「他們怎麼能那樣說妳？也不知道是誰在亂說話？」

聽阿美說了好一會兒，阿酒才知道，原來她竟成了村裡那些婦人口中的八卦人物。也不知道是誰在村裡散播謠言，說阿酒的心大著呢，連明子都看不上，以後是打算要當大戶人家少奶奶的。

難怪那些人看自己的眼神怪怪的，原來是這個原因，阿酒不禁覺得有些好笑。

「行了，也不是多大的事，他們想說，就讓他們去說吧，我是不是那種人，難道妳還不知道嗎？」阿酒擺擺手道，一臉的不在乎。

「阿酒，他們這是想把妳的名聲弄臭啊。」阿美恨恨地說道。

阿酒搖了搖頭，覺得無所謂。反正過個幾天，這些流言蜚語也就消停了。

這時候，門外傳來姜五嬸的叫罵聲。

「真是的，都是些什麼人呀，再讓我聽到誰亂說話，我撕掉她的嘴！」姜五嬸氣勢洶洶地走了進來，看起來明顯是剛跟人吵完一架。

「姜五嬸，您這是怎麼了？」阿酒問道，她很少看到這樣暴怒的姜五嬸。

「沒什麼，妳別問了。阿酒，妳告訴我，妳跟明子之間到底是怎麼回事？」姜五嬸一臉嚴肅問道。

「能有什麼事？我也是一直到剛才才知道那些傳言的。」阿酒覺得有些委屈。

「我就知道，都是那些長舌婦在亂說話！不過妳們現在大了些，以後可要多注意點，小娘子的名聲十分要緊，對妳們往後談親事可都是有影響的。」姜五嬸說完，還特意看了阿美一眼。

阿美有些心虛地低下頭，沒有說話。

阿酒卻是不在意。反正她現在根本沒有打算要嫁人，再說，如果一個男人真的在意這些虛無的名聲，那她也不會嫁。

在別的事情上，她可以入境隨俗，唯獨嫁人這一點，她有自己的堅持。想想要是哪一天，自己的生活全得聽從丈夫的安排，或是必須跟好幾個女人共侍一夫，那她真的受不了。

姜五嬸又囉嗦地說了許多，一邊罵那些婦人閒話太多，一邊又叮囑她們要謹言慎行。

等阿酒回到家時，只見張氏抱著小圓滿正在家裡等著，一見阿酒回來，就緊張地拉著她的手問道：「妳跟那明子是怎麼回事？」

阿酒嘆了口氣。沒想到連三嬸都那麼擔心，她也只能讓三嬸別把那些流言放在心上。

第三十章

阿酒不理會那些流言，每天悠閒地過著自己的日子。

立春後，天氣漸漸暖和，姜老二開始忙著整理那幾畝旱地，而阿酒也打起院子裡那塊菜地的主意。

之前因為雪太大的緣故，菜地裡種的白菜和蘿蔔，有些凍死了，沒死的也幾乎沒再長大，再加上家裡的雞不時去光顧，菜地裡根本沒剩多少東西。

「阿酒，妳快把那鋤頭放下，讓爹來。」姜老二見阿酒拿起了鋤頭，忙慌張說道。

「爹，讓我試試。」阿酒說完，打算要大展身手一番。

「快放下！妳若太閒，就去找阿美。」姜老二大手一揮，硬是把鋤頭搶了過去。

阿酒無奈地看著姜老二。平時爹是很好說話的，但只要一碰到他的底線，無論妳說什麼，他都不會聽。

最後阿酒只得站在一旁，指揮著他去做。她打算種些萵筍，還有一些時令蔬菜。

金磚如今已經長成大狗，本來牠一直在她的腳邊嬉鬧，忽然間，牠狂奔到院門口，朝院子外面叫個不停，想來是來人了。

「是你啊……進來吧。」阿酒打開院門看了一眼，然後說道。

「阿酒，對不起，讓妳受委屈了。」明子一進來就道歉。

雖然阿酒不在意外面的那些流言蜚語，但對明子還是有些不待見。這件事她不可能說出去，那麼肯定是從他那邊出去的了。

「行了，沒多大的事，我根本不在意，不過以後如果沒事，你還是不要來找我了，畢竟咱們都大了。」阿酒打斷他的話，正色道。

不是阿酒無情，只是有些事，當斷則斷。

「阿酒，妳這是不想原諒我了？」明子怎麼也沒有想到，事情竟會變成這樣。他心裡很清楚那些流言是怎麼來的，可他卻無法為阿酒說話，畢竟一邊是娘，一邊是他喜歡的女子，他現在唯一能做的，就是求得她的原諒。

阿酒靜默，只是去房裡拿出二十兩銀子，看著眼前不安的男子，她不禁嘆了口氣。

「明子，謝謝你那天伸出援手，我真的很感謝你。另外，你也不用覺得對不起我，因為你沒做錯什麼，但你我之間是不可能的，這你應該明白。這是二十兩銀子，你點一點。」

「阿酒，我不是來拿銀子的。」明子有些手忙腳亂，一張臉變得通紅。

「明子，我知道你不是來拿銀子的，也知道你想說什麼，但我只能對你說，咱們不適合。」阿酒有些不耐煩了，也許明子在那些女人眼裡很不錯，但他還真不是自己的那道菜。

「你家裡的情況我明白，而我手邊正好也有銀錢，可以還給你了。」阿酒說完，不由分說地把銀子塞進他懷裡。

明子還想講些什麼，可看見阿酒那明顯有些不悅的臉色後，最終什麼也沒有說，只是他走出去時，就像一隻落敗的公雞，垂頭喪氣。

阿美過來的時候，剛好看到明子走出阿酒家。

「阿酒，明子來找妳了？」阿美一進門就擔心地看著阿酒，小心翼翼問道。

阿酒被她那想問又不敢問的表情，逗得忍不住笑了起來。「是呀，他來了，我把錢還給他，然後他就走了。」

「以前我還覺得他挺不錯的，如今才發現他太不知輕重了。」阿美生氣地道。

阿酒一把將阿美抱在懷裡，這段時間，阿美心裡其實比阿酒更難受，因為她喜歡明子，在她的心目中，明子肯定是完美的。可忽然之間，她發現他根本沒有自己想像中的美好，而且也發現他讓她討厭的另一面，這些對她來說，都是一種折磨。

「阿酒，他以前明明不是這樣的。」阿美嗚咽著說道。

阿酒拍了拍她的後背，以前的他又是哪樣的呢？

以前他們在一起只是聊聊天，說些無傷大雅的事，而且那時他們都年少，做事百無禁忌。可如今他們都長大了，心思總會複雜起來，也許他沒有變，只是身邊的人對他的要求已經不同於小時候了。也許這對阿美來說，並非是件壞事，她對明子那朦朧的感情，肯定已經消失得無影無蹤了。

很快就進入了春耕時期，家裡有田地的村民們，都開始忙碌起來。

阿酒也終於等來一個好消息，外面的災民已經得到妥善的安排，流民大部分都回到自己的家鄉去，而謝家酒肆又開始需要大量的烈酒了。

謝家這次需要的量比去年還要多，阿酒便重新召集村裡各酒坊的東家，讓他們先各自打掃出自家酒坊，一切還是按去年的規矩來，並希望他們的產量比去年更多。

家裡的酒坊早就被姜老二整理出來，姜五他們也都來幫忙，今年又加了一個人，那就是姜老三。

阿酒把酒坊的事都交給姜五，自己則又開始釀起酒來。這次她打算多釀一些，如果成功了，就賣掉一部分的酒，然後把另一部分的酒存起來，等過幾年再拿出來看看效果。

日子在忙碌中過得飛快，等她在姜老二的幫助下把酒釀製完成後，劉詩秀的孩子剛好百日，曾經醜醜的嬰兒，已經變得白白嫩嫩，而且還學會了抬頭和翻身。

「劉姨，康兒呢？」阿酒見劉詩秀在廚房裡忙著，便問道。

「在睡覺了。飯都已經弄好，阿曲他們怎麼還沒有回來？」劉詩秀笑著說道。

阿酒也覺得奇怪，阿曲他們這些日子每天早上去學堂，中午回來吃飯，然後下午再去學堂學習兩個時辰。

「我去找阿曲他們。」剛好沒事，阿酒想著不如去學堂看看也好。

學堂位在村尾，由幾間青磚屋組成，背後靠著青山，前面有一個小池塘，不知道誰在池塘裡面種了荷花，一到夏天，荷花盛開，景色宜人，是溪石村中最美的地方。

正是中午下課的時候，幾個孩子結伴一起回家，一路上說說笑笑，讓整條路都充滿生氣。看到阿酒，孩子們歡快地打著招呼。

「阿酒姊，妳來接阿釀嗎？他被先生留下來了。」原來是跟阿釀同班讀書的板兒。

「板兒，你知道阿釀為什麼被先生留下嗎？」阿酒聽了有些心急，不禁問道。
「不知道。」板兒搖搖頭。
阿酒只得加快了腳步。不會是阿釀闖了什麼禍吧？
「阿姊，妳怎麼來了？」剛到學堂門口，就瞧見阿曲跟阿釀一起走出來。
「今兒個怎麼這麼晚才出來？」阿酒憂心地問道。
「阿姊，今天先生留我下來，問我要不要換一個班呢。」阿釀開心地拉著阿酒說道。
「換班？」阿酒有些不解地看向阿曲。
「先生說，阿釀可以去中班了，在小班只是浪費時間。」阿曲回道。
阿酒想了想，讓兩兄弟先回去，自己則去找先生瞭解情況。
知道阿酒的來意後，先生解釋道：「阿釀這孩子學得很快，再加上他上學堂前已經自學過，而小班重在啟蒙，小班裡所教的文章，他都已經會了，所以才建議他去中班。」
阿酒總算明白是怎麼回事，既然先生都這樣說了，當然就照先生說的去做。
她又問了阿曲的情況，先生滿意地摸著鬍子說道：「阿曲是個聰明的孩子，如果他想更進一步的話，下半年就可以去鎮上的學堂了。」
聽先生的意思，是阿曲如果有考取功名的想法，就要去鎮上了。
阿酒沒想到，兩個弟弟竟都是讀書的料。她向先生告辭後，心情愉快地回到了家。
當姜老二聽阿酒說完先生的意思之後，愣了半天才問道：「那妳的意思呢？」
「既然他們那麼會讀書，就該讓他們好好地去讀。」阿酒認真地說道。

不說現在這個年代對讀書人有種說不出來的尊敬，就是在前世，對於課業好的學生，人們也都是特別的寬容，因此多讀一點書，總是沒錯的。

「行，聽妳的。」姜老二呵呵地笑了起來。

阿酒把先生的意思告訴了阿曲跟阿釀，阿曲在高興的同時，卻也有些擔心。「阿姊，要是我去鎮上讀書，那家裡怎麼辦？」

「你就放心讀書，家裡有阿爹跟阿姊在呢。」阿酒為阿曲的懂事感到心疼。

當天晚上，姜老二難得地拉著姜老三喝起了酒，而當姜老三聽到姜老二說兩個姪子書讀得不錯時，也很高興地對姜老二說道：「既然如此，就一定要讓他們好好讀書，有什麼困難就跟我說。」

他們兄弟倆高興地喝著酒，姜家老宅卻是又鬧開了，原來鐵柱死也不肯去讀書，說是要去鎮上賺錢。

「我打死你這個不聽話的，讓你讀書不讀書，你去鎮上能做些什麼？」李氏拿著掃把追趕著鐵柱。

「您就算打死我，我也不想讀了。我都讀了三年，還是在中班，阿釀才讀幾個月就要讀中班了，我才不要跟他一起上學！」鐵柱忽然站著讓李氏打，嘴裡大聲說道。

周氏見李氏真打鐵柱，心疼壞了，又聽他這樣說，心裡更氣了。「誰讓妳打的，哎呦，我的乖孫，可傷到了？」周氏一把推開李氏，把鐵柱拉進懷裡問道。

「阿奶，我不想讀書了，那個先生講了我也聽不明白，反正我已經識了些字，您就答應讓我去鎮上找事做吧。」鐵柱知道，只要周氏同意了，李氏也不能反駁。

「不行，阿奶還指望著你能考個秀才回來，讓阿奶風光、風光呢。」周氏馬上一口拒絕。她什麼事都能答應他，唯獨這件事不能。

「阿奶，讓鐵牛去讀吧，我去賺錢，賺了錢就給您花。」鐵柱是真的不想讀了。只要一上課，他就想睡覺，而先生講的那些東西，他完全聽不懂。

周氏聽他這樣說，心裡不禁樂開了，不過對於他不去讀書這件事，她還是不大同意。

「阿奶，我真的不想去學堂了，秀才哪有那麼容易考？您看看村裡哪個孩子沒去學堂，可考上秀才的不就那一個、兩個？再說，考了秀才還不就是當當先生，那些當官的，可不是咱們這種小戶人家出來的。」鐵柱為了可以不去學堂，說出來的道理是一套又一套的。

周氏想了想，發現他說得還真有理，心裡不由得有些動搖，畢竟一年的束脩也不便宜，那可是白花花的銀子啊。

「娘，您不會答應吧？」李氏著急地問道。

李氏知道考上秀才並不簡單，可她就是不甘心，特別是鐵柱不想去學堂還是因為阿釀。

「這件事我跟你爹商量、商量再說，不管怎麼樣，這個月要先讀完，否則那交了的銀錢不是白給了嗎？」周氏根本不理睬李氏，直接說道。

姜老大這些日子特別忙，忙得每天只回來睡個覺，有時候甚至連覺都不回來睡，問他在忙什麼，他還不肯說。

周氏等了好幾天，才等到姜老大回來，當姜老大聽說鐵柱不想讀書，想去做事時，沒想多久就點頭同意。「既然他不想讀，那就不讀，反正以後不愁錢花。」

李氏雖然還是反對，但她的意見已經不重要了。

這一日，謝承文剛把烈酒分送到各處的酒肆，謝長初就派人來找他。

「大少爺，老爺請您回去一趟。」一個隨從前來傳達謝長初的意思。

「行，你先回去吧，我一會兒就到。」謝承文看著那隨從，點頭說道。

謝承文見那隨從走了後，眉頭卻是皺了起來。爹、娘要他從阿酒手中弄到烈酒的配方，但他卻一直沒有跟阿酒提過這件事。前段時間，他一直和爹說是因為外面太亂，不方便進行這件事，看來這次是躲不過去了。

想到這裡，謝承文就覺得煩。也不知道爹、娘是怎麼想的，他們可從來沒有這樣逼過二叔，怎麼就非要他把那配方弄到手？不管他心裡有多少想法，謝承文還是聽話地回了家。

「大少爺，老爺在書房裡等您。」謝承文一回到家，馬上就有人來傳話。

謝承文忍住不快，大步朝書房走去，等他到時，只見自家爹和二叔早坐在書房裡。

「承文，交代你的事做得怎麼樣了？」謝長初一臉嚴肅，直接問道。

「孩兒打算明天就去商量，至於能不能弄到配方，還要等商量過後才知道。」謝承文已經習慣謝長初對自己的態度，他面無表情地回道。

「做事怎麼這樣拖沓，要是你不願出手，可以交給你二叔。」謝長初不滿地說道。

「孩兒這次一定盡力而為。」謝承文忍著心中的不悅，儘量保持平靜說道。

「行吧，我就再給你一次機會。承文，做生意不能太婦人之仁，該用手段的時候一定要有手段。」謝長初語重心長地說。

這次謝承文沒有接話，只是點了點頭。在爹的心中，似乎他的價值就只是在為這個家賺取利益，而一旦他把一門生意做得好一點，爹馬上就會讓二叔接手，他就像個外人一樣，甚至連那些掌櫃都不如，每次接見那些掌櫃時，爹的態度至少還很親切。

「你去忙吧，我再給你幾天時間，要是再拿不到配方，什麼後果不用我提醒你。」謝長初說完，就朝他揮揮手。

謝承文從書房退了出來，剛經過唐氏住的院子，就看見唐氏正輕聲跟謝承志說著些什麼，他似乎有些不願意，唐氏又說了句話，頓時謝承志就樂開了。母親看著承志的眼光充滿愛意，但她似乎從來都沒有用這樣的眼神看過他，看他的眼神永遠都是那樣淡淡的，好似他跟她一點關係也沒有。

「大哥，你來了啊。」謝承志抬起頭來，看到謝承文，馬上大聲打著招呼。

「母親、承志。」謝承文走了過去，對著唐氏行了禮，便站在一旁。

「你去見過你爹了吧？忙你的去吧。」唐氏冷淡地說道。

謝承文聽她這樣說，便先告退了，他走的時候又回頭看了一眼，只見唐氏正滿臉笑意看著謝承志，兩人低聲交談著，不時發出歡快的笑聲。

謝承文匆匆離開了，他那明明已經不起波瀾的心，此刻又隱隱疼了起來。

——未完，待續，請看文創風655《賣酒求夫》2

文創風
654

賣酒求夫 1

國家圖書館出版品預行編目資料

賣酒求夫 / 何田田著. --
初版. -- 臺北市 : 狗屋, 2018.07
冊 ; 公分. --（文創風）
ISBN 978-986-328-887-9（第1冊 : 平裝）. --

857.7　　107007812

著作者　何田田
編輯　江馥君
校對　林慧琪　簡郁珊
發行所　狗屋出版社有限公司
地址　台北市104中山區龍江路71巷15號1樓
電話　02-2776-5889～0
發行字號　局版台業字845號
法律顧問　蕭雄淋律師
總經銷　知遠文化事業有限公司
電話　02-2664-8800
初版　2018年7月
國際書碼　ISBN-13　978-986-328-887-9

本著作物由廣州阿里巴巴文學信息技術有限公司授權出版

定價250元
狗屋劃撥帳號：19001626
網址：love.doghouse.com.tw　E-mail：love@doghouse.com.tw